〔日〕池井户润 著

凌文桦 译

半泽直树

迷失一代的逆袭

3

はんざわなおき

中国出版集团　现代出版社

人物关系图

东京中央银行

半泽的同窗

渡真利忍 泡
融资部次长

苅田光一 泡
法务部次长

近藤直弼 泡
宣传部次长

中野渡谦
行长

三笠洋一郎
副行长

极力促成向电脑杂技集团提供巨额融资

电脑杂技集团
顾问组成员

伊佐山泰二
证券营业部长

野崎三雄
证券营业部次长

亲密

东京中央证券 （子公司）

冈光秀 派 神原公一 派
社长　　　　专务

●口头禅：
别让银行小瞧了
态度严厉

有好感的

半泽直树 派 泡
营业企划部长
●银行营业二部次长
（精英中的精英）

森山雅弘 迷
营业企划部调查员
●非常讨厌来自银行的外派者和泡沫一代

提供信息

憎恶

部下　　　　　反目

诸田祥一 派 泡
营业企划部次长

三木重行 派 泡
营业企划部调查员

太洋证券

广重多加夫
营业部长

二村久志
营业部职员

顾问合同

主银行 →

主银行收购顾问

电脑杂技集团
新兴IT企业

平山一正
社长

平山美幸
副社长 ●一正妻子

Fox
PC·周边硬件大型销售商
乡田行成
创业社长

信赖

玉置克夫
前财务部长

户村逸树
营业部长

信赖

敌对收购 →

东京SPIRAL
新兴IT企业

濑名洋介 迷
社长

决裂 →

加纳一成
原战略负责人

清田正伸
原财务负责人

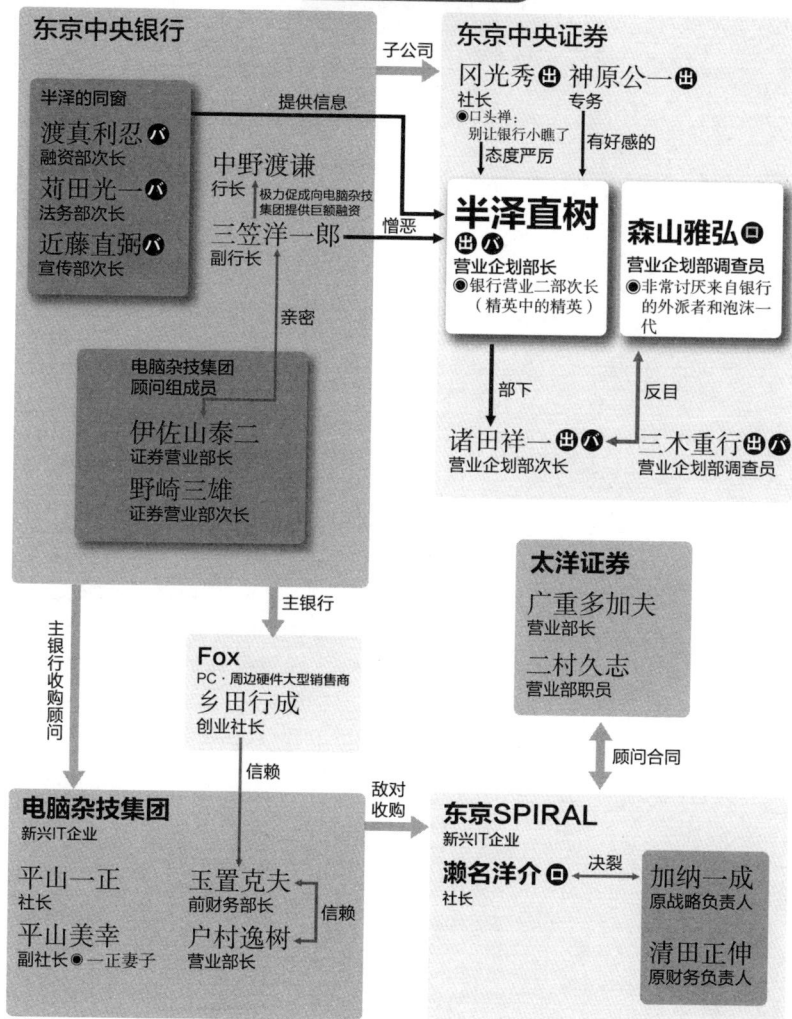

派 从银行派到证券公司　　泡 泡沫一代　　迷 迷失一代

目录

第一章　抢椅子游戏

1

电脑杂技集团的平山夫妇双双来访，是十月某个星期一的事。

也就是在 2004 年美国职业棒球大联盟中，选手铃木一朗打破乔治·西斯勒所保持的年度最高安打 ① 纪录的第二周。

当半泽直树走进只对重要客户开放的第一接待室时，次长诸田祥一和森山雅弘两人已经到了，正在接待平山一正社长及其夫人美幸，美幸夫人也是该公司的副社长。

电脑杂技集团是平山在三十五岁离开原单位综合商社后创立

---

① 安打是棒球及垒球运动中的一个专业名词，指打击手把投手投出来的球击出到界内，使打者本身能至少安全上到一垒的情形。

的风险企业①。这家公司的名字会让人认为是一家中国企业,这是因为平山曾观看过中国杂技团的精彩表演,并深深为之折服,他希望在 IT 领域中同样也能利用杂技般惊妙绝伦的技巧来展现专业集团的形象,因此取了这个名字。

公司创建后第五年在新兴市场上市,当时平山获得了巨额的创始人利润,在日本创业者当中脱颖而出,成为明星般的存在,在 IT 业界可谓无人不知,无人不晓。

今年五十岁的平山穿着一身朴素的西装,看起来和普通工薪阶层没什么区别,夫人美幸则穿着华丽的时装,一看便知价格不菲。

可能在半泽进来之前双方谈得比较顺利,诸田的脸上闪耀着期待的光芒,看到半泽进来,赶紧让他坐在扶手椅上。森山则一如既往地绷着脸正襟危坐,面前摊开着笔记本,手中拿着圆珠笔准备记录。

"本来敝公司准备再次登门拜访您的。今天还劳烦您二位专程前来,实在抱歉。"半泽寒暄道。这是他第二次见到平山,第一次是在两个月前,他刚从东京中央银行调到东京中央证券担任部长时曾去平山的公司拜访过。

虽然电脑杂技集团被定位为重要客户,但两家之间的关系却

---

① 20 世纪 60 年代前后,伴随着新技术革命浪潮不断高涨而产生的一批新型企业。这种企业专门在风险极大的高新技术产业领域进行开发、生产和经营。

一直不温不火，除了在公司上市时东京中央证券担任过主干事公司 ① 外并无实际业务往来，负责人森山也曾上门推销过各种投资产品，不过都吃了闭门羹。

"因为这次商谈非常重要，所以希望部长也能够出席。"听着诸田那期待业务上门的口气，再看看夫妻二人脸上罕见的严肃的表情，半泽顿觉此事一定非同寻常。

"很抱歉，百忙之中占用您的时间了。"平山社长欠了欠上身说道，"明年就是我们电脑杂技集团创业十五周年了，这些年来承蒙各位鼎力支持，我们公司的业务还能顺利发展。不过，这几年经营环境越来越严峻，我们担心仅凭以往的经营方针，会难以持续发展下去。所以在这个可以称为分水岭的年份，敝公司也应该确立一个能够支撑未来十年，乃至二十年发展的大胆而崭新的战略，您说对吧？为了能够实现这个目标，我们才登门叨扰，希望能请贵公司助我们一臂之力。"

这番话满带着平山的风格——乍看不起眼，实则积极经营。也正是这种风格使得电脑杂技集团的企业战略持续取得成功，营业额已经超过三千亿日元。

"前所未有的经营战略啊，这真是太令人振奋了。请务必让我们也能参与其中。"诸田插话说，"那么，具体的战略方针是什么呢？"

---

① 认购证券公司代表。企业发行股票、公司债时，成为核心而认购的证券公司（干事公司）中的代表。

"为扩大企业规模，我们决定选择最完善且最快捷的方式。"平山的话里带着决心。

"最完善而且最快捷啊，您说得对。"诸田奉承道，"那么，请问有具体方案吗？"

"我们今天上门就是来谈这个的。"平山稍作停顿又继续说道，"我们想收购东京 SPIRAL。"

诸田不由得"啊"了一声。森山也停下了做笔记的手，凝视着平山，毫不掩饰的惊讶展现在他们脸上。

这种反应实在再正常不过了，毕竟东京 SPIRAL 是可以与平山所领导的电脑杂技集团分庭抗礼的 IT 业界霸者之一。

该公司社长濑名洋介年纪不过三十岁上下，跟几名合伙人白手起家，从互联网软件销售业务起步，现在发展为营业额超过千亿日元规模的公司，其经营方式受到了高度的评价。

"半泽部长有何高见呢？"平山的视线转向了半泽。

"这的确是非常大胆的战略呢。"半泽坦率地说出了自己内心的想法，"不过，收购东京 SPIRAL 之后您准备开展什么业务呢？"

"我想要该公司拥有的网络搜索引擎，有了这个就能转换敝公司偏向电脑等硬件产品的业务结构，助力敝公司构筑互联网战略桥头堡的地位。"平山述说着计划的一部分，"针对东京 SPIRAL 的业务内容我们已经私下做了调查，如果能成功收购的话，敝公司必能实现大幅飞跃。所以这次想请贵公司担任我们的战略顾问，成功实现收购。"

"哎呀，承蒙社长您的信任，实在是感激不尽。"还没等半泽开口，诸田就抢先说出自己的想法，"我们会积极研究这个项目。不仅贵公司，敝公司也想从这次收购案中得到飞跃性发展，这无疑是对我们双方都有百利而无一害的生意，让我们一起努力实现这一计划吧。我们会把相关细节整理成提案书后再登门拜访，到时还请多多指教。"诸田一边这么说着，一边深深地行了个鞠躬礼。

* * *

"这可真是天上掉馅饼啊。"当载着两位贵客的电梯门关上，诸田看着显示楼层下降的指示灯兴奋地说道，"不愧是平山社长，真可谓胆大无畏啊。"

"不过，收购本身会非常困难吧。"半泽谨慎地说。

东京中央证券是东京中央银行的证券子公司，资本状况倒是良好，无奈公司履历尚浅，并没有多少企业收购方面的成绩。尤其是大型收购，作为顾问机构去收取高额手续费，要问其是否有胜任的能力，说实话，非常令人担心。

"部长，这个项目我们应该接。"诸田坚定地说道，"我觉得我们必须接。"

诸田之所以这么说，是因为战略顾问业务会带来巨额的收益，对于最近业绩低迷的公司来说，可谓求之不得的大生意。

"你觉得东京 SPIRAL 会随随便便就答应被收购吗？"半泽问

道，"搞不好就会成为敌意并购[①]，咱们有这方面的经验吗？"

"车到山前必有路嘛。"诸田说道。

实在看不出他说这话有什么依据。此前接手的大项目全是从母公司银行那边转手过来的，对于先天优势充足而不知市场残酷的银行证券子公司来说，实在难以担负起收购敌对企业的顾问重任。诸田乐观过头了。

尽管企业收购、M&A[②]……这些词汇在渐渐普及，但很多人仍未亲自参与过。在这一环境中，平山不顾企业规模差距，试图收购敌对企业置之旗下的战略不仅让听者吃惊，失败的可能性也是非常高的。

"事情会这么顺利吗？"森山说出了心里的疑问，"对东京SPIRAL的员工来说，这就跟被一直交战的对手征服了一样，他们肯定会拼死抵抗的吧。"

"那又怎么样？"诸田突然变了脸色，用极其不悦的眼神看着森山，"你是电脑杂技集团的负责人吧，难道你不想提高收益吗？你以为坐着不动就能赚钱吗？你这个月的营业目标还没完成吧？"

森山又恢复了平常那副严肃的面孔，闭口不言了。森山今年

---

① 敌意并购，亦称恶意并购，通常是指并购方不顾目标公司的意愿而采取非协商并购的手段，强行并购目标公司或者并购公司事先并不与目标公司进行协商，而突然直接向目标公司股东开出价格或收购要约。

② 全称 Mergers and Acquisitions：合并和收购，并购。

刚升职为调查员，可以算得上是一名优秀员工，却也是让领导头痛的部下。认死理，爱钻牛角尖，不从众不媚上，在会议上经常明确地提出反对意见，不少领导都不待见他。诸田也是其中之一，对他的态度也很苛刻。

"那就尽可能以对方能接受为前提做紧急研究，"半泽命令森山道，"这个项目确实很棘手，不过我认为我们现在也的确需要这类经验。"

"我明白了。"

看着小声叹着气回到自己座位上的森山的背影，诸田甩出一句话：

"那家伙脑袋里到底在想些什么啊？什么态度嘛！"

说完又像是寻求赞同一样看着半泽。诸田和半泽一样，都是泡沫经济时期进入银行的一代，又都是从银行外派出来的，虽然半泽职位上高一些，不过论进银行的辈分则是诸田高一辈。诸田属于靠"气势"工作的营销人员，而森山则是凡事都要有充足的理论依据的类型，所以也难怪他们气场不合，总闹龃龉。

"这样一来本期的业绩也能落实了，可以缓口气了。"

诸田的语调里充满了自信，仿佛已经成功签约了似的。

2

　　"东京 SPIRAL 是社长濑名洋介和两位朋友一起创立的，现已成功上市。上一期的销售额为一千二百亿日元，常规利润为三百亿日元，本期利润为一百二十亿日元……"

　　"股票价格呢？"诸田打断了森山的报告，问道。

　　此时是第二天下午六点，他们正在就前一日的收购案召开临时会议。

　　"两万四千日元。"

　　"所以呢？"诸田的语气里明显带着焦躁，"收购的话到底需要多少钱呢？"

　　听到如此焦急的询问，森山脸上的表情瞬间僵住了，诸田的语气从来没有这么严厉过。

　　"如果要获得过半数股份的话，至少需要一千五百亿日元的资金。"

森山说出金额的瞬间，小小的会议室里立即充满了一种难以言表的兴奋，他们从来没有经历过如此大规模的收购案件。

"如果能把这个案子拿下的话，本期收益就将得到大幅提升啊。"

诸田的话听起来既是对全员说的，也像是对自己的激励。这兴奋而略带颤抖的声音中流露出他对这次天赐赚钱良机的热切渴望。

"但是，现在的电脑杂技集团并没有一千五百亿日元的资金。"森山说。

"资金什么的总会有办法的！"诸田带着怒气冲口说道，"发行公司债券也好，直接贷款也好，像这样的方法要多少有多少吧！"

"电脑杂技集团能用于收购的资金绝对算不上宽裕，"森山用极其冷静的语调说道，"强行推进的话就会背负上等额的有息债务，这样一来是不是太过透支了？"

"这不是问题。"诸田毫不客气地顶了回去，"和东京 SPIRAL 合并之后毫无疑问定能提高收益，增加资产，哪会有什么问题！"

"我认为风险太高了。"森山口气生硬地强调道，"本季度预计销售额为三千几百亿日元的公司，有必要为了收购竞争对手而背上其销售额一半以上的债务吗？东京 SPIRAL 和电脑杂技集团在企业作风方面差异很大，彼此的敌对意识也很强，对于这次收购，东京 SPIRAL 绝不可能束手就擒，他们的员工也一定会强烈反抗。这次收购成功的可行性并不高吧？"

"要是都像你这样的话还怎么做生意？"诸田恶狠狠地说道，

"我问的是在我们成为电脑杂技集团的顾问这件事上，有什么可能会成为阻碍的事，而不是在征求你的意见。"

诸田的瞳孔深处闪动着愤怒的火焰，死死盯着森山追问道："怎么样？你倒是说说看，到底有没有能够成为我们障碍的事情？"

"倒也没有什么特别需要注意的。"

"那你一开始就该这么说嘛！"性格急躁的诸田不客气地说道，然后又转向身边的半泽，"部长，您都听到了，我打算回复平山社长说我们决定接受此次收购案，您看可以吗？"

森山目光暗淡地看向半泽，那眼神看上去欲言又止，在与半泽的视线即将接触时又转而看向了其他地方，可以看出他非常不满。

半泽微微叹了一口气，将视线从森山那里收回，继续看着诸田。

"我明白了，就这样推进吧。另外，要抓紧和平山先生商谈一下条件方面的问题。"

"是，明白了。"诸田点点头，当场选定了顾问团成员。

一共五人。电脑杂技集团的负责人森山并不在名单之中。一时间房间里的气氛变得微妙起来。

"就由你们五个跟进这个案子吧。"诸田说道。

"请等一下。"森山的目光仿佛要燃烧起来了，"我身为负责人，也该列入成员之一吧？"

"不，本收购案要算作常规业务之外的特殊案件。"

森山眼中的情绪退去了。诸田不再理会森山，招呼坐在桌子一角的男人道："三木，你是这次的组长了，拜托了。"此人是三木重行。

"是，明白！"三木挺直了腰板，充满干劲的声音在会议室里回响着。面对这个意想不到的局面，半泽不由得皱起了眉头。

正因为是重要的案件所以就把还年轻的森山换下来，把自己的心腹三木塞进去吗？这样做真的好吗？虽然三木的职务和森山一样，都是调查员，年纪却比半泽还大一岁。也就是说，他和诸田是同期，而且是从同一家银行外派过来的。半泽能理解他们的这种同病相怜，但这并不能作为入选的合理理由。虽然他并不打算对这样的安排插手干预，但始终无法释然。

在东京中央银行附属证券公司之一的东京中央证券里，存在着两类人。

一类是公司的正式员工，另一类则是从银行外派过来的。实际上，因为正式员工也存在着资历尚浅的问题，所以公司的主要职位基本都由来自银行的外派组占据着。正式员工的这种不公平感也同样根深蒂固。刚才会议室中充斥的气氛就反映出了这一情况，银行外派组为什么总是搞特殊待遇呢？

"请等一下。"森山终于忍不住先发制人了，"为什么要撤下我这个负责人？我完全无法理解。"

"必须要有丰富的经验才行。"诸田语气中带着刺，斩钉截铁地说道，"这个收购案必须要谨慎对待才行，对于你来说担子太重了。"

"开什么玩笑！"森山别过脸去，从齿缝里挤出一句，声音虽小，但是半泽却清清楚楚地听到了。空气顿时凝固了。诸田的脸色一变，眼中燃起了熊熊怒火。

"你说什么？森山，你有什么不满吗？"

"没什么。"森山爱搭不理地回了一句。

"'没什么'是什么啊？！"诸田太阳穴上的青筋突起，仿佛都听到了嘣嘣跳动的声音。

"没有什么不满。"森山脸上浮现出不再是愤怒，而是放弃的神态。和这种人再怎么争论都是徒劳的。这种组织也没什么值得期待的了，他的表情在诉说着他此刻的心境。

"没什么不满就闭嘴！"诸田用含怒的眼神盯着森山，低声说道。

森山并没有像他所想象的那样再做出什么反驳。

诸田也不再理他，再次看向三木说道："期待你的表现哦。"激励的话语和对森山冷冰冰的态度刚好形成了鲜明的对比。

* * *

会议结束后，森山回到自己的位子上，三木满脸堆笑地走过来说："森山，能把电脑杂技集团的资料给我吗？"

森山抬起下巴示意桌上那沓厚厚的文件，封面上写着"电脑杂技集团"。

"请，自己拿不就好了嘛。"

"怎么啦，还怀恨在心啊？"三木一边说着，一边不客气地用

14

手在板着脸的森山肩上啪啪拍了起来。

"能请你把手拿开吗？"森山甩开了三木的手，用烦躁的眼神看着这位前辈，"什么怀恨在心，我才没那么无聊呢。不过，三木先生，你真的能担起这次的收购案吗？"

"你说什么？"三木一反刚才会议室中那副老实人的形象，眼神里闪着邪恶的光，说道，"是因为你不行所以才换我上的吧？"

"是吗？"森山轻笑一声，"我被撤下是因为我不讨次长的喜欢，我不知道还有什么别的原因。"

"这种案子你从来都没有经手过吧？"

"那三木先生你呢？"森山反问道，"亲自处理过企业收购案吗？"

森山看着一时之间无言以对的三木说："至少来这里的三年里没处理过吧？"

"我以前可是在银行信息开发部工作的。"面对这个比自己小十岁的同事，三木不由得起了好胜之心，"处理企业收购信息是常有的事，也有过成功的案例。"

"成功案例？"森山问道，"银行的信息开发部还做企业收购啊？"

三木的脸色有些尴尬，不过很快又被他掩饰下去。

"实际业务嘛，当然是营业负责人的工作。不过我至少了解企业收购是怎么一回事，这点比你强。"

"真是自信满满啊，事情真能进展得这么顺利就好了呢。"

"你什么意思啊，怎么说话呢？"三木瞪着冷嘲热讽的森山。

森山迅速地把桌上的资料整理出来，砰的一声放到三木面前。

"电脑杂技集团的全部资料都在这里了，请过目吧。"三木愤愤地看着森山说道，"有什么问题我会再来请教你的。"他扔下这么一句话，抱着资料转身离开了。

看着他的背影，森山不禁咂了咂嘴。

"可真是得意忘形了啊。"坐在后面座位目睹了整个过程的尾西克彦忍不住说了一句。他一直盯着三木的背影直到他回到了自己的座位，才转过头来看着森山。尾西比森山早一年进入公司，和森山一样，都是刚毕业就进入东京中央证券的正式员工。

"真是的，真受不了。"尾西低声说道，"去吃饭吗？还是继续工作？"

"吃饭去，反正也没心情工作了。"

森山开始整理办公桌上的各类文件，尾西也同样迅速地收拾完毕，两人一起站起身往外走。

"我们先走了。"两个人对着次长座位说道，诸田漫不经心地低声回应着，同时瞥了一眼墙上的时钟，现在是晚上七点钟。

这么早就走了啊。诸田一脸不满地心里想着。

我管你怎么想呢。森山一边这么想着，一边和尾西并肩走出了办公室，顺便往三木那边瞄了一眼，只见三木已经翻开了刚刚拿到手的资料，正在专心致志地读着。

三木决不会比诸田早下班的，他面对上司极其谄媚，总是不停地点头哈腰、卑躬屈膝，态度非常谦卑，面对下属却喜欢摆出前辈的架子，总是一副很了不起的样子。

可真是辛苦您了。森山在心中暗暗地讽刺着，随即和尾西前往位于丸之内 OAZO^① 里面那家常去的店。

森山和尾西都不是那么爱喝酒的人，即使去酒馆，最多也就是喝个一两杯生啤。

二人先喝了一杯啤酒，润润喉咙。

"话说回来，竟然让那种没什么能力的家伙负责，诸田次长到底怎么想的啊？"

"他就是不信任我们这些正式员工。"森山盯着啤酒杯，握着酒杯的手也渐渐加大力度，"碰到重要的案子一定想着他们内部消化吧。"

所谓内部，指的就是来自东京中央银行的人。诸田明显有着轻视正式员工的倾向，重要的工作、要紧的顾客、关键的会计核算都会交给银行出身的外派组处理，完全就是把证券公司的正式员工当成助手使唤。

"他属于精英意识极强的那种人嘛。"

"倒不如说他是既得利益被优先照顾的人。"森山厌弃地断言道，"泡沫经济时期入行，明明也没什么能力，居然已经混到次长的位子，他根本就不是那块料。"

因为平常总是被视作眼中钉，此刻森山对诸田的批判也毫不留情。

然而越是批判，森山的心里越是涌出一种苦涩的疏远感。得

---

① 日本东京有名的商业街。

不到上司的垂青，作为公司职员来说肯定不是什么好事。虽然历经千辛万苦才进了这家公司，但在这里却找不到自己的容身之处。

"银行出身的人就那么值得信赖吗？"尾西这句推心置腹的话，让森山的怒火再次燃烧了起来。

尾西又说："像三木这种光会说'是是是'的人，根本做不了什么业务。"

"岂止如此啊，连点基本的办公能力都没有。户川总是叹气说，三木写的发票净是错误。户川是营业企划部负责日常事务操作的女职员，让他改一下吧，他却说'那你帮我改吧'。"

"就是因为这样才被下调的啊，都那个年纪了还在做调查员。"尾西斩钉截铁地断言道。

"这次的案子也是啊，真的不要紧吗？再说了，三木原本就没有企业收购的专业知识吧。"

"他不是说了嘛，人家以前是信息开发部的啊。"森山说着，两人一起笑了起来。

"所以呢？"尾西一边忍不住笑着，一边说道，"信息开发部就那么了不起吗？"

"他说经常接触企业收购的信息，还有过成功收购的实际案例。"

"什么案例啊，都是骗人的。"尾西一笑过后，却渐渐火大起来。

"归根结底，实际工作还是营业人员做的啊。"森山附上了一句。

尾西收敛了笑容，发出了深深的叹息。

"结果我们还是什么都做不了啊。他那个顾问小组里，除了三木之外，别的成员倒都还过得去。"

五个成员中，除了三木其他四人都是正式员工，都是精通证券事务程序的专家。实际上，就算三木个人毫无作用，就当个摆设，这个团队也肯定能发挥出应有的专业水准。

"次长大概就是想着要把功劳都归于三木一个人，然后让他再升一升吧。不过要是让那种人升职的话，下面的人可会吃很多苦啊。"

森山心下不由得暗暗赞同，尾西说得对。

"再说了，部长也真是的。"

尾西又把批判的矛头指向了营业企划部部长半泽身上，"那个人原来是营业二部的次长吧？虽然不知道他在银行里捅了什么娄子，但那种精英中的精英为什么会到我们公司来啊？明显是被降职了嘛。到头来，他也不过和诸田次长一样，同样都是在既得利益集团中浸染过的，和其他泡沫时代新人组的人一样。"

尾西的点评一如既往地辛辣。

* * *

那么，所谓的泡沫经济时期，到底是什么样的呢？

当时，森山的父亲在千叶县的一个地方市政府里做公务员，不管经济情况是好还是坏，对市政府职员的待遇都没什么影响。

但初中和高中都和森山同读一所学校，森山的挚友阿洋家里的情况却大不相同。阿洋的父亲在一家不动产公司工作，每年一到暑假，全家就会去夏威夷旅游。在泡沫时代的巅峰时期，一次的奖金就多达五百万日元，比森山父亲年收入的一半还多。也因为他读的是初高中一体的私立学校，不仅仅是阿洋，同校的同学也经常会说"我父亲股票赚大钱啦""我家用奖金买了奔驰啦"之类的事。

虽然没直接对父亲说过这些事，但当时的森山却觉得自己有点可怜。虽然整个社会都为经济状况良好而兴奋沸腾，森山家却不得不为筹措森山高昂的学费而过着节俭的日子。父亲既算不上善于处世的人，也没有什么特别出众的能力，只是踏踏实实地，每日一成不变地重复着来往于市政府和家之间，除去期末、期初繁忙的几天，基本都是雷打不动地准时回家。森山非常不喜欢这样的父亲，不喜欢这样平凡的人生。我将来绝对不要像父亲一样。森山从心底里这么想着。

然而，从中学升到高中后第一年的秋天，突然发生了变故。

挚友阿洋突然说要退学。

"我老爸炒股票赔了。"

森山受到了很大的冲击。一定是处境相当艰难才会让孩子退学的吧，而这样的事竟然都是因为股票引起的。怎么会发生这样的事呢？

他把这件事跟父亲说了。

"啊，那是因为'信用交易'^①吧。"父亲说道。父亲始终严肃认真，从来都没有碰过股票，不过却和大多数人一样，多少也懂那么一点股票知识，于是简要地给森山讲了一下。

在信用交易遭受了巨大损失后，阿洋的父亲不仅花光了所有存款，还不得不卖了房子去填补损失。如果只是那样的话，阿洋也许还不至于退学吧，更糟糕的是他父亲还试图挽回那笔损失，结果却越损失越多，越陷越深。

森山最亲密的朋友离开了学校，举家搬迁，不知道去了哪个城市。自那以后，森山再也没有见过阿洋，一直到现在也没有联系过。

股价在那两年之前，也就是平成元年（1989 年）12 月的大纳会^②上达到了日经^③平均约三万八千日元的市场最高值之后，便是一路持续下跌。

以阿洋的遭遇为契机，森山也开始关注报纸上的股价栏，那时的森山，从那如同猛兽一般剧烈变化的图表中感受到了某种恐怖，却也发现了其魅力。他并不否定，当时的这段经历后来也成为他大学毕业后立志进入证券公司的原因。

---

① 所谓信用交易又称"保证金交易"（Margin Trading）或垫头交易，是指证券交易的当事人在买卖证券时，只向证券公司交付一定的保证金，或者只向证券公司交付一定的证券，而由证券公司提供融资或者融券进行交易。

② 日本股市最后一个交易日。

③ 亦称 ICIW，是由日本经济新闻社编制公布的反映日本东京证券交易所（Tokyo Stock Exchange）股票价格变动的股票价格平均指数。

不只是阿洋，在升入高中二年级之前，班上也有好几个同学因为父母炒股的关系而退学了。这个变故深深地印刻在森山的心中，成为难以忘却的记忆。原本学生们整天挂在嘴上的"经济形势一片大好"之类的话渐渐地再也听不到了，整个社会就像是家里有个久病不愈的人一样，陷入一片郁郁寡欢的沉寂之中。

　　森山自己也像很多大人一样，认为这种萧条只不过是一时之事，暗暗地期待着经济情况马上就能好转起来。

　　然而，那只不过是毫无根据的单方面乐观臆测罢了。无论再怎么等，再怎么期待，经济迟迟没有任何复苏的迹象。股价也好，地价也罢，都在持续地下跌。这个名为不景气的怪物的长尾巴，终于在森山大学毕业之前，不，在那之后也持续地，以就业难的形式挡住了人们致富的去路。

　　在就职冰河期作为应届生毕业的森山，接受了数十家公司的面试，结果都落选了。

　　正因为知道就职形势严峻，森山从学生时代就开始竭力进行自我培养，努力提高自身能力，不仅仅是英语，为了拿到证券分析师等考试的资格证书，他一心奋发读书，上课几乎从不缺席，成绩几乎是全优，尽管如此，他还是被淘汰了。

　　然而被淘汰的理由，也有很多让人难以理解的地方。

　　与其说是难以理解，倒不如说是荒唐。

　　面对着接踵而来的落选通知，森山满肚子的怒火，却无处宣泄。

　　那时候，人们把森山从初中到高中的这段经济景气时期称为泡沫经济时期，此后的不景气则被称为泡沫经济崩溃。

那么到底是谁创造了这个被形容为"泡沫"的奇妙时代，又是谁毁灭了它呢？

虽然不能找出罪魁祸首，至少那并非森山这一代的过错。但连份工作都找不到，一直在吃亏的却无疑是他们这一代人。

每次参加求职面试，他的自尊心和自信都会被撕得粉碎，连发泄不满的余地都没有。那时的森山，只得一边与对未来的不安抗争，一边不屈服地努力向上爬，忍受着痛苦岁月。

尽管不是大企业，但当得知被东京中央证券内定时，他还是不禁深深地松了一口气，安下心来。企业是一流还是二流已经无所谓了，只要能找到工作就很好了。朋友中还有很多没有找到工作，不得不准备参加下一年应聘，森山已经算很好的了，至少拿到了内定。

森山所经历的被称作就职冰河期的就职难时期，在那之后也继续了很长一段时间，直到 2004 年这一状况依旧未见好转。

整个社会就像是一下子进入了一个名叫"泡沫崩溃后的萧条"的隧道，这十年，是苦苦找寻出口的十年。而在 1994 年到 2004 年长达十年的就职冰河期内步入社会的年轻人，后来因为某份全国性报纸的一个提法，开始被称作"Lost Generation"，即迷失一代。

然而——

削尖了脑袋才通过面试进入的公司，放眼望过去，却全都是没什么能力，只因为当初卖方市场占优而大量采用的、缺乏危机感的职员，这些人占据着公司大部分的中间管理层。

这就是所谓的泡沫时期新人组。

对于森山来说，他们不过是趁着经济形势良好的势头而被大量录用，只会坐吃工资却缺乏能力的累赘一代。

为了养活这些滥竽充数的泡沫一代，少数的精英迷失一代却被迫劳作，饱受虐待。

社会没有为森山这一代做过什么，更不要指望公司能够向其伸出援手了。

也许泡沫一代深信公司就是自己的保护神吧。

可是对于森山他们这些迷失一代来说，能保护自己的只有自己。

"公司是公司，我是我。"森山在昏暗的店内凝视着一面再普通不过的墙壁。这句话与其说是对尾西说的，倒不如说是念给自己听的咒语。

"我也是这么想的。"

过了一会儿，尾西貌似豁然开朗地点了点头，说道："半泽部长也好，诸田次长也罢，还有那个白痴三木也一样，单从能力方面看明明不如我们，就是因为有了公司组织这种机制，他们才有机会成为我们的上司，仅此而已。如果把他们的职称去掉，他们就什么也不是了。只要他们一天不离开，公司就一天不能成为凭实力说话的组织。"

尾西此时的口气简直就像反政府的斗士一般："在那天来临之前，还是要为了养活这群无能职员而付出庞大的人员开支，还不得不和竞争对手公司拼死拼活地抢生意。不过这些事在哪个公司都一样吧。泡沫一代现在已经超越公司的范畴，变成整个社会的累赘了。简直就是社会的一大问题啊。"

无论走到哪儿，吃亏的都是我们这些迷失一代——森山对此深信不疑。

3

"如果按照估算的一千五百亿日元收购金额来看的话，收益相当可观啊。"

与电脑杂技集团签订顾问合同的那天，东京中央证券社长冈光秀的心情非常好。半泽去社长室送文件让他盖章时，他兴高采烈地说了这么一句话。

曾任东京中央银行专务的冈，在竞争行长职位中败落，一年前被调到了现在这个职位上。

冈的升职欲望和好胜心都非常强，属于感情外露的类型，口头禅是"别让银行小瞧了"。

"本次收购案我们选择了成功报酬制。"半泽说道。

选择成功报酬制是诸田的提案，这样一来虽然佣金没有那么高，但如果失败的话却不用赔付一分钱。然而这个案子的进展必定不会那么顺利，风险实在过高。半泽面有难色，冈却下令道："就这么办吧。"

理由只有一个，他想在企业收购领域大幅提高收益，让母公司刮目相看。

"一定要成功，这是死命令，半泽部长。"冈目不转睛地看着半泽。

说实话，半泽实在没有确保成功的自信，但目前也没有任何反驳的余地，只好说了一句"我必当全力以赴"，然后转身离开了社长室。

"社长说什么了？"

半泽回到自己的座位上，诸田脸上带着期待的笑容走了过来。他无疑是想听冈的赞美之词，半泽说道："社长给予了我们很大的期待，同时也意味着只许成功不许失败。"诸田的表情不由得严肃起来。

"现在企划组正在研讨具体方案，相信很快就可以拿出报告了。"

"有希望拿出好方案吗？"半泽问道。

"我一定鼓励大家拿出气势来，一定能做出好方案。"

就是诸田这种唯心主义做派使半泽感到不安。

以前在银行的时候也经常听到这样的说法，然而每次听到这种话都会让半泽感到厌烦。世上明明不知有多少事就算竭尽全力也不能取得成功，真的简简单单仅凭气势就可以攻克这个收购案吗？

对于担任营业企划部次长这样要职的人，半泽所期望的是能看清事态的冷静判断力，而诸田有这个判断能力吗？

"如果不成功的话，可不是一句'我们尽全力了'就能敷衍了事的，这可是能左右我公司本季度业绩的重要案子啊！"

"我明白，这个案子如不成功，我们作为证券公司就没有未来了。"

诸田思维也太跳跃了，他这句不着边际的话让半泽感到很烦躁。

"考虑到今后还可能会出现这种事，我话先说在前头，这样的唯心主义能不能先抛在一边，更客观地进行探讨和调研工作。"

诸田的表情微微扭曲了，因为自己的工作方式没有被半泽认可而感到不满。

"部长，这个案子我会负起责任，跟进到底，您能交给我全权负责吗？"诸田用略带焦躁的口气说道。因为他以前在银行就是证券部门的，所以自负比专业领域不同的半泽更精通。"企划组的成员都是本公司出类拔萃的精英，分析再怎么客观说到底也只是预测，结果才是一切，您说是吧？"

诸田本来就是个自尊心极强的男人，说着说着就有点抑制不住心底的火气，脸涨得通红。

"那么，就请努力拿出结果吧。"半泽说道，"既然选择了成功报酬制，你该做的就只有一个，那就是使本次收购成功。"

"当然，请您拭目以待。"诸田说罢，挑衅似的看了半泽一眼，稍一施礼就转身离开了房间。半泽目送他离去的背影，不由得深深地叹了口气。

4

尽管诸田斗志满满，可是在那之后过了约一周的时间，三木所领导的企划组还是没能拿出任何具体的方案。半泽在那天参加企划组商讨会时才知道了他们的窘境。

"我认为还是应该先向东京 SPIRAL 方面表明收购意向，毕竟不确定对方的态度的话，也没办法决定我们的方案啊。"

发言的是营业本部的一位叫金谷的男人，他长时间在营业第一部工作，虽然看上去土里土气的，对证券实务却很是精通。

"嗯，你说得也有道理。"主持会议的组长三木一边做笔记一边点头。

"那让平山社长去私下试探试探对方的意向，如何？"

看着在场的所有人都像是很赞同三木的意见，半泽慌了。

"等等，你们好像是把收购作为既定方针了，不觉得太急了吗？关于东京SPIRAL你们做了多详细的调查？要彻底调查一下，首先要搞清楚平山社长所考虑的收购在战略上是否正确才是先决条件吧？根据情况不同，也应该还有不收购东京SPIRAL这个选项啊。"

会议室里一片沉默。

"这可是成功报酬制啊，部长。"三木忍不住反驳道，"我认为应该向收购方向推进，而且关于收购与否已在签署合约之前就调查过，也探讨过了。"

"事前调查也只是说收购的可能性并非为零，不是吗？你们就囫囵吞枣，直接把它当结论了吗？"

"已经签好合同了……"面对三木的反驳，半泽不由得仰头望着天花板，半天才再次收回视线看着三木，粗声说道："简直不明白这个企划组有何存在的意义。"

"之所以把你们这些专家聚集在一起，是为了进行缜密的调查和评估，希望你们能暂时忘记成功报酬的事，先从这个收购案件究竟可行与否入手。而且——"半泽缓缓环视在场的五个人，说道，"对之后的方案也不加研讨就让平山社长为你们去打探东京SPIRAL的口风，在平山社长眼里我公司的信用岂非一落千丈？"

没人回答。

等到三木的小组做好一份像样的提案时，已经又过了大约一周的时间。

＊　＊　＊

那天的会议室里，充斥着紧张的气氛，人们仿佛都能听到空气中噼啪的声音。

这是在电脑杂技集团的会议室里。半泽坐于正中，次长诸田坐在旁边，接下去是三木所率领的企划组，五个人都神色紧张地等待着平山社长的到来。

上午十点整，平山社长现了身。

"副社长因为有别的要事在身，抱歉不能到场。"平山开口先为身为副社长的妻子的缺席而致歉，然后看着并排而坐的东京中央证券一方，说道，"不知诸位今日光临，所为何事啊？"

这句话有点让人感到意外了，半泽不由得睁大了眼睛，不用明说也应该知道是有关收购案件的事才对，平山这是什么意思？

"有关于正在磋商的那件事。"虽然心中疑惑，半泽还是回答道，"今天我们带来了收购案的初步方案，想请您允许我们针对这个方案进行说明。"

"啊，是那件事啊。"

看到平山略显为难地笑了笑，半泽心中不禁升起一丝异样的感觉。

正常来说，这次会议对于意图收购东京 SPIRAL 的电脑杂技集团来说应该是盼望已久的才对。然而，半泽从眼前的平山身上却感受不到一丝的期待和热情。

几乎就在半泽敏锐地感觉不对劲的同时，平山说出了一句令人震惊的话："这件事不用再提了。"

"这是怎么一回事？"半泽连忙问道。

平山的目光一下转移到墙上去了，待再次转回来时，目光中充满了愠怒。

"半泽先生，距离我那天拜托你们已经过去两周多的时间了吧？"平静的语调，却流露出平山不寻常的情绪，"但是在此期间，贵公司一次都没联络过我。原本是看在贵公司在我公司上市时给予过帮助的情分上，才想着把这个收购案交付给你们的，但你们这样的处理方式显然不能令人放心地把工作托付给你们。"

听到"一次都没联络过"这句话，半泽不由得看了三木一眼，三木的脸顿时变得很僵硬，惊愕得嘴都合不上了。

"实在是太抱歉了。"半泽道歉道，"不过，关于这件事我们企划组全力进行了调研——"

"太迟了。"平山神情严肃地打断道，"对于我们IT界来说时间就是生命，速度才是一切，做的就是'眼疾手快，雁过拔毛'的工作。以你们这样的速度，作为合作伙伴是不值得信赖的，因此，半泽先生——"

平山盯着半泽说道："前些日子的顾问合约……就当作没发生过吧，就这样吧。"

平山说着，站起身来就向外走。

"社长，请等一下。"半泽急忙说道，然而平山没有理他，带着一脸坚决的表情，头都不回地打开房门就走了出去。

这可真是不知如何是好了。

一旁的诸田抱住了头，然后对着同样哑然的三木和他的企划组怒吼道："为什么没联络过！你们都在闭门造车吗？"

企划组成员们像雕塑一样呆坐在椅子上，没有回应。最后，三木道歉道："非常抱歉。"

"真不知道你们都在想什么！"诸田看起来极度懊恼，表情也稍稍变形了，"合同里有关单方面毁约的条款怎么写的？中途解约又是怎么规定的？"

三木从包里抽出合同书，快速地确认着条款。

"没有任何处罚规定。"

诸田听了，不禁仰天长叹，痛苦地说："怎么会这样？"

"对不起。"脸色惨白的三木再次道歉，"上周太专注于完成方案了。"

现在这样的借口毫无意义，明知平山是一个严厉得出了名的人，却还是用这么疏忽大意的方式对待。半泽闭上眼，随后缓缓地站起身，"走吧。"说着，他第一个走了出去。

* * *

"哟，这不是半泽嘛。"

正要走出大楼，迎面有人打了个招呼。

"伊佐山先生。"

站在那里的是东京中央银行证券营业部部长伊佐山泰二。身穿藏青色西装，身高一米九的他以俯视之姿看着半泽，那张让人过目难忘的马脸上带着笑容。

"好久不见啊，怎么样，在中央证券那儿日子还好过吗？"

"还行吧。"半泽一边说着，一边从站在伊佐山身后的那群人中发现了野崎的身影，心下不由得微微诧异。野崎是东京中央银行证券营业部的次长，他是负责国内外企业收购的主要负责人。

野崎为什么在这里？还未等半泽想出答案，只听伊佐山似乎心情不错地继续道："那就好，你们今天是来做电脑杂技集团的业务吗？"

伊佐山看上去很熟络似的亲切问候着。其实半泽和伊佐山以前在银行的企划部时可是斗得不亦乐乎。历经合并的东京中央银行内部有着分别称作旧 T 和旧 S 的原东京第一银行和原产业中央银行的错综复杂的人脉关系，半泽是旧 S 出身，而伊佐山则被认为是未来必定进入经营中枢的旧 T 的年轻领袖。

伊佐山显然是看半泽不顺眼的。而现在他脸上浮现出的得意神色，便是对下调到证券子公司的半泽所体现出的优越感吧。

"差不多就是这样，您呢？"半泽瞥了一眼野崎，问道。

"我们也差不多吧。"伊佐山含糊其词地应着，他身后的野崎用锐利的目光盯着半泽。此人是伊佐山的左膀右臂，自然也就把伊佐山的敌人当成自己的敌人。

寒暄就此结束。

"再会。"伊佐山挥了挥右手，领着身后的银行职员们向前台走去。半泽此时也顾不上去探寻伊佐山他们来电脑杂技集团的目的了，目送他们进去之后快步离开了。

＊ ＊ ＊

"到底怎么回事！"冈尖声斥责道。那惊人的震怒仿佛让墙边摆放的花瓶都吓得直哆嗦。

"非常抱歉。"

半泽道歉道，他其实也是强忍着心里的怒火。从电脑杂技集团回来，半泽第一时间就来向冈报告事情的经过。

"为什么没有和对方联系过？要是联系了的话，也不至于此。"

"那时我方的方案还没有成形。"

"没那回事。"接下来冈说的话令半泽感到非常意外，"难道不是企划组已经做出了草案，却被你命令拿去重做了吗？"

冈对此事竟然如此曲解，让半泽感到非常惊讶。

"那是因为我认为最初的方案不会被平山社长所接受。"

"那也总比晚了要好。"对于半泽的解释，冈毫不客气地反驳了回来。

半泽其实心里是有话想说的。

但是如果说出来的话责任也许就会落到三木头上，虽然他的确很没用，但毕竟他是半泽的部下，而且把与平山的联络工作都交给三木，自己也的确是有责任。

"是我办事不力。"

"你还真是坏事不断啊，半泽。"听了半泽的道歉，冈却毫不留情地继续说道，"你在银行里好像也总是出问题吧？因为你，我们公司丧失了获得巨额收益的机会，这个责任你要怎么承担？"

"非常抱歉。"

"真是个不得了的瘟神啊。就是因为你，总以为跟在银行时一样呢，随便做做上门生意就可以了，所以事情才会闹成这样。"

冈说着说着就渐渐偏离了正理，用憎恶的眼神盯着半泽说道："这个责任我一定要你来负。"

冈说完就别过脸去了。

半泽略施一礼转身离开了社长室，心底里不由得涌出了苦涩和挫败感。

就好比参加厨艺大赛，刚准备好菜谱，还没开始切菜就被逐出场外了，完全是不战而败的感觉。

事到如今再说这些也为时已晚，不过，成功报酬制也是让平山敢于轻易撕毁协议的一个重要原因。如果是事前必须支付一定金额那种类型的合同的话，也许就可以防止中途解约了。

半泽回到了部长办公室，过了一会儿，伴着略带犹豫的敲门声，诸田走了进来。

"十分抱歉，部长。"说着，诸田低下了头。

——难道不是企划组已经做出了草案，却被你命令拿去重做了吗？

冈的话在脑海中一闪而过，真想问问面前的诸田这话是不是他说的。

——请您拭目以待。

曾经对半泽说这句话时那番故作自信的气势早已消失得无影无踪，现在的诸田一心只求自保。

"算了。"

除此以外什么都不想多说，半泽站起身来，背对着诸田。窗外的大手町笼罩在晚秋的阳光之下，半泽不禁眯了眯眼睛。身后传来房门关上的声音，诸田已悄悄离去了。

* * *

那个下午，半泽接到了在东京中央银行融资部工作的朋友渡真利忍打来的电话。

"我听说了一件有点难以置信的事情，想找你确认一下。"

在半泽看来渡真利一向喜欢小题大做，但听了渡真利接下来说的事，却让他开始怀疑是不是自己的耳朵出了问题。

"这件事，你可千万别说是我说出去的啊。"渡真利先说了一句，这才进入正题，"听说证券营业部和那个电脑杂技集团签了份企业收购的顾问合同，不会是从你们那里抢来的吧？这事到底真的假的？"

"银行？"半泽问，"怎么回事？"

"说是证券营业部得到了企业收购的信息，于是利用自己是主要合作银行的地位说服了平山社长，让他把顾问更换成了银行的证券营业部。"

半泽眼前浮现出伊佐山那张女里女气的笑脸。原来是这么回事。半泽不由得一下子屏住了呼吸，半晌都没能出声。

平山说东京中央证券在应对上过于迟缓，也许只不过是个单纯的借口而已？

"这么说背后操纵的黑手就是那个伊佐山了？"半泽问，不由得又歪了歪脑袋，"可是，为什么伊佐山会知道电脑杂技集团的收购案呢？"

平山应该不会把同样的案件也带到银行去做什么"货比三家"的事，应该是从什么地方泄露出去的吧。

"谁知道呢？"渡真利答道，"要不，我帮你查查吧？"

"方便的话，你就帮我查查吧。"

半泽向渡真利道了个谢，挂了电话，马上又给电脑杂技集团的平山打去了电话。接电话的是秘书。

"能占用社长一点时间吗？"

秘书以社长事务繁忙为理由拒绝了，大概是平山事先交代过的吧。

"我有很重要的事。"半泽道，"如果社长实在没有时间面谈，至少请允许我和社长通个电话，不会花很多时间的。"

秘书说了声"请稍等"，同时耳边响起了待机音乐《卡农》，听了大约两遍，才听到平山接起电话，用焦躁的口气说道："我是平山。"

"今早实在是对不起了。"半泽致歉道，随后切入正题，"社长，关于顾问合同那件事，听说您和东京中央银行达成了协议？"

"你了解得可真清楚。"稍微顿了顿，平山说道，"那又怎么样呢？"

"我想了解下为什么银行方面会知道贵公司的收购案呢？是

社长您告诉他们的吗？"

"我公司跟谁签了合同，这跟你没什么关系吧？"平山试图回避话题。

"是不是银行给您施加了压力？"

过了一会儿，才传来平山的回答："是谁这么说的？"

"只是稍有耳闻而已，事实究竟是怎么样的呢？"

半泽刚问了这么一句，平山立刻冷冷地回答道："和哪儿签约不都可以吗？我们的确是和银行签约了，是银行主动对此收购案表现出有意向的。但你们的应对过于迟缓不也是事实吗？"

"因为应对迟缓被解约，和因为银行从中干涉而被解约完全是两个概念。"半泽说道，"能告诉我真相吗，社长？"

"事已至此你知道了又能怎么样？"平山的语调中带着焦躁，"我们已经和贵公司解约了。不管有什么借口，贵公司作为我们的顾问都是不合格的，仅此而已。我现在正忙呢，就这样吧。"

说完他就直接挂断了电话。

5

"把组里的人都叫来，只叫现在在的人就行了。"

半泽和平山打完电话，出了办公室，对正坐在位子上的三木说道。刚从外面回来的森山也被半泽叫住了："你也过来一下。"

集中在会议室的有顾问组的四人、森山以及诸田一共六人。

"刚才，我从某个渠道得到的情报，我们没有成功拿下的收购案顾问被'银行'给抢走了。"

所谓"银行"，自然指的就是东京中央银行。所有人都屏息沉默着，像是在思索着这句话的含意。所有人的视线都像被什么牵引着似的，牢牢地盯在半泽身上。

"您是说电脑杂技集团向银行方面提议的？"

面对森山的疑问，半泽摇了摇头。

"据说是银行知道了收购的事，就说服平山社长更换了顾问。

电脑杂技集团去年进军了中国市场，那时候东京中央银行也给予了他们数百亿日元的支援，如果被银行硬逼的话确实很难拒绝。"

"所以，不管我们最终能拿出多好的提案，结局都是不会改变的，对吗？"森山扭曲了表情讽刺道。

"恐怕是。"半泽皱眉答道。

"怎么想都不能释然啊。"组里的一个人说道，"是电脑杂技集团把收购这件事告诉银行的吗？"

"我觉得并非如此，如果电脑杂技集团跟银行说了这件事，一开始就不会来委托我们当顾问了。东京中央银行很有可能从别的什么地方得到有关收购的信息，然后向电脑杂技集团提出了更换顾问的申请。问题是信息来源到底是哪里呢？"

半泽环视着在座的每一个人，说道："我认为很有可能就是从我们中间泄露出去的，有人有头绪吗？"

没有人回答，室内充斥着猜疑的气氛。

"真是过分。"森山看似漫不经心地发泄着不满，"如果消息是从我们这儿泄露出去的话，那只能认为是和东京中央银行有联系的人干的了吧。"

在东京中央证券里有很多来自东京中央银行的外派者，但知道电脑杂技集团收购案件的却仅限于营业企划部的成员。也就是说，是相关人员中的某个人。

"连横抢生意这种事他们都能做得出来，银行到底把我们公司当什么了？"森山把阴沉的目光投向了半泽，"我们算是子公司吧？母公司居然把子公司好不容易接到的生意给强行抢走，这也太奇怪了吧？而且连招呼都不打一个。"

顾问组成员里的好几个人都表示同意地使劲点了点头。组里面只有三木一人比大家年长很多，剩下的都是和森山年龄相近的年轻人，森山的发言道出了他们的心声。

"我知道你想说什么。"半泽说道。

"部长真的明白吗？"森山脸上浮现一副哭笑不得的表情，"被银行玩弄过后还不能表现出不满，再这样下去，我们简直就真的像傻瓜一样了。"

"不，这笔账我一定记着。"半泽道，"**人若犯我，必让他加倍奉还。**"

第二章　突然襲击

1

"半泽，你能过来一下吗？"打来内线电话的是人事部的横山。比半泽年长三岁的横山同样是从银行被外派过来的。

"银行那边有几件事想征求下我们的意见，我觉得也应该听听你怎么说，毕竟你自己也牵涉在里面。"走进人事部的小会议室后，横山道明了让半泽前来的目的。

"我怎么了？"半泽扬起了眉头说道。

"你可干了不少好事儿啊。"横田模棱两可地说道。

"是社长的要求吗？是不是又要把我调走啊？"

这句话大概一语中的，横山移开了视线。

"这种事情恕我无可奉告。"横山冷淡地回答道，"不过可能会让你暂时停职，回银行人事待命①。"

这意味着什么不言而喻——再次外派。

果真如此的话，那将成为一次不附带任何条件、有去无回的外派。银行职员的生涯也将彻底画上句号。

"冈社长的信条就是赏罚分明，失败了就得有人负责。这次收购案没能做成顾问的失败，都是你的管理不力所致。"

半泽强忍着没说出那句"什么鬼信条"的反驳，他狠狠地盯着横山。冈根本没有什么能称之为信条、信念的东西，有的不过是要争口气给把自己赶到子公司的银行看看的那种固执的想法而已。

半泽问道："然后呢？"

"关于有可能让你暂时停职人事待命这件事，想听听你的意见。"

"我的意见根本无关紧要吧，"半泽嗤之以鼻，"就算我拒绝人事待命，也还是会强行推进的。"

"正是如此。"

你是笨蛋吧？半泽差点脱口而出，最终还是强忍着把这句话憋在了心里。

"不过你硬要让我说的话，"半泽开口说道，"对一个上任才一个月的人来说，因为管理不到位，让你暂时停职，这种组织算怎么回事呢？这难道不叫滥用人事权吗？"

---

① 人事待命，即暂时停职的状态，除了受处分的停职外，也包括生病、育儿、产假等情况。

尽管看到横山的脸腾地红了起来，但半泽没有理会继续说道："对上司言听计从，随随便便地就滥发任免令，这种人事部还有什么存在的意义啊？这到底是不是人事应该有的样子啊，冷静下来考虑一下如何？"

"也就你这家伙能说出这种话来，"横山不高兴地说道，"我倒要看看你能像这样嘴硬到什么时候，银行的忍耐也是有限度的。"

"忍耐限度那种东西早就和我没关系了，所以我才到这来了。"

"关于那件事，"横山咂了下舌，强忍着一肚子牢骚继续说道，"关于三木调动的事，也想提前跟你打个招呼。"

"那也为时过早了吧？"

三木被外派到东京中央证券应该也只不过才一年半左右。面对半泽所提出的质疑，横山歪着脑袋，摆出一副无法释然的表情。

"不过这次对他本人来说倒是件好事情，所以希望他能接受调动。是银行的证券营业部说想让他过去。"

"证券营业部？"半泽不解地问道，"为什么要把三木调过去？"

"这个我也不清楚，不过是他们指名要三木的，也许是哪个认识三木的人想提拔他一下吧。"

"我不觉得三木有值得让人提拔的实力。"

对不由得脱口说出心里话的半泽，横山回敬了一句："这种事我哪管得着。接受还是拒绝，你选哪一个？"

半泽问："调令什么时候下来？"

"虽然仓促之间，不过如果你肯接受的话下周就会下达。"

"知道了，就这样吧。后任什么时候到位？"

"关于这个……"横山带着一副难以启齿的表情活动了一下身子，露出一副愁眉苦脸的神情，"对我们来说，削减人员开支是当务之急。不好意思，不会有后任了。希望能够充分利用现有的人员，妥善处理好工作。"

半泽只得愁眉苦脸地叹了口气。

"喂，据说是要调走了呢。"听到三木被人事部叫去之后，坐在三木身后的尾西用只有森山才能听见的声音说道。

没过多长时间，满面红光的三木回到了办公室。

"太好啦，三木。"从诸田向三木道贺这件事来看，这次人事调动似乎来头不小。

"调到哪去了？"尾西小声嘟囔的时候，碰巧听到正在和三木谈话的诸田口中冒出了"证券营业部"的字眼，森山不禁转过身来和尾西对视了一眼。

"不会吧。"尾西的眼睛都瞪圆了。

但是连五分钟都没到，尾西的这句"不会吧"就已经成为事实了。三木被宣布荣升为银行总部证券营业部的调查员一职。

"这到底是怎么一回事啊？"吃完午饭，两人在食堂喝咖啡的时候，尾西再次睁大了眼睛说道，"银行就这么缺人吗？居然要特地把那种家伙挖过去。"

尾西和森山都是东京中央证券的正式员工，都把这家公司当作毕生工作的地方，自然也没有"回到"银行这种想法。倒不如说，像三木这种不中用的同事，如果从单位里消失的话，他们都会觉得心情舒畅许多。尽管如此，这次的人事调动着实让人费解。

"你看到三木那副一脸扬扬得意的样子了吗？简直令人作呕。"尾西毫不留情地说道，"那个大叔还以为是凭着自己的实力爬上去的呢。"

森山喝了一口卡布奇诺，不由得陷入了沉思，自言自语似的小声说道："三木的荣升，如果不是凭实力的话，又凭的是什么呢？"

"怎么回事？"尾西低声问道。

"这不是很奇怪吗？虽然不知道三木对自己有什么样的认识，但他没什么实力，这是大家都心知肚明的事。到了这个岁数，既没有能调回银行证券本部的突出业绩，也没有出众技能，他肯定是有点别的什么吧。"

尾西问道："有点别的什么指的是？"

"有路子之类的。"

"怎么可能？"尾西的脑袋摇得像个拨浪鼓似的，"如果有的话，当初还会外派到我们这里来吗？这次大概是诸田次长在银行里通了关系吧？再晚的话就要让人家套圈了嘛。"

这是在嘲笑三木出人头地得太慢了。对于尾西这句充满恶意的玩笑话，森山附和地笑了笑，但心底里并不赞同。

这是不可能的，森山心里想着，诸田可不是那么幼稚的男人。

对于三木的这次人事调动，森山百思不得其解。

2

疾步走入室内的平山，对着从沙发上站起身来的伊佐山和野崎二人说了句"请坐"，然后自己也在对面的扶手椅上坐下。稍过一会儿，平山的妻子美幸也过来了，坐在了平山的身边。这天是十月下旬的一个星期五。

"百忙之中还麻烦你们特意跑一趟，真是非常抱歉。就上次拜托你们的事，我想请你们给我一份进展报告。"平山性急地说道。

"我们也正准备向您汇报呢。"稳稳当当地就座的伊佐山打了声招呼说，"我可以抽支烟吗？"得到首肯后，他从胸前的口袋里取出一支香烟来点上了。

平山自己不吸烟，这间专门接待重要来客的豪华接待室里也没有摆放烟灰缸。

美幸急忙站了起来，拿起内线电话，用生硬的语气命令道：

"把烟灰缸拿过来。"秘书飞快地取来了烟灰缸。

"不好意思，副社长。"

伊佐山悠然地将烟灰弹落到刚刚摆好的烟灰缸中，那样子宛如一场再次确认东京中央银行与电脑杂技集团之间实力较量的仪式一般。

去年，东京中央银行曾为电脑杂技集团打进中国市场所需的运转资金提供过援助。当时，因为平山早就感觉到国内客户的争夺已经达到了极限，于是将目标市场定位为整个亚洲，他采取的第一个动作就是准备在中国设立一家互联网销售公司。他把总部设在上海，包括广州等地在中国一共设置了三个流通据点，建立起了数千人体制的销售公司。

为了能够在技术革新日新月异、以速度制胜的互联网领域中胜出，电脑杂技集团采取的是极具进攻性的经营战略。为了支撑接二连三出台的快速而积极的战略，庞大的配套资金是非常必需的。

上市时筹集的资金已经被平山用在了别的投资上面，在打进中国市场所需的费用上，不得不依靠主要合作银行——东京中央银行的援助。

为了在与对手企业的竞争中最后获胜所必需的资金。

即使只是暂时性的垫付，在这个时机与速度为王的业界，毫无疑问这份巨额援助资金使电脑杂技集团在业界的地位提升了一个台阶。

"上次提到的事情，我们内部进行了讨论，如果对手是东京SPIRAL 的话，那就不仅仅是准备好并购资金就能解决问题的了。

如果直接提出并购提议的话，也许会遭到东京 SPIRAL 的拒绝，这就需要有一个能洞见未来的作战方案。今天我把它带来了。"

听到伊佐山的这番话后，眉间紧锁的平山终于把表情缓和了下来："动作很快啊，不愧是专家。"

面对平山的赞誉，伊佐山理所当然地领受了，转而对坐在旁边的部下说道："野崎。"

野崎从放在膝盖上的牛皮纸文件袋中取出了两份提案书，分别递给平山和美幸。

"接下来我要为您说明的是东京 SPIRAL 并购方案的第一阶段。我简单讲述一下概要。电脑杂技集团首先投入总资金七百亿日元，这样可以取得东京 SPIRAL 发行股票的百分之三十左右。"野崎继续说道，"取得这百分之三十左右的股票不能被东京 SPIRAL 知道，也就是说要用暗中收购的方式，等他们察觉的时候，贵公司已经一跃成为东京 SPIRAL 的大股东了。"

端详着提案书的平山抬起头来，目不转睛地盯着野崎，脸上满是惊愕。

"这种事可行吗？"

野崎没有直接回答，而是继续说道："请看下一页，我会详细地说明。"

慌忙翻开下一页的平山看到纸上的方案图，低声赞叹道："正可谓出其不意啊，突然袭击啊。"

对这一感叹置若罔闻的野崎接下来花了差不多一个小时的时间，对此方案的内容进行了详细说明，对于平山和他妻子偶尔提出的纯属外行的问题，也耐心地予以回答。

"太棒了。"美幸终于开口了，她由于兴奋而面泛红光，像是着了迷似的将提案书读了一遍又一遍。

"怎么样，社长？"一直沉默不语的伊佐山插话道，"您对此方案满意吗？"

"当然啦。"平山回答道，"恕我冒昧，我完全没想到您这边能提出这么犀利而优秀的方案。改成和贵行签约实在是太正确了。"

"您这是把我们和子公司'证券'进行比较啦，实在出乎意料啊。"伊佐山大声笑道，暗自和野崎交换了一下彼此心知肚明的眼神。在东京中央银行，子公司东京中央证券被简称为"证券"。

"对不起。实在没想到差距竟然如此悬殊，先前也就是看在我们上市时请他们担任过主干事公司的分儿上，所以先入为主地找东京中央证券进行了商讨。"

"您能理解就好。"

伊佐山摆出一副从容不迫的样子，断言道："毕竟，对于既没有规模也没有专业能力的他们来说，根本不可能处理好这个高难度的案子。"

"正如您所说的，"美幸露出认可的神情，回头看了平山一眼，"那之后，东京中央证券还向我们抱怨呢。"

"是吗？"伊佐山似乎被勾起了兴趣，"他们抱怨了什么啊？"

平山答道："问我是不是被您这边施加了压力。"

"这也把人想得太坏了，传出去有损我们的声誉啊。"

伊佐山故意做出了一副夸张的吃惊表情，然而眼中却没有笑意。刻意提及打进中国市场时资金援助的功劳，以及会在今后的运转资金方面给予援助，以此为要挟促使电脑杂技集团与东京中央证券解除合同的不是别人，正是伊佐山自己。那不是别的，明摆着就是施加压力。但是，没想到这么快就被东京中央证券给知道了，这点很出乎他的意料。

"这话是谁说的？"伊佐山问道。

"不知您是否知道，是营业企划部一个叫半泽的人。"

"知道知道。如果是那个家伙的话，那我可太了解了。"听了平山的回答，伊佐山话里带着挖苦地说道，"最会惹是生非的男人。曾经让他当过营业第二部的次长，结果，在银行里起不了什么作用，于是被调到'证券'那边去了。"

"是吗？"平山和妻子互相对视了一眼，"不过到目前为止他给我们的印象倒没感觉是那样的。"

野崎说道："实际上您不是也说过他反应迟钝嘛。"

"确实如此。"平山突然开始思考起什么事情来，然后说道，"但是他有些话我比较在意。他问我为什么银行方面会知道我们的并购业务，是不是我和贵行透露的。"

野崎稍微挪动了下身子，悄悄瞥了伊佐山一眼。

"那么，您是怎么回答的呢，社长？"伊佐山问道。

"我当然否认了，怎么可能是我呢？"平山继续说道，"不过，东京中央证券也真是消息灵通啊。"

"真是一群不能不提防的家伙。这个姑且不论——"伊佐山立即把话题收了回来，"那么社长，这次的方案，您什么时候做出决断呢？"

"就在此时此地批准通过了。"

虽然这句话颇显独裁社长的风格，但野崎还是展示了自己慎重的一面："不需要经过董事会决议吗？"

"董事会？"平山嗤之以鼻，"他们不过是个摆设，我不会让他们发牢骚的。"

3

　　"你听说三木的事了吗？听说他好像被分到总务组去了。"

　　周末，工作结束后，在同伴们经常参加的饮酒聚会上，尾西低声说道。

　　"你听谁说的？"森山擦拭着干杯后溢出的生啤泡沫，瞪大了眼睛。

　　"银行里的熟人。"尾西不怀好意地嘻嘻一笑，"活该。"

　　"真搞不懂银行的葫芦里卖的什么药。"

　　所有人的视线都集中在了对此抱有疑问的森山身上。"但是，不是证券营业部提出的要求吗，为什么会让他去总务组呢？如果是为了总务这种工作的话，根本用不着特意从证券子公司挖人，能胜任的人也是要多少有多少啊。"

　　"确实如此，"尾西陷入了思考，然后开玩笑地说，"说不定，他的总务能力很强呢。"

"明明连一张发票都写不好。"一名年轻同事的发言引得大家都笑了。

但是森山却笑不出来。

"脸色不要那么难看嘛,森山。这样大家也能稍微感觉心情好了吧。并不是谁都认可那家伙的实力。这不是挺好嘛。"

"问题不在这里,"森山显得有些不解,"试着想想的话,全都是些不可思议的事情呢。说起来,电脑杂技集团的请求本身就不自然,还有三木的人事调动,以及他在银行的待遇,所有事情怎么看都觉得不对劲。"

尾西一边用食指摸着鼻子尖,一边问道:"三木的人事调动暂且不论,电脑杂技集团的请求不自然是什么意思?"

"这种事情由我说出来的话似乎有点可笑,但是我一直在想,为什么电脑杂技集团会委托我们担任顾问呢?"森山答道,"我们缺乏企业并购的经验,而且并购对象是东京 SPIRAL 的话,能不能做出一个方案都不知道。虽然说这话自己都觉得很泄气,但是要论提案能力的话,的确是银行证券部门占上风。不仅如此,大型证券公司、外资投资银行等,对这种并购业务如饥似渴的公司一抓一大把,为什么不去找那些公司呢?"

"是因为平山先生吧。"尾西说道,"不管怎么说他是个很诚实的人吧。他本人不是也说过主干事公司于他有恩吗?"

"虽然嘴上这样说,但那个人可不是个会因为感恩而行动的人。"森山对平山的评价令人感到很意外,"他是一个特别讲究效率的人。进一步说的话，他是个纯粹看得失而行动的人。到现在为止，我给电脑杂技集团提过各种建议，但那家公司好像一次都没听进去，我和平山先生的交往也仅限于刚上任的时候去打过招呼。平时担当联系窗口的财务部，根本就没把我们放在眼里过，但是却突然委托了一件这么重要的业务，说实在的，总觉得哪里有点不大对头……"

"大证券公司那里没有门路，靠外资的话会沦为他人的盘中餐。难道不是因为这样吗？"尾西说出了自己的推测，"那个人的戒备心理比一般人强得多，所以有可能要选择足以信赖的伙伴。"

如果是这样的话，一开始就应该去找银行。

平山难道不是有其他更合理的理由吗？直接关系到利害得失的那种理由。

但具体是什么不对劲，森山也说不清楚。

"即便是这样，就算是东京中央银行，要想让这次的并购成功也是很难的。你觉得他们会有什么方案呢？"

被尾西这么一问，森山一时无言以对。

失去顾问合同令人心痛。但是，如果被问及能不能提出切实有效的方案，也确实十分困难。

"银行到底会使出什么招数呢？我真想好好欣赏一下呢。"说罢，尾西的嘴角勾起了一抹讽刺的笑容。

　　　　　　　＊　　＊　　＊

　　"三木先生，帮忙复印一下这个。"

　　抱着一摞文件来找三木的是一名入行五年的男子。

　　"这是什么？"三木傲慢地问道。对方察觉到三木话中带刺，说话不由得警觉起来。

　　"那个——毛塚次长说，请三木先生帮忙复印一下这个。"

　　三木朝位于楼层正中的毛塚办公桌那边瞥了一眼，可以看到那个平时总是皱着眉头、一脸神经质的男子的侧脸。那是营业证券部五名次长之一毛塚，比三木小三岁的上司。

　　"要复印的话就自己去吧。"

　　年轻人的眼里浮现出一丝疑惑，三木对他不再理睬，转眼看向桌子上摊开的交接资料。

　　年轻人忍住了反驳的话，转身离开了。

　　简直忍无可忍。到底把我当成什么了？！

　　一旦触及了自尊，三木的怒火瞬间不可遏制地喷涌而出。

　　"喂，三木。"三木抬起头来一看，毛塚正在对面的办公区向自己招手。让自己帮忙复印的那个年轻人正局促不安地站在毛塚跟前。

　　"'要复印的话就自己去吧'是怎么一回事？"毛塚带着烦躁的表情，对三木怒目而视，"这种事情本来就是该总务干的啊，而且量又这么多。"毛塚的话里透着一股不由分说的傲慢。

　　"总务组也不是专门复印的啊。"三木反驳道，"请您不要搞错了，我们也有自己的工作。"

毛塚的表情变得严厉起来，将手中的圆珠笔"啪"的一声重重拍到了文件上。

"有大量文件要复印的时候，为了提高工作效率，是由总务来做这个事情的吧。"

三木无言以对。这种事情他根本不知道。

"你难道不知道吗？"

毛塚嘴下毫不留情，怒目瞪着三木。

正因为刚刚到任没几天，三木不知情也是情有可原的，但这种说法在毛塚这里可行不通。

"那我找人来复印下吧，很急吗？"

"废话！"也许是因为每天都身处重压，毛塚显得气势汹汹，一副找碴儿吵架的样子，"不是让别人来做，就是你来做。"

"我来做？"

面对三木的反问，毛塚一副居高临下的口吻："其他人都忙着呢，这不是正好吗？反正你也没什么事可干。"

毛塚的表情里充满着敌意，甚至是恶意。

"喂，仲下，交给他。"

吩咐完一直站在旁边观望的年轻部下后，毛塚摆出一副像为了处理这种事情而白白浪费了时间的表情，头也不抬地再次开始处理起了桌上的文件来。

"那，这个就拜托您了。"

无奈地接过厚厚一摞文件，三木垂头丧气地回到自己的座位上。

"泷泽小姐，这个快点帮我复印一下。"

三木招呼一名站在那里忙碌着的老资格女银行职员，把自己抱着的文件递过去时，一瞬间泷泽的脸上露出了看似厌恶的神情，但她还是默默地接了过去。

"我说，以后能请你尽量拒绝这种事情吗？"此时，顶头上司川北次长一脸为难地提醒他。

三木不禁反驳道："可是，我听毛塚次长说，大量的文件复印都是由总务来做的。"

"就这也能叫大量吗？"被如此反问，三木一时语塞。

"顶多也就两三百张纸吧，连这种小活都要总务来做的话，这边无论有多少人都忙不过来。这种事情你都不能自己判断，我会很为难啊。"

川北一脸失望地看着三木。川北虽然进入银行只比三木早一年，但两年前就已经当上了次长。从出人头地的角度来说，遥遥领先于还只是调查员的三木。

川北对还抱着文件的泷泽说了句"那个你不用管了"，然后对三木做出指示，"这个就由三木你自己去复印吧，她现在抽不出空来。"

泷泽默默地将文件放到三木的桌子上，快步朝自己的座位走了回去，一副冷冰冰的态度。

不得不带着文件站在复印机前的三木，心中充斥着屈辱感。

在原来的岗位上也没有像现在这样被人当打杂的使唤。

三木无可奈何地将最上面的文件放到复印机的平台上，按下复印的按钮。又取了差不多三张纸的时候，川北的骂声传了过来："小家子气地一张张复印干什么！用连续复印不就可以了吗？你以为这是多少年前的复印机啊。"

不知道是谁笑出声来了。三木慌忙看了下复印机的控制面板，但是怎么也搞不懂该怎么操作。

"喂，泷泽小姐，不好意思，你能教我一下吗？"

泷泽带着一脸被麻烦的嫌弃表情，一言不发地接过三木的文件，将文件放入稿台上方的入纸槽，按下"开始"的按钮后，就转身回自己座位去了。她的脸上写满了"连复印都搞不清楚"的轻蔑。

为什么会这样？

对这不合理的事态发展感到束手无策而久久伫立的同时，三木心里想着。

可恶，竟敢小瞧我。走着瞧——

正在这时，三木看见伊佐山从部长室出来，正慢悠悠地准备离开楼层。

三木赶紧快步跟了过去，正巧电梯间只有伊佐山一个人。

"您辛苦了。"

面对前来搭话的三木，伊佐山心不在焉地随口说着："啊，你也辛苦了。"

对乍入新职场的三木，他连一句关心的话都没有。

三木下定决心说道："部长，能不能不要让我待在总务组，而是到直线部门去工作？"

直线部门，是指营业的第一线。伊佐山看了眼自己的鞋尖，又看了看电梯到了几楼。

"你不行的吧。"

终于等到的，却是这么一句冷冰冰的回答。

"但这和说好的不一样——"

"不是已经把你调回银行了吗？而且和说好的一样，在证券营业部。"

或许对伊佐山来说，这只是一个烦人的话题，他的态度很粗鲁。

"但是，总务不是我所期望的。可以让我进入营业队伍吗？"

"你觉得自己有那么大的能耐吗？"

伊佐山毫不掩饰地脱口而出辛辣的评价："我提前问了一圈，哪里都没人肯要你，总之就是这么回事。"

无法接受。

电梯一到，伊佐山便快步走了进去。

独自被丢在电梯间的三木，被沮丧和失望的旋涡所淹没。

4

"听说对电脑杂技集团的资金援助已经批下来了。一千五百亿日元。"

11 月的第一个星期一，渡真利打来了电话。

"很容易就通过了吗？"半泽一下子有点在意，向渡真利确认道。

"没有，不出所料，好像发生了争执。我听说中野渡行长有点不大情愿。"

"中野渡行长可是相当讲究合理主义的啊。"

为什么要提供援助，援助的必要性在哪里，为什么非我们不可，等等，在承担贷款审批的风险之前，中野渡谦在乎的总是立足现实的讨论。不仅如此，身经百战的中野渡谦还有一种独特的嗅觉。

"话虽如此，事到如今，说出去的话也已经收不回来了吧。"半泽说道。

顾问合同已经签好，签完合同的那一刻，就已经相当于批准了一半的巨额融资。

这时，渡真利说了一件出乎意料的事情："中野渡行长似乎对方案也表示质疑，还问这样真的行得通吗？"

"那么，方案最终被批准了吗？"

"相关内容被视作绝对机密，我这里并不清楚，但似乎是交给副行长和证券营业部全权处理了。是否完全按照方案行事，要看他们的判断。"渡真利回答道。

"总之，公之于世之前，谁也不知道是怎么回事。"

"明天就会揭晓了。"渡真利突然说道，"宣传室正在做记者见面会的准备。"

"是从近藤那里得来的消息吗？"

近藤直弼是半泽和渡真利的同期，现在担任宣传部次长一职。

"你真是明察秋毫啊，"渡真利说道，"据说证券营业部提出了无论如何要在银行里召开记者见面会的要求。野崎那家伙将会怎么出招，让我们拭目以待吧。"

* * *

"盯着东京SPIRAL的股价，有动静的话立刻来向我报告，明白了吗？我想股价可能会有很大波动。"

第二天上午九点前，半泽将渡真利的情报告诉森山，并让他盯住股价，自己也在电脑上调出了电脑杂技集团和东京SPIRAL的股价。

电脑杂技集团如果购入东京SPIRAL的股票，东京SPIRAL应该立刻会变成涨停板。

同时，东京SPIRAL也将知道是有某家企业出于某种目的购入了自己公司的股票。要判明买主就是电脑杂技集团只是时间上的问题。

但是——

刚过九点的股票价格显示屏上，只能看到一些小幅度的波动，完全没有大量买入的迹象。

即便早已采取行动也不足为奇，但是此刻却显得风平浪静。

就这样，上午收盘了。

这到底是怎么回事？半泽正百思不得其解的时候，有人敲响了部长室的房门。

是森山前来汇报："我刚才一直在盯着股价，但是没有什么特别的变化。今天真的会有所动作吗，部长？"

他这样问也是合乎情理的。

"你觉得有可能是什么情况呢？"

听见半泽的问题，森山开始深思。

"电脑杂技集团应该想尽快购买东京SPIRAL的股票，但仅凭现在东京SPIRAL卖出的股票，电脑杂技集团能购得的数量是有限的。即使是场外交易 ①，如果想要买进三分之一以上股票的话，就需要进行要约收购 ②。如果是这样的话，即使有一千五百亿日元的融资，也可以不一下子全部用掉，而是首先买进不到三分之一的股票，可以这样考虑吧。"

"就算这样股价应该也会波动很大。"

对半泽的意见，森山点头表示赞同。

"也就是说，现在融资资金还没有被用来买进股票。"森山得出自己的结论。

"应该是这样吧。"半泽也点头表示同意，"总之，下午的行情也给我继续盯着。"

森山点了点头，走出了半泽的房间。但是，下午也是没有任何风吹草动就收盘了。

"到底是怎么回事……"下午三点过后，看着自己房间内的显示器上的收盘画面，半泽自言自语道。

------

① 场外交易是场内交易的对称。亦称店头交易、直接交易。在证券交易所之外进行的证券交易。主要特点：（1）没有一个集中的交易场所，买卖双方分散于全国各地，买卖主要通过电话、计算机系统进行。（2）买卖对象以未上市证券为主，也有部分上市证券进行场外交易。（3）债券买卖较多，包括所有的政府公债和一些大公司债券，也有部分股票，特别是金融业和保险公司股票。（4）协商定价。

② 要约收购是指收购人向被收购的公司发出收购的公告，待被收购上市公司确认后，方可实行收购行为。这是各国证券市场最主要的收购形式，通过公开向全体股东发出要约，达到控制目标公司的目的。要约收购是一种特殊的证券交易行为，其标的为上市公司的全部依法发行的股份。

或者，他们是要在接下来召开的记者见面会上发布要约收购的消息？一切都将从那时开始吧。半泽正思考着，手机铃声响了起来。

　　是渡真利打来的。

　　"今天什么都没发生呀，"半泽说，"怎么回事啊？"

　　"已经出手了。"

　　半泽一瞬间怀疑自己是不是听错了："什么？"

　　"已经出手了，"渡真利重复道，"刚才通过记者会已经正式公布了。电脑杂技集团好像已经买下了东京 SPIRAL 差不多三成的股票。"

　　"怎么办到的？"看着收盘的画面，半泽倒吸了一口凉气。

　　"场外交易。"完全出乎意料的答案。

　　"场外交易？也就是说已经买进了近三成的股票吗？"

　　"还不知道详细的情况。"渡真利说道。

　　"但是，也有可以肯定的事情。记者见面会上还说了，今后为了将东京 SPIRAL 纳入旗下，要实施为了获取超过半数股票的要约收购。喂，你在听吗，半泽？"

第三章 白色骑士①

---

① White knight，为鼓励另一家企业进行成功的公司兼并，一个善意的第三方加入以击退另一竞买者。

1

"刚才电视新闻里边提到珍珠港了，这个比喻真是恰到好处啊。"

为了详细了解记者见面会的情况，当天晚上，半泽约了渡真利见面。因为是月初，大家都比较忙，等到在新桥碰面时已经是晚上九点半了。他们走进车站附近的一家烧烤店，找了一个角落的位子坐下，然后像往常一样，点了啤酒，小声交谈起来。

距离傍晚的记者见面会已经过去五个多小时了，电脑杂技集团的收购手段已经浮出水面。

对于他们所采取的场外交易这一奇袭行动，外界褒贬不一。记者见面会上同时也发布了股份公开收购的时间，是从 11 月 3 日开始到年末的五十八天之内。因为在当天的场外交易中，电脑杂技集团已经取得了近三成的股份，他们企图在未来收购期间再收购两成多剩余股份，以达到将东京 SPIRAL 纳入麾下的目的。

"姑且不论他们的手段到底如何，从我们银行的立场出发，好处还是很大的。"渡真利说道，"虽说要讲求道德，但是达不到目的讲什么都是白扯。因为那些今后想要进行高难度企业收购案的企业家一定会想，如果来找我们商量收购方案的话，说不定我们银行能给他们提供什么有趣的建议呢，这对银行来说无疑是个很不错的宣传。也正是出于这个考虑，记者见面会并没有定在电脑杂技集团，而是特地选在我们银行，这一点很不错。这个好像是伊佐山的提议。"

"不管是伊佐山还是野崎，这下他们可都要身价倍增了啊。"半泽说道。

他的话音刚落，渡真利便回答道："的确如此。"

"只有你的身价下跌了，半泽。"

渡真利一针见血地戳中了要害。

"话说，把股份卖给电脑杂技集团的那个大股东是谁呢？"半泽问道。

"这个据说涉及个人隐私，即使是在记者见面会上也没有进行披露。"

"人数也不知道吗？"

"据平山说，好像是好几个人，具体情况就不知道了。现在问题集中在东京SPIRAL的态度上。"

据新闻报道，东京SPIRAL的濑名社长在下午七点多也召开了记者见面会，并且以强硬的态度宣称一定会坚决抵制收购。

"终于要爆发全面战争了啊。"渡真利兴奋地说道，"电脑杂技集团能否收购东京 SPIRAL 超半数的股票，接下来才是胜负的关键啊。"

＊　　＊　　＊

记者见面会结束后，濑名洋介回到社长办公室，已经累得筋疲力尽，仿佛一身的力气都被抽空了，他有气无力地坐在了会客区的扶手椅中。

"社长，您不要紧吧？"宣传负责人关切地问道。

"没事。"

这是位于涩谷樱丘町办公楼内的东京 SPIRAL 社长办公室。

看到电脑杂技集团单方面召开的收购记者见面会，濑名也匆匆忙忙地召开了一个记者见面会，出席见面会的只有濑名一个人。

正常来说，财务主管和战略主管也应该出席，但是他们却不约而同地缺席了。

被人用场外交易这种非常规手段收购了接近三成的股份，这让濑名苦不堪言，但更让他深感疲惫的是，在这样的境况下自己还不得不孤军奋战。

"混账东西！"

濑名掏出手机，找到清田正伸的号码，按下通话键静静地等着。

然而呼叫开始没有多久，便被转入留言信箱，随即便挂断了。

"畜生！"

从电脑杂技集团召开记者见面会开始，他不止一次给财务主管清田打过电话。已经记不得这次到底是第几次了。

有能力抛售将近三分之一股份的人，除了清田，还有另一个战略主管加纳一成，除此之外再不会有别人。

濑名与主张极端扩张路线的清田以及加纳，在经营方针上激烈对立，上个月刚刚决裂。

他又给加纳打电话，果然还是被转入留言信箱。在听到留言提示的一瞬间，濑名生气地将手机扔到桌子上。

"平山这个浑蛋，真是太可恶了！"

就在这时，响起"咚咚咚"的敲门声，紧接着一张不安的脸映入眼帘。

这是新任的财务主管望月。

虽说是个主管，但也不过是个刚刚二十几岁的年轻人，也没有什么经验。迄今为止，财务方面的业务都是清田一手独揽，望月只不过负责些杂务。

果然不出所料，望月走进办公室后，只说了声"您辛苦了"，便不再作声，静静地站在那里等待濑名的指示。要是清田的话，肯定会在濑名张嘴说什么之前，便开始陈述自己的主张。在这一点上，望月跟清田相比，实在是天壤之别，相形见绌。

清田和加纳，都是跟濑名一起创建东京 SPIRAL 的元老，他俩在跟濑名说话的时候，向来是直来直往，从来不会拐弯抹角。

"那两个浑蛋，是打算用卖掉股份的钱去筹备新公司吗？"濑名气愤不已地说道。

就在这个时候，"关于那件事啊……"望月小心翼翼地开口说道。

"他们好像私下跟好几个同事都打过招呼，问要不要跟他们一起干。"

"什么？"濑名愤怒地说道。

望月顿时被他沸腾的怒气吓得脸色煞白。"这种事当时为什么没有立刻跟我汇报？"

"真是对不起。"唯唯诺诺的望月，看向濑名的目光充满了胆怯——

不要用那种眼神看着我。

濑名焦躁地仰头看向天花板。要是问起他讨厌什么的话，他肯定会说最讨厌的就是这种闷不吭声的人了。

就没有有点骨气的人吗？

就在此时，秘书推门进来，说是太洋证券的负责人来访。

"您好您好。"二村久志还是和往常一样熟不拘礼，"社长，您真是不容易啊。"说着便自顾自地坐在对面的椅子上。

与太洋证券的往来，大约可以追溯到一年以前。那个时候，适逢公司上市，正处于跟当时的主干事公司樱花证券因为战略资本而争执不下的风口浪尖上，于是当时还是公司财务主管的清田给他引荐了这位二村。

"太过分了，简直就是晴天霹雳，平山那个浑蛋，真想掐死他！"

"那可就变成犯罪喽，还是找个合法途径吧。"听着这个充满濑名风格的过激言论，二村找准了时机预备推销自己。

"那么社长，您是打算怎么应对这次的收购案呢？有什么回应对策吗？"

"这不是刚刚被人宣战吗？哪有什么回应对策！"濑名说道。

"那么，您看这样如何，就让我们公司来当贵公司的顾问！"

二村人没动，仅仅眼睛朝上翻着望向濑名。

"这也要看你们的提案如何。为了应对公开收购，我们需要做些什么，先提个方案给我。"

"非常感谢您给我们这个机会。"二村深深地鞠了一躬，"我们会立刻起草一份方案书给您过目。"

"那好，明天拿过来给我看看。"

"明天就要吗？"二村吃惊地眨巴着眼睛问道。

"有什么问题吗？"濑名不高兴地说道。

二村见状立刻变得有些惶恐不安："明白了，那么我现在就马上回公司研讨此次的方案。"说着，便起身离开了。

"这家伙可真好打发。"濑名深深地叹了一口气，接着向望月问道，"你有什么对抗收购的对策吗？"回答他的仅仅是望月那一副不知如何是好的表情。

"我说你啊，电脑杂技集团要收购我们的事情，你是知道的吧。对这件事，你是怎么想的啊？你该不会觉得我同意被收购吧？"

"不，我当然不是那样想的。"

"既然不是，那么这种时候你身为财务主管，必须要做点什么，难道自己不知道吗！"

濑名厉声喝道，声音也有点嘶哑，紧紧瞪着站在他面前瑟瑟发抖的望月。

"事前考虑要怎样做才能对抗电脑杂技集团的收购案，这难道不是你的工作吗？这都过去几个小时了，这段时间里你又做了些什么！"

"真是非常抱歉。"

望月没有进行反驳，而是一脸苍白，一个劲地道歉。

真是个没用的无聊家伙。

濑名焦躁不已，咂了咂嘴。

＊　　＊　　＊

濑名是在五年前成立的东京SPIRAL，那一年他二十五岁。

再往前追溯七年，在他高中毕业的时候，因为家庭经济状况糟糕，为了应付生计问题，濑名放弃了上大学的机会，进了一家很小的软件开发公司。

濑名原本就喜欢电脑，对编程也很感兴趣。再加上他是一个有韧性、下定决心做一件事便决不放弃的人，凭借着天生的豁达和灵活的头脑，他在还是公司营业部实习生的时候，业绩就超过老员工成为首席营业员。

之后，他成为系统工程师，磨炼着自己编程技术的同时，还兼任营业相关业务。然而兢兢业业工作三年之后，公司却倒闭了，濑名惨遭失业。虽然他想再就业，但是泡沫经济崩溃，经济一片萧条，就连大学毕业生都难以找到工作的就业冰河期来到了。

对于濑名来说，不管是在公司里，还是在这个世界上，他都没有可以依靠的人。

意识到这一点的濑名，立刻行动起来，他跟之前公司的两个同事一起，成立了属于自己的公司。

在因特网兴盛的时代，濑名他们凭借自己所掌握的网络相关尖端技术的优势，成立了一家销售软件的网络公司。随后，他们又建起了最终成为东京 SPIRAL 飞跃发展原动力的门户网站。

注册资本仅仅一百万日元。

靠着上班这几年积攒下来的微薄工资，他们开始了创业历程。由濑名来担任公司的社长，不仅仅是因为他是公司创始人，还因为他掌握着门户网站的编程技术，这是新公司的优势所在。经理级别的只有财务部部长清田，以及营业部部长加纳——二人都是濑名原来公司的前辈。公司本部一开始位于当时濑名在世田谷的公寓。

当时，诞生于美国的搜索引擎的日本本土化研发正在高速发展着，创业之初，所有人都对他们的冒险行为持否定态度。

"那种东西大家是不会接受的。用不了多久你们就会失败！"

估计见过创业者本人的人，都有这种想法。实际上，当着濑名的面提出这一忠告的人也不在少数。

但是，濑名他们对所有的忠告都避而不听，顶住了各种异议和压力，最终研发出搜索引擎"SPIRAL"。SPIRAL 一问世，便因其便利性瞬间吸收了大批用户。

当初对他们的创业持观望态度的客户纷纷改观，开始关注他们。在创业第二年，得益于搜索引擎的超高利用率，公司发展攀上高峰，吸引了几家大型上市公司作为他们的客户，发展成了前途不可估量的潜力股。

之后，公司公开上市，马不停蹄地快速发展，而濑名也跃身成为一名 IT 企业家，并受到外界一致的认可。

实际上之后，公司也一直保持高速发展的势头。东京 SPIRAL 的股价也不断攀升，获得近百亿日元的创业收益，濑名的前途不可限量。

但是，从去年开始，公司急速发展之势开始出现放缓的苗头，这也对濑名与之前一直紧密合作的清田等人的关系产生了微妙的影响。

清田跟加纳两人主张进军投资、金融等新兴领域，而濑名则认为应该坚持原来的发展路线，增加门户网站的技术相关投资，以及扩充服务。就这样，双方各持己见，最后发展成了无论何事都要针锋相对的态势。

他们也真的是焦急了。高速发展趋势刚出现放缓苗头，股东们就立刻骚动起来，媒体也开始乘势随心所欲地报道，哗众取宠。

"经营陷入困境""神话破灭"等，报纸、杂志上这种标题比比皆是。

习惯了看常胜将军的观众，必然希望一直听到胜利的消息。

不管是清田还是加纳，他们都无法做到对周围的纷纷议论之声充耳不闻。于是，他们动摇了，稳不住脚了，要去寻求新的生意。因而，他们开始考虑进军自己尚不了解也不感兴趣的领域。

在董事会上，他们之间相互怒骂吵架，也不是一次两次的事。

造成他们关系决裂的决定性因素是，清田提出来的投资风险企业的提案。这个提案是指，对有发展前途的风险企业进行投资，通过公开发行股票时的资本收益来回收成本并获得利润。

"这种提案，根本不行。"濑名否决道。也就是此时，他们彻底决裂了。

"连理由都不说就否决掉，你是什么意思？"清田的态度前所未有的激动。

这是在董事会的会议现场。

出席会议的人，都是公司部长级别以上的领导，一共二十人。大家全都屏住呼吸，静默地关注着事态的发展。濑名开始陈述他的理由。

"我们没有投资、培育事业公司的知识和经验，这难道不是显而易见的吗？"

"怎么没有经验？"清田说道，"我们可是从一穷二白慢慢地发展到今天这个地步的。这不是经验是什么？！"

"你没搞错吧？"濑名的脸上浮出一丝冷笑，"我们公司能有今天的发展，是因为掌握了最尖端的网络技术。成长的经验？你是在搞笑吗？要是有的话，也只有一个，那就是其他公司所没有的技术和竞争力。连对方技术能力都摸不清的家伙，能做好投资吗？我说，你根本就不懂技术吧？"

"技术评估这种事又不需要我自己去做，可以交给第三方公司。向那些有竞争力但是资金不足的企业投资难道没有意义吗？要是赌对的话，我们肯定能挣大钱！"清田反驳道，"你想想我们刚开始创业那时候，要是有个公司肯给我们投资一千万日元的话，我们不就用不着那么艰难了吗？"

"要是把钱投进一个不知底细、不知是否有能力将技术转化为实物的公司了呢？到时候该怎么办？"濑名摇头说道，"这个事情根本没有你想的那么简单，这点你应该知道吧？话说回来，你不过是个会计，在这说什么大话！以后不要再说这种不着边际、扰乱军心的话了！"

被叫作会计的一瞬间，清田顿时面红耳赤。

清田最讨厌别人这样叫他了，这背后也包含着他对濑名的对抗意识。外界都认为，公司能够成功上市，完全倚仗濑名的个人才华，而清田则一直负责着毫不起眼的财务工作，总是站在光环围绕的濑名的背后，但是他却有这样一种自信，认为自己才是支持公司的顶梁柱，支撑着公司一路发展至今。

清田所做的工作虽然不那么起眼，但是个性却十分要强。喝过酒之后，跟下属一起走的时候，他总是会当着下属的面说："要是没有我的话，东京 SPIRAL 也不会发展到如今规模。"这句话一度成为他酒后的口头禅。

"行了。清田、加纳，还有其他人，你们认为我们公司的竞争力在哪儿？"濑名看着会议桌前的每一个人，直截了当地问道，"资金充足？上市公司？还是拥有大宗客户？的确，目前这些确实是我们的强项，也可以说是我们的竞争力。但是，竞争力的根源所在，并不是那些，而是最新的网络技术。正是因为拥有最新技术，SPIRAL 的访问率才会远超其他公司的搜索网站，并且维持到现在。也就是说，如果没有与这样的网络技术相匹敌的竞争力的话，冒冒失失进入其他领域摸索，只会白白砸钱。向我们既不擅长，又没有敏锐嗅觉的领域进军，想要获取成功岂是那么容易。要想扩展业务，进而提高营业额，我们应该做的不是踏足陌生领域，而是要立足并强化我们的本业。除此之外，没有其他取胜的途径。"

"这样就能说服股东吗？"濑名话音刚落，身为战略主管的加纳立刻开口反驳道，"你要知道我们在自己擅长的领域内的发展已经停滞了啊。趁着现在还来得及，我们应该赶紧给它加一道'保险'。那就是实现事业多元化，探索未来有发展潜力的领域，而投资事业则是最好的选择。要是碰上有潜力的公司，我们直接收购就好了。"

"我说，你说的是认真的吗？"濑名突然感到愤怒，狠狠地瞪着加纳。

曾经，在东京 SPIRAL 发展显现出停滞苗头的时候，有一家 IT 公司找过他们。那时他们正面临资金短缺。前来洽谈的负责人说着各种悦耳动听的话来取悦三人，想要向他们公司注资数千万日元，其意图便是要将有发展潜力的东京 SPIRAL 收入旗下。

濑名从跟那家公司走得比较近的其他经营者口中听说，他们正在选取注资之后取代濑名三人的其他代表，也就是所谓的"吞并"。

当时的那种愤怒之情，濑名至今都难以忘怀。

当时清田跟加纳应该也是一样愤怒的，但是现在怎么反过来想要做跟那家公司一样的事情？

这种事决不能容忍。

"你说我是不是认真的？"加纳不屑地说道，"当然是认真的。不管是清田，还是我，我们都认为现在公司的情况很不容乐观。要是不抓紧采取点行动的话，我们肯定很难度过此次危机。因此，我们绞尽脑汁思考着我们到底可以做点什么，因此才有了这份提案。而社长你二话不说就否决它，是有什么更好的替代方案吗？"

"替代方案？你到底在听什么啊？"濑名冷冷地说道，"我的主张从始至终就没有改变过，那就是不会向不擅长不了解的领域投资，而是以扩充本业网络为发展目标，仅此而已。"

"那么，你打算如何扩充呢？"加纳咄咄逼人地问道，"我觉得这才是问题所在。关于这一点社长要是能明确下达指示的话，我们必定遵从。你打算怎么做呢？"

"进一步扩充门户网站的功能，在现有基础上提高搜索功能和速度。"

"就这样就能增加用户使用量吗？"加纳打断了濑名的发言，说道，"作为战略主管，请允许我说两句。设计式样变更伴随而来的就是开发费用剧增，但是，投资效果却很微小，以此作为提高营业额的方法，不是大错特错了吗？"

之前，加纳做营业员的时候，曾是濑名的前辈。因此，他跟濑名说话时向来是无所顾忌。

"网络的配置与扩充，是必经之路。要是跳过这两步的话，用不了多久用户就会流失。"濑名极力说服着，"的确，投资初期效果可能并不明显，但是，在这个领域我们有着灵敏的嗅觉，并得益于这种嗅觉，我们一定能找到未来出路的一些线索，难道不是吗？虽说目前的发展有所停滞，但是也不能因此就惊慌失措，急着向不熟悉的新领域投资啊。你们就不能冷静地对待这个问题吗？"

"社长，你难道没有危机感吗？"加纳唾沫星子横飞，咄咄逼人地反击道，"互联网技术的发展日新月异，今后怎么办？从现在开始我们就必须考虑对策。现在要是什么都不做的话，股东们也不会同意。"

"因为害怕就贸然插手新领域，要是因此失败了的话，股东们才会真的不答应吧。"濑名冷冷地回应道，"虽说公司稍微做大了一点，也不必装模作样地充大财主去搞投资事业吧？这种事，不过是有钱没处花的上市公司的乐趣。看看周围，有几家公司是通过投资而实现业绩飞升的？公司做大了有钱了，就误以为是有经验了，这么想的人都是笨蛋。"

"请收回你的话，社长。"清田低声说道，"你说谁是笨蛋？这是上市公司董事会上应该出现的词吗？"

"笨蛋就是笨蛋。"你一言我一语，针锋相对的局面又出现了，"什么上市公司？只不过是稍微做大了一点而已，有什么可装腔作势的。你只能做出这种毫无逻辑、自相矛盾的方案，就不要在这大放厥词了。"

从创业开始，濑名跟清田、加纳两人一起激烈讨论问题便是家常便饭，有时候甚至会争论得差点动手。

本来被认为必定会反唇相讥的清田，此刻却一直保持沉默。

他这是被说服了，彻底泄气了吗？那个时候濑名多少带着点讽刺意味地想过清田的反应，觉得有点儿奇怪。

董事会之后第二天，清田跟加纳两人就双双提出了辞职申请，之后濑名才知道，他不假思索地否决的投资提案，是清田跟加纳主导的，并且他们是经过了反复讨论研究的。

同时，濑名也知道了，这两个人不知不觉中对他的不满已经积攒许久了。

"我们本来就打算好了，一旦计划被否决，就提出辞职。"

清田辞职时说的这句话，直到现在在濑名仍然无法忘记。清田还说："你终究还是只相信你自己。你总是认为只有自己才是对的。你和《皇帝的新装》里面那个皇帝没什么两样。"

2

　　回到位于青山的公寓，濑名看到母亲一个人满脸担忧地坐在客厅的沙发上。

　　"我看到新闻了，不要紧吧？"

　　"没事，你别担心。"濑名一边说着，一边把夹克扔在沙发上，然后将疲惫不堪的自己扔在椅子上。

　　他强忍内心涌出的焦躁，闭上了眼睛。公寓虽说是位于市中心的一等地带，但是远离大街，房间很是安静。

*　　*　　*

　　家里只有濑名跟母亲两个人一起生活。

　　濑名的父亲，在他高中二年级的时候因为股票投资失败，身负巨额外债而自杀。家中所有可称为财产的东西——房子、存款等都用于偿还外债了，甚至连工资都被扣去一部分拿去还债，父亲是在一贫如洗中去世的。他们举行了一个简单的葬礼，只有亲朋好友来参加，随后母子二人开始过起了极其简朴的生活。

之前一直是家庭主妇的母亲在父亲投资股票失败之后也不得不开始出去工作，白天在超市打工，晚上到附近餐馆打零工直到半夜，来支撑这个家庭。为了让母亲稍微轻松点，濑名放学后也会在附近的便利店打工，周末时间大部分都被打工填满了。挣的钱，他一分都不会乱花，全都交给母亲。就这样，家里的房租、伙食费、最低限的电费煤气费，以及濑名自己的学费总算是挤出来了。而生活中唯一的奢侈，就是偶尔跟母亲到附近拉面馆吃饭。

父亲去世唯一带来的好处便是，债权人无休无止的催债总算是消停了。

父亲在自杀之前，整日沉浸在懊恼的深渊里无法自拔，人也变得歇斯底里，常常因为鸡毛蒜皮的小事便对濑名和妻子大发雷霆。每当电话响起，或者门被敲响时，他总会战战兢兢、脸色苍白。对于父亲来说，将近一个亿的外债，是一座他无论如何都无法攀越的高峰。

而在这段时间里，原本还是欣欣向荣的世界，也开始失重般地急速下滑。股价持续下跌，与人们那种"应该还会上升吧"的天真想法和期望背道而驰。也是在这个时候，父亲所在的不动产公司的业绩开始蒙上一层阴影。

"裁员"这个原本有些遥远的词,此时已变为常态,不绝于耳。而父亲也不幸成为裁员的对象。濑名知道这件事时,父亲已经去世了。

到底该怎么评价父亲这一生呢?时至今日,濑名仍然在思考这个问题。

父亲走出群马县的农村,来到东京上大学,大学毕业后,他又满怀梦想与希望地进入公司工作,与母亲结婚生子,组建了幸福美满的家庭。这样的父亲,应该是很幸福吧?但是到底是什么打乱了父亲的人生计划呢?

经常向濑名灌输"不要给别人添麻烦"这一观念的父亲,直到最后也没有申请破产而是选择了死亡。父亲好像对母亲说过,勾销债务会给别人带来麻烦,我们不能这样做,哪怕是一点点,穷尽一生也要还清。然而这些事,父亲却从来没有跟他说起过。

后来,当濑名听到这些话时,内心久久无法释怀。

父亲是因为钱就跟我们永远分开了吗?

父亲在遗书里边一一列举了拿到生命保险赔偿金之后要给哪家公司偿还多少钱等详细事项。

都这时候了还要被外债所束缚吗?

之后,濑名心中的疑问不再是"父亲的一生到底算什么",而是变成"钱到底算什么"。

人为什么会为了钱,而选择死亡呢?

但即便如此,从他们自己的生活来看也是一目了然——没有钱的现实是如何艰难!多么令人难以忍受!

因为没有钱，濑名不得不努力打工，并且放弃了进大学深造的机会。

虽然有几个人对他们说过"真不容易啊""要加油啊"这种勉励的话，但是包括亲戚朋友在内，从来没有人愿意给予他们金钱方面的援助。为了筹集濑名上大学的费用，母亲曾回娘家借过钱，但是被拒绝了。也就是在那时候，濑名幡然悔悟——归根结底，自己的人生只能靠自己去打拼。

* * *

"你跟那个电脑杂技集团的社长认识吗？"母亲问道。

"见过几次面，但是算不上熟悉。"濑名回答说，"这事真是让人恼火！"

母亲为已经被疲惫感深深淹没的濑名沏了一杯热茶。

"不好意思啊，让你等到这么晚。妈，您先去睡吧。"濑名对母亲劝说道。

此刻已经是午夜十二点多了。

"这种时候我也不能帮你分担什么，能做的也只有这些了。"

母亲一边说着一边坐在濑名的身边。她很不安，而且很明显她想从濑名这里了解下今天发生的收购事件。对于母亲而言，濑名是她未来人生中最后的希望。而这一点，濑名也是明白的。

从濑名创立东京 SPIRAL，并实现上市获得巨额收益开始，母亲的口头禅便变成了"要是你父亲还在的话，该有多高兴啊"。

濑名也这么觉得。但是，父亲选择了死亡，便也放弃了这种机会。

"但是，怎么突然就说收购呢？都没有跟洋介商量下，怎么能自作主张说出那些话呢？也太失礼了吧。"只有兼职和打零工经验的母亲，也有点生气了。

"这就是个雁过拔毛的社会，也是没办法的事。我想是清田跟加纳把公司股份卖给电脑杂技集团了。"

"清田他们吗？"母亲瞪大了眼睛，感到困惑不解。

这也难怪，东京 SPIRAL 刚刚成立时，母亲也会偶尔来东京，住在濑名的公寓给他们做饭。然后，三人一起吃饭，工作到深夜。这些往事仍历历在目，仿佛是昨天刚发生的一样。跟二人决裂的事情，濑名并未向母亲提起过。

"还以为他们是好人呢。"母亲说道。

"唉，这里面也牵涉了很多事。他们也有自己的想法。但是至少还是希望他们卖掉股份之前能够跟我打声招呼，商量一下。"濑名说道。

"那么今后怎么办呢？"母亲皱了皱眉头问道，双眼中也充斥着不安，"你是不会同意被收购的，是吧？"

"嗯，不同意。"濑名斩钉截铁地说道，"我一定不会让他们得逞的。母亲，您也不用担心，一定不会有事的。"

"这个时候应该怎么做，有什么惯例可循吗？"母亲问道。

"有没有惯例不知道，但是应对方案应该有很多。"濑名答道。

话虽这么说，但是到底应该怎么去做，他也不知道，"这件事我们也会参考证券公司的建议。不管怎么样，都需要时间吧。但是，一定不会让电脑杂技集团的平山收购。顺便，我还会让他后悔想要收购我们。"

"我相信你会有办法的。但是那个叫平山的人，为什么想要收购你们公司呢？"母亲提出了一个最基本的疑问。

"应该是想要我们的门户网站吧。"濑名回答道。

"有了那个门户网站，就能给电脑杂技集团带来好处吗？"母亲又问道。

"可能吧。"濑名含糊地说道。

虽说如此，但其实濑名并没有看懂平山的商业策略。电脑杂技集团到底是为什么要收购东京 SPIRAL 呢？

"洋介，你要是站在对方公司的立场上，你会做同样的事情吗？"母亲接着问道。

这真是个不错的问题。

"说实话，我不知道。"濑名回答道，"但是有一点我可以肯定，要是电脑杂技集团收购了我们公司的话，那个平山一定会成为 IT 业界的龙头老大，这或许就是他们的目的。"

"我怎么可能容忍被你们收购，让你们成为行业老大！"濑名的斗志熊熊燃烧起来。

3

"一起吃个饭怎么样？"

电脑杂技集团公开宣布收购东京 SPIRAL 几天后的一个晚上，半泽正要回家时，突然看见从办公大楼出来的尾西和森山两人，便开口约道。

半泽知道，年轻人们的心中有太多的不满，他也想找机会听听他们的意见。

"我们也刚好想要去吃饭呢。"尾西一边说着，一边以一副询问的表情回头看森山。

"我没意见。"

得到二人明确回复之后，半泽便带着他们前往一家位于神田的小酒馆。

轻轻碰杯之后，没过多久话题便引到了电脑杂技集团场外交易上去了。东京中央银行的收购方法很具有冲击性，这是无法否认的事实。

"真没想到会用那种方法去收购啊。"尾西有些恼怒地说着，深深地呼出一口气，"这次的计划真是出乎意料，但是，这对于电脑杂技集团来说算是正确的决定吧。"

"怎么回事？"半泽一边往嘴里送着豆腐，一边问道。

"我们的团队肯定想不出那种高端的招数。"尾西说道，"都是一群死脑筋的家伙。要是三木领导的话，绝对想不出那种方法。"

"你倒是挺坦白。"半泽说道。对于尾西，他并没有苛责，因为他知道这些年轻人对三木的评价都很低。

"要是部长也认可三木的话，那就不好意思了。"

果不其然，尾西话带讥讽地说出了自己的想法，然后瞥了一眼森山继续说，"在我们看来，处理这么大的案件时，应该更加注重实力，并以此为依据选择团队成员。电脑杂技集团的负责人是森山，当时就该让森山去做，这样的话，也就不会发生那么惨痛的毁约事件。而且，要是森山的话，也很有可能会想出像这次一样的奇袭作战一般的计划。"

"不，不可能的。"森山右手握着啤酒杯，视线聚焦在桌子上一点，说道，"即便让我去做，我也想不出那样的提案。因为，我从一开始就没有相关信息。"

"是关于股东的信息吗？"

半泽话音刚落，森山便点了点头："东京 SPIRAL 的股东结构我之前调查过，谁是大股东一目了然。但是，东京中央银行却做了更深入的调查，他们连大股东中的谁想要卖掉股份都调查得一清二楚。"

半泽沉默着倾斜了一下烧酒杯，然后看向充满挫败感的森山说道："东京中央银行把我们的合同强行抢走这种行径真是不能原谅，但是也可能是电脑杂技集团的平山社长觉得，在这次事件上，换一个顾问才是正确的选择。要是我的话，我也会这么想。"

"对于这次的事，真想问问三木他是怎么想的。"尾西有些讽刺地说道。

"这次的收购，你认为会成功吗？"半泽继续发问。两人沉默不语陷入沉思。

"这也得看东京 SPIRAL 的态度如何吧。他们应该也有自己的顾问，他们会出什么招呢？"尾西回答道。

在东京 SPIRAL 召开的记者见面会上，濑名社长明确表示拒绝被收购，他一定会采取对抗措施的。

"跟那边有来往的是太洋证券吧？"半泽问道。

太洋证券只是一家中等规模的证券公司，在处理这种恶意收购案上可以说并没有什么丰富的经验。而东京中央银行的野崎，曾经在伦敦处理过企业收购案件，算是这个领域内首屈一指的银行家。

"太洋证券作为顾问的话，稍微有些弱啊。"森山说道。

"濑名社长虽说要反抗到底，但最后还是会举手投降吧？"尾西轻叹一声，"比如说我们同意被收购之类的话。"

尾西刚刚发表完自己的意见，森山就立刻肯定地说："濑名才不是那种没出息的家伙。"

这话吸引了半泽的注意。半泽目不转睛地盯着森山的脸。紧接着，尾西开玩笑地说道："怎么回事，森山？听上去你好像很了解濑名社长啊。"

而森山一本正经地说出更让大家感到意外的话："我当然很了解濑名。"

"真的假的？"尾西瞪大了眼睛，并且夸张地身体向后仰去，"你怎么会知道？你们一起上的大学吗？"

"不是大学，是初中跟高中。"森山回答道，"濑名洋介，是我初中跟高中时的好朋友，我都叫他阿洋呢。后来他因为父亲的事情转学便杳无音信，没想到闯出自己的一片天地。"

"真的啊！可就算你们是好朋友，那也是好几年前的事了吧。"尾西目瞪口呆地说道，"人或许已经变了呢？"

"没有变。我看过记者见面会的新闻，一点都没有变。他还是原来那个好强的濑名洋介，我的好朋友阿洋。"森山强调道。

"但是啊，要是好朋友的话怎么会音信全无呢，这不是很奇怪吗？人一旦出名的话，朋友就会增多，你其实也是这么想的吧。"

嘴不饶人的尾西，一语戳中森山话中的矛盾之处。不知为何，森山脸上流露出悲伤的表情。

"他父亲股票投资失败了。"

听到这，就连尾西神情也变得有些微妙起来。

森山继续说道："阿洋的父亲，曾经在一家不动产公司上班，因投资股票而损失了一大笔钱，最后不得不卖掉房子。我们那时候上的是私立学校，这件事之后，阿洋家已经无法承担那边的学费。我感觉正因如此，阿洋才不想跟我或者是我们的同班同学联系。可能他觉得有些难堪吧。"

"濑名，真是吃了不少苦啊。"尾西语气变得凝重起来，"但是啊，你那个朋友，大学都没有上过便能闯出这样一片天地，真是令人吃惊啊。"

"之前我就在新闻，还有杂志上见过东京 SPIRAL 濑名洋介的名字，但是从来没有想过是同一个人。"森山说道，"后来有一天，我在车站小卖部里买了一本杂志，上车后打开一看，那上面有一张醒目的照片，当时我就大吃一惊，这不就是阿洋吗？！"

"没有和他联系过吗？"半泽问道。

森山将视线投向桌子。

"我想跟他说'祝贺你啊'，但是不知道他的私人邮箱，难道直接打东京 SPIRAL 公用电话，自报家门说'找你们社长'，感觉也不太好。而且事到如今，我直接说我是你过去的好朋友，会不会给濑名带来困扰呢？"

"嗯，也许是吧。"尾西用筷子夹起一块豆腐一边往嘴里送，一边说道，"即使不会的话，他现在也肯定有一大堆朋友了。"

"而且，一想到他吃了那么多苦，我就有些自惭形秽。"森山继续说道，"我在杂志上读了濑名的成长经历，包括他父亲投资股票失败，后来跟母亲两人过着贫穷生活、相依为命的事，事无巨细都写在杂志上。还有为了让母亲轻松点自己去打工，放弃大学深造进入社会的事情。在阿洋如此辛苦的时候，我却过着无忧无虑、平庸的生活。阿洋艰难、痛苦地只身背负着辛酸打拼的时候，我却安安稳稳地大学毕业，进入公司上班，并且碌碌无为。这样的我，实在无法开口对阿洋说我是你以前的好朋友啊。"

这种想法多少有点偏激，不过很有森山的风格。

半泽将端起的酒一饮而尽："你太过在意了，直接去联系不就好了。要是朋友的话，一定会很开心的。"

"现在这种情况，不太适合吧。"森山有些畏缩地说道。

"又不是别有用心才跟他联系的，你想得也太多了。"半泽对着犹豫的森山说道，"就跟他说下你现在是做什么的，让他知道你的近况就行。说不定濑名也很想跟你见面呢。"

"他不会理我的。"森山说道。

听到这句话，半泽说："要是这样的话，就没办法了。但是你觉得，他是那种出名了有钱了，就会对朋友冷漠相待的人吗？"

森山一直沉思着没有回答。

4

太洋证券的二村来访的时候，正是之前约定好的记者见面会后第二天的傍晚。

"非常抱歉，给您回复晚了。"

一同来访的是两个人，另一个是二村的上司——营业部部长广重多加夫，也是之前的熟人。

"之前您对二村委以重任，真是非常感谢，社长。"广重仍然像往常一样，谦逊地致谢道。

不愧是营业部的老大，虽说其自负程度更甚于二村，但也是个因能干而众所周知的人。这还是清田曾说过的话。

"我们召开了紧急会议，研究出了应对方案，今天前来拜访，是为了向您介绍我们的方案。"广重继续说道。

"真是太感谢了。"因为本来就没怎么期待他们能拿出什么好办法，濑名回答得也甚是冷淡。

"首先，对于这次电脑杂技集团的单方面收购，不管对方提出什么条件，我们都采取防卫的态度是吧？"

"那是自然。"

广重确认完毕，拿出一份提案书——只有一页纸的提案书。

"还真是简单呢。"濑名不屑地说道。

"这件事本来就很简单。"广重回答道，"抵抗恶意收购的防卫对策听上去可能有些复杂，但其实复杂的只是从数量众多的防卫对策中选取哪一个。这种复杂的研究工作，您已经交给了非常了解贵公司的我们来完成。今天，我想给您介绍下我们选取的最佳方案。"

"最佳方案就是这个吗？发行新股？"读完提案书，濑名问道。

"的确如此。我们要通过发行新股，让电脑杂技集团不管买进多少，都不可能取得公司超半数的股票。"广重满含深意地看着他说道，"但是，仅仅发行新股，并不能称为防卫对策，还需要决定让谁来持股。"

"需要发行多少新股？"濑名问道，"上哪去找能出这么一大笔钱的人呢？那可是几百亿日元啊。"

"当然有。"

提案书上虽然附有简单的示意图，但是新股持股人一栏却是空白的。

"我提议选择非敌对的合作公司，也就是白色骑士作为新股的持股人。"

"到底是哪家公司？"濑名问道，"这样的计划，可是说起来容易做起来难，也就是纸上谈兵，我说得对吧！"

面对濑名的质疑，广重向他投来胜券在握的眼神，随即掷地有声地说道："有这样的白色骑士。"

濑名沉默地盯着面前这个向前探着身子、一副认真表情的人，然后将提案书放回桌子上，靠着椅背。

"您觉得怎么样，社长？"广重移膝躬身，"能让我们公司担任贵公司的顾问吗？我们一定会粉碎电脑杂技集团的阴谋。"

"哪家公司？"濑名问道。

"签约之前，请恕我无法告诉您，因为这是我们的撒手锏。"广重语气强硬地说道，"白色骑士的选定，是这个方案的精髓所在。"

"给我看看合同。"

濑名话音刚落，二村便立刻将事先准备好的合同从桌子上推过来。

"定金是三千万日元。之后，要是我们能成功阻止对方的恶意收购，那么贵公司需要支付五亿日元的报酬。您看这样如何，社长？"

"要是我不喜欢那个白色骑士的话，那该怎么办？"濑名问道，"到时候你们会找其他的替换吗？"

"当然。"广重的回答稍稍显得有些迟疑，也许是因为找一个候补的白色骑士并不是那么容易的事吧。

"但是也有可能你们根本就找不到白色骑士。即使是找到了，我是否喜欢还不一定。在这一点上可是很容易失败的，那么三千万日元的定金是不是太高了？"濑名展现出他善于谈判的一面，"那三千万日元我也可以支付，但必须是找到一家我中意的公司充当白色骑士之后。要是同意的话，我们可以签约。"

广重犹豫不决，沉默片刻之后，回答道："找一个白色骑士，并不是容易的事啊。"

"我们需要慎重筛选我们的客户网，在不公开贵司名字的前提下，看看谁有意向。而这个工作，是相当花费功夫的。"

"花费功夫，这个我知道。那么，你的月薪是多少？"濑名突然插话道，"打个比方，如果整个筛选的过程满打满算是一个月的话，那么三千万日元的定金又是怎么算出来的呢？我真不理解啊。你们的月薪有那么高吗？广重先生，这不是敲诈勒索吗？"

"贵公司可是正面临着前路不明的危机啊，社长。"

"那又如何？"面对着二村饱含打动人心的语气，濑名冷冷地回绝道。

"就算我们公司陷入危机，也不能只顾眼前、不管长远签下这种合约，签了之后，恐怕不管有多少钱都不够吧？"

"那么，您认为多少钱合适呢？"广重甘拜下风，说道，"对于我们来说，做这个筛查需要人手，这一点务必请您理解。"

"一百万日元定金。"濑名说道，"找到我认可的白色骑士之后，我会支付三千万日元。后续在跟电脑杂技集团交涉时，要是你们能提出有效的建议，最终成功阻止此次恶意收购，那么我会支付三亿日元。算是成功的报酬。五亿日元实在是太高了。"

没有回音。于是，濑名继续说道："另外，说句实话，我并不相信贵司的顾问能力。因此，若是不能从贵司那边得到有效建议，我也可能中途终止合同。合同终止时的处罚规定，我希望不要写进合同。"

"条件还真是严厉苛刻啊，社长。"

广重收起以往的和颜悦色，从裤子口袋里掏出手帕，擦了擦额头的冷汗。

"严厉苛刻吗？那是当然，现在可是在签合同呢。"濑名说道，"要是不能接受的话，那就用不着签约了。"

二村失去了淡定从容，不停地扭动着身子。而广重，则像个被迫要做出重大决断的人，眉间刻满了苦恼。

只有这么一点定金跟成功报酬啊。很容易可以想到，他们必定是带着高层所下达的"务必要签下合约"的使命来的。

"能否请您再重新考虑下呢，社长？"广重再次说道，"这样一宗巨额收购案件，要是请大型证券公司做顾问的话，他们收取的报酬肯定会是我们的几倍。"

"贵公司并不是大型证券公司。"濑名严厉地回绝道，"按照你的说法，我是不是应该多咨询几家证券公司，看看贵司提出的条件是不是最有利的，如果是的话，再签约。你觉得怎么样呢？如此一来，我也能接受。"

"请您千万不要这样说，请务必给我们这个机会。"

二村使劲低了头，额头都快要碰到桌子上了。

"那就按濑名社长说的办吧。"

广重像是决心已定，沉重的声音划破这片静谧。

"部长，这样真的可以吗？"二村慌慌张张地问道。

"没问题。"广重那副淡定从容的表情之下，隐隐约约掺杂着些许其他异样的感情，但是转瞬间便被营业人员惯常的谄媚笑容所掩盖，"这个案子，可谓万众瞩目，要是我们的防卫对策成功的话，今后，肯定会接到同样的委托。这就足够了。就按社长说的来办吧。"

当场确认完合约内容，签字盖章之后，濑名开始催促继续接下来的话题，"然后呢？到底由哪家公司来做白色骑士？"

"是 FOX。"这句话让濑名感到惊讶万分。

而广重接着说道："在我们暗中试探的时候，该公司表示可以收购股份。乡田社长也很期待此次合作。"

FOX 主营电脑及其周边设备，社长乡田行成原本在一家大型电脑公司工作，在四十岁的时候辞职，创办了该公司。公司成立十五年来，一直走近乎大甩卖似的薄利多销路线，从而实现销售业绩飞跃增长。

最近，据说因同类公司数量增加，该公司的发展速度也有所停滞，但是，销售额仍然保持着巅峰期的两千五百亿日元。乡田自身就如电脑一般，思维缜密，在电脑设备这个行业里有着不容小觑的地位。因为大家身处同一领域，之间也有过几次交谈，他那稳重可靠的品行的确值得敬佩。

"乡田社长说过，电脑杂技集团的做法有失公允，要是有需要他效劳的地方，他乐意之至。"广重稍作说明，"乡田社长对您的评价非常高，他表明要是发行新股的话，他非常愿意收购。您觉得如何？濑名社长，我认为这可是个好事啊。"

"FOX 成为我们公司的股东，会给他们的生意带来什么好处？"濑名慎重地问道。

"好处可以说是无穷无尽。"广重夸张地摊开双手说道，"FOX 拥有股份之后，就会形成 FOX · SPIRAL 这样的 IT 联盟。现在，既拥有门户网站又有电脑相关业务的公司，可是无数公司争先恐后想要合作的对象啊。另外，我认为两家公司进行资本合作，毫无疑问会提升企业价值，单凭这一点就可以促使股价上升。这样一来，电脑杂技集团收购股份的资金就会大幅增加，也有可能会迫使他们打消收购念头。"

濑名没有回答，喝了一口咖啡。在大家各有所思的这段时间内，社长办公室里一片静默。

"原来如此。"终于，濑名轻轻吐出一句，打破了原本沉闷的气氛。

"应该怎么去做呢？"濑名问的是今后的开展计划。

"首先，希望贵司先通过决议发行新股。"广重说道，"新股发行之后，只需要让 FOX 收购新股即可。这件事越早越好。为了挫败电脑杂技集团公开收购的阴谋，尽早公开才是上上之策。"

"坏处是什么？"

濑名随之而来的询问，让正微微弯着腰、口若悬河的太洋证券二人戛然而止。

"没有坏处，才存在风险不是吗？"濑名问道。

"我们反复思考的时候，觉得这个方案自身真的是无懈可击，没有任何坏处跟风险。"二村说得斩钉截铁。

但是，对此濑名并没有回应。

也许是把东京 SPIRAL 从最初的小规模经营到如今的上市公司过程中所养成的那经营感觉，让濑名总觉得似乎哪里有些不正常。

"我们研究一下再答复。"最终，濑名说道。

至此双方的交涉似乎有种半途而废的感觉，结果尚不明了。

"那么，我们就静候佳音。但是请您一定要知道，我们现在是在跟时间赛跑。"广重叮嘱道。

真是个让人讨厌的家伙。从心底喷涌而出的厌恶之情使得濑名的表情也变得有些扭曲。

在社长办公室跟证券公司的两人告别之后，濑名没有送他们到电梯口，而是独自一人待在办公室，重重地呼出一口气。

就在此时，秘书走进来："社长，有个叫森山的先生打来电话。"

"森山？"濑名懒洋洋地坐在沙发上，问道，"哪个森山？"

"说是社长中学时代的同班同学。名字叫森山雅弘。"

"森山。"濑名一边喃喃自语着，一边眯起了眼睛，一张和蔼可亲的面孔慢慢地浮现在他的脑海中。

"快给我接过来！"说着，他抄起了桌子上的电话。

"那个，我是星野中学跟你一个班的那个森山。"

话筒另一端，传来略带紧张的生硬的声音。濑名的脑海里，中学时代那些快乐的往事渐渐地苏醒了，就在那一瞬间，他的思绪也飞回到十五年前。

"阿雅？"濑名不假思索地脱口而出。

"啊，是我。"森山有些局促地回答道，"阿洋？"

"喂，是你啊，你还好吗，阿雅？"濑名亲昵地问道。

"嗯嗯，还行吧。"森山说道，"倒是你啊，阿洋，你现在可真是了不起啊，恭喜你。"

"只不过是运气好而已。"濑名道，"你现在在哪儿高就啊？"

森山简单地回答道："上班族。"

接着他又补充道："我现在在东京中央证券上班。"

"阿雅你在证券公司？"

风趣幽默、性格开朗、喜欢幻想，而且有点心直口快，这样的阿雅，竟然会选择去证券公司，真让人感到意外。在濑名看来，正义感超强的阿雅，跟剑拔弩张的金融世界是不可能有什么交集的。

"对啊，我也感觉自己不太适合。"森山略有点不好意思地说道，"你这么忙，我还打电话来烦你，真对不起啊。"他开始拘谨起来，"其实，早就想跟你说恭喜了，但是我觉得你可能已经把我忘了。"

"在这种莫名其妙的事情上害羞，你还真是跟以前一样啊。"

"可能是吧。"电话的另一端，森山笑起来，还是跟以前一样的笑声，"无论如何，我们能联系上真是太好了。之前就一直想跟你联系，这下总算如愿了。"

"你能给我打电话，真是太好了，谢谢你，阿雅！"濑名紧接着又邀请道，"要是方便的话，下次我们约个地方一起吃个饭吧！"

过了一会儿，才听森山说道："谢谢啊，我也想去，但是我可从来没有去过阿洋你经常去的那种高级饭店哦。"

对森山的忐忑不安，濑名一笑置之。

"我可是只去小酒馆啊。"

"要是那样的话就太好了，我的工资也能负担得起。"森山也松了一口气说道。

"你什么时候方便呢？"濑名问道。

"你这边比较忙，看你的时间吧。"森山回答道。

于是，濑名选了两三个候选时间，最终约定好见面的日子。

"这么久没有见面，还能认出来吗？"

对于濑名的担心，森山一笑了之："你可能认不出我来了，但是濑名洋介的脸，还有谁不知道呢？"

"真期待啊。"

在这种危机四伏的情况下，只有此时此刻濑名才感觉到些许暖意。

5

　　那天，等森山到达约定的地点时，濑名已经在那里等着了。森山本来是不想让对方久等而提早来了，但是放在濑名前的烟灰缸中却已经有两个烟蒂了。

　　"你来得真早。"这是阔别十五年之后再次见面时森山开口说的第一句话。

　　"反正也是闲着。"濑名一边笑着，一边伸出右手，"好久不见。"

　　濑名选定的是有乐町的一家酒馆。酒馆里都是小包间，客人之间彼此见不着面，这样的结构正好适合濑名这种有名气的人。

　　"你现在这么成功，真为你高兴啊，阿洋。"干杯之后，森山由衷地说道。

　　濑名听了，脸上竟然浮现出一抹害羞的笑容。

　　"到底是不是成功，我也不清楚。不过现在的我总算是有了活着的感觉。"

濑名的口吻，让人听不出是谦虚还是自嘲。中学时代不屈不挠、乐观开朗的濑名，在经过十五年岁月的洗礼之后，已经蜕变成一个心思沉重的成年人。

"没有的事，你已经非常成功了！"

濑名仍然只是笑，没有回答。然后说道："我现在是麻烦缠身，你知道吧。"

说着，他喝了一口啤酒，继而视线转向了一边，点上一支烟。濑名皱着眉头吐着烟圈的侧脸，再加上随意的着装，跟那个如今势不可当的 IT 公司掌门人判若两人。

"嗯，我知道。你那里应该已经有靠谱的顾问了吧？"森山问道。

"能不能称得上是顾问，还真难说啊。"濑名叹了一口气说道。

"是吗？"森山一时间不知道该说点什么好，有点儿困惑了，"无论如何，都要阻止收购啊。"

"那是自然。"濑名突然粗声说道。

对于电脑杂技集团收购这件事，他已经变得非常神经质。刚说完，他似乎是察觉到自己的语气有些强硬，蓦然回神，又道歉道："对不起。我最近有点儿焦躁，太容易生气了。"

"没关系。"森山端起酒杯，正要往嘴边送，忽而又问起他一直关心的问题，"但是啊，说实话我很吃惊，对方竟然能在场外交易时收购那么多股份。"

"的确如此。"濑名坦率地说道。

他把烟摁灭到烟灰缸之后，却说出一番让森山深感意外的话："但是，如果是你的话，你应该一开始就知道他们要做什么吧？"

"为什么？"森山不由得瞪大了眼睛。

"因为，东京中央证券不正是东京中央银行的子公司吗？"

濑名的声音隐隐透露出丝丝焦躁。如此听来，濑名似乎是有些怀疑他的意味，森山慌了。

"虽说是子公司，但是我们始终是两家公司。"森山替自己辩驳道，"我们跟东京中央银行并没有实现信息共享，跟他们也没有什么合作。就这次的事来说，反而是正好相反。"

"正好相反？"濑名似乎是对此颇感兴趣地问道。

"电脑杂技集团的顾问，原本应该由我们公司来担当的。"森山回答道。

"你们公司？"濑名不由得大吃一惊。

"电脑杂技集团的平山，最初是跟我们公司洽谈的，都已经到了签合同那一步了，但最终却被银行那群家伙半路把单子给抢走了，真是无耻。"

"母公司截走了子公司的合同？"濑名吃惊地瞪大了眼睛。

"不敢相信是吧，我自己也是。"森山的唇边夹带着些许自嘲，"在企业收购业务上，母公司跟我们是竞争关系。说实话，他们手头掌握的信息，我们一概不知。那样的收购计划，我们是直到记者见面会之后才了解到的。当然，到底是谁把股份卖给电脑杂技集团的，我们到现在都不知道。"

"股份是被我们公司原来的董事卖掉的。"

"啊，董事？"森山吃惊地问。

"财务部的清田和战略主管加纳，这两人在事情发生前刚刚辞职。"濑名有些懊悔地说道，"这两人的股份加起来，跟电脑杂技集团收购的份额差不多一致。东京中央银行内部，一定有人知道那两人跟我决裂的事情。"

企业收购，从某种意义来说，就是一场信息战。先不管用的是什么手段，东京中央银行已经掌握了那个信息，而且最大限度地利用此信息从而占据到有利地位。

"但是，他们就那么想当顾问吗？"濑名抽出一根烟，靠着墙，点上了火，"应该是为了高额的酬劳吧。"

"可不只如此。"森山说道，"或许这话在你面前说起来有些不太好，但是收购要是顺利完成的话，作为企业收购方的顾问，肯定也会声名鹊起啊。如此一来，今后肯定会在企业收购领域占据有利地位。"

"要是成功的话，确实是啊。"濑名说道。

"对，要是成功的话。"森山也回道，"但是，要是失败了呢？那可就是赔了夫人又折兵啊，而且还会招致负面评价。"

"他们一定会得不偿失，一定。"

濑名的性格一点儿都没有变，还是一股不服输的劲头。他边说着话边一口饮尽杯中的啤酒。

"那么，你已经拿到防卫措施的提案了吗，阿洋？"

对于森山的提问，濑名欲言又止，脸上浮现出一副愕然的表情，却迟迟没有下文。

然后，他突然摇了摇头，毫不掩饰地说道："对不起，其实我刚才在想现在的你是否还值得我信任？"

"这样啊……对不起啊。"森山坦率地道歉道，"刚才的话，就当我没说，我以后也不会再问了。"

在濑名看来，森山所在公司跟他的对手聘用的顾问公司存在资本关系，这就决定了他无法开诚布公地跟森山谈论这些。就算森山说他们跟银行没有合作关系，但实际情况到底如何，濑名并不清楚。

然而，他却坦诚地说道："我们的顾问公司是太洋证券。"

濑名说完，将一小块软骨鱼鳍扔到嘴里，"之前他们刚刚给了我一份对抗收购的防卫对策提案，现在就等着具体行动了。"

"提案靠谱吗？"

"说实话，有点微妙啊。阿雅，这种情况你会怎么办？"

森山拿着筷子的手停了下来："这是个难题啊。"

"我想听听你真实的想法。"濑名的表情很认真。

"防卫对策怎么可能那么容易就搞定？"森山略带疑惑地问道，"也不排除个别情况。但如果只是个应付了事的提案就没有任何意义了，反而会让你更混乱。"

"啊，是吗？"濑名的脸上浮现出一丝气馁。这种情况下，要是森山有能力立即回答这个问题的话，他肯定会毫不犹豫地助阿洋一臂之力的。

但是，实际上，森山在东京 SPIRAL 收购案中，只能接触一些普通投资者的信息，对于恶意收购的防卫对策，他是一点都不了解，也没有相关知识储备。

"太洋证券怎么说的？"像是要摆脱对自己的嫌弃，森山问道。

但是，濑名并没有立即回答，而是踌躇了一会儿。

踌躇也是理所当然的，因为森山问的问题对于东京SPIRAL来说，可是决不能对外泄露的战略情报。

问出口之后，森山也意识到似乎有些不妥，就在他想要开口收回提问时，濑名接下来的回答又让他不得不将话语尽数吞回肚子里。

"说是会给我找个白色骑士。"濑名说道，"他们给出的方案是发行新股，然后让安全的第三方来持新股。"

"那么，持股方定下来了吗？"森山不假思索地问道。

"是FOX。"从濑名口中听到公司名字的一瞬间，森山倒吸了一口气。

濑名继续说道："发行新股，由FOX持股，让电脑杂技集团无论收购多少，都不能持有超半数的股份。我们刚刚谈到这里。"

"收购股票的合同已经签了吗？"

"还没有。"濑名答道，"得先尽快在我们的董事会上通过发行新股的决议，之后才会跟FOX签约。"

"是吗？"森山说道，"你放心吧，我不会跟任何人说。"

"当然，我相信你。对于这事，你怎么看？给我个专业意见。我想得到可信赖的意见。"

"你相信我吗？"森山问道。

"别看我现在这样，但是看人的眼光还是有的。"濑名语气非常认真。

"你跟 FOX 的乡田社长很熟悉吗，阿洋？"森山思索片刻后问道。

"没有到很熟的程度。但是感觉他是个牢靠的人，印象不错。"

"这么做的话，对 FOX 有什么好处吗？"森山继续问道。

"这点我也想过。"濑名将目光投向斜上方说道，"从生意角度来看，我们的门户网站可以引导网络用户，很容易提高电脑销售量。除此之外，FOX 跟东京 SPIRAL 进行资本合作，本身也是意义深远。"

"只是这些？"森山问道。

"只是这些，不够吗？"濑名有些意外地问道。

森山说道："我从我们部长那里听说，电脑杂技集团为了收购东京 SPIRAL 的股份，已经贷款一千五百亿日元。因此，想要阻止收购的话，至少得需要一千亿日元的资金吧。但是，从目前 FOX 的业绩来看，他们发展得也并不算顺利。选择这样的一家公司来投资，我不知道他的目的是什么，而且投资金额也是过于庞大。阿洋，你最好是跟乡田社长谈谈，最好确认下他的意向。因为这也有可能是证券公司逞一时之勇做出来的决定。而且，FOX 要想参与这个计划的话，单靠他们手头的资金肯定不够，必定需要从金融机构借款。这对于 FOX 来说难道不是负担吗？FOX 到时候如何筹措资金来收购股份，你问过吗，阿洋？"

"没有，这个还没有问过。"濑名摇了摇头，"是不是应该问一下啊？"

"绝对应该问啊。"森山说道,"乡田社长应该不会盲目去做事,这对于 FOX 来说,也不是轻而易举便能定下来的。"

濑名没有回答,但是从他的表情可以看出,他是把森山的话听进去了。

"谢谢你啊,阿雅。"濑名致谢道,"这件事没那么简单,我会参考你的意见的。"

"你要是有什么疑问的话,都可以来问我。我会尽力帮助你的。"

濑名虽然嘴上没有说什么,但还是可以看出他心情有些低落。见此,森山用轻快的语气说道:"别说这些了,难得久别重逢,快给我讲讲你之前的事吧。虽然在杂志上读过,但还是想亲耳听你说说。"

6

之前在关西法务部工作的同期——苅田光一，调到了本部工作。为此，渡真利特地邀请大家出来喝一杯。这时已经是 11 月的第一个周末。

"来来来，恭喜苅田高升，干杯！"

这是有乐町一个酒馆的包间。渡真利率先举起满杯的啤酒，带领大家举杯祝贺。而面对着这样的渡真利，苅田虽然脸上笑意盎然，但是那种笑容里却掺杂着一丝复杂的神情。

"怎么回事，苅田？难得升到了次长，能不能再高兴点？"

后背上挨了渡真利一拳的苅田，只是流露出暧昧不明的笑意，低声说了句："是啊。"

"苅田原本是打算待在大阪养老的。"说这话的是宣传部次长近藤，"你的心情我们能够理解。在那边刚买完房子便接到调令，心情低落也是难免的。"

对于两人略带着些许伤感色彩的对话，半泽只是静静地听着。

这四个同期好友，好久没有聚在一起喝酒了。泡沫经济时代，同是庆应大学毕业生的他们，一起进入银行，关系也很不错。到现在，已经在银行业辗转十七个年头的他们，各自过着属于自己的生活。

苅田一直待在法务部，就在他刚刚萌生扎根关西法务部，奉献一生的觉悟时，却不知为何突然被调到东京法务部。他刚刚在关西买完房子，因此家属不能同他一起来东京，结果就悲催地演变成明明是东京人，却需要单身赴任这种奇葩的局面。

"一直待在关西，回到本部之后，感觉自己就像是浦岛太郎①。"苅田说道，"话又说回来，半泽你可是遭受大劫难了啊，真没想到你竟然会被外派出去。"

"来到这之后，半泽依然是不幸的啊。"渡真利说道，"就像是不小心按错了哪个按钮一样，你说是吧，半泽。"

"是啊。"半泽漠不关心地敷衍道，将剩下的啤酒一口气喝光了。

"你是有什么心事吗，半泽？"近藤有些担心地问道。

"是出了点儿差错。"

"说一下也没什么大不了的吧，反正已经没关系了。"对着含糊其词的半泽，渡真利催促道。

_____

① 日本古代传说中的人物，在此使用是想表达人物从穷乡僻壤来到大都市之后，那种分不清梦想还是现实的感觉。

"也是啊。"半泽没办法，叹了口气，将电脑杂技集团撕毁顾问合约的经过说了一遍。

"虽说是我们公司的事情，但是也太过分了。"近藤的语气听上去有些漫不经心，"电脑杂技集团的收购能成功吗？"

距离电脑杂技集团公开收购股份已经过去了三天。在东京SPIRAL 表明坚决抵制收购之后，大家仍然对公司业绩有所期待，使得公司股价回升，从而造成股份收购价格一时之间提高了，因此业界都在流传此次的股份收购并没有按照预期计划发展。

"不太好说，"半泽说道，"还不知道接下来 SPIRAL 会采取什么防卫措施呢。"

"你认为他们会怎么去防卫？"近藤问道，"半泽，要是你的话，你会怎么做？"

半泽一时陷入了沉思。

"收购防卫对策有很多。比如，发行新股，让可以信任的第三方持股。"

刚说完，苅田便提出异议："这样做的话，稍微有些不妥。出于这样的目的让第三方增加持股比率的做法是不妥当的。"

"为什么？"半泽问道。

"违反商法的可能性比较高。"真不愧是法务部的老人，苅田对此非常清楚。

"为什么发行新股，会违反商法呢？"问此问题的正是渡真利，"要是这种事都违反商法的话，那这世上岂不是净是违反商法的事了。"

"不是这样的，"苅田说明道，"的确，发行新股本身是不会违反商法的，但要是发行新股的目的是维持公司的话语权，那违反商法的可能性就很高了。半泽刚刚随口提的那种做法，不是跟这个不谋而合吗？"

"原来如此，之前一直都没有注意这点。"半泽也认同道，"真不愧是苅田啊。"

"真是不好意思啊，好好的聚会弄成了法律研讨会。但是，那样做的问题可不只是一个，你们知道吗？"虽然是在提问，但是苅田知道在座的各位是回答不了的，于是他接着说道，"为了成功实施防卫对策，必须要发行新股，让电脑杂技集团无论收购多少股份，都不可能掌握超半数的比率。但是，这些新股都让值得信赖的第三方公司持股的话，便会导致少数股东握有大量股份情况的发生。这样一来，就有可能被取消上市资格。"

"从 2004 年开始，按照东京证券交易所规定，如果前十家公司的出资总额比率超过整体的百分之八十，延期一年取消上市资格；要是超过百分之九十的话，立即取消上市资格。"苅田如此解释道。

"原来如此，这么一说，之前还真是听过类似的话。"渡真利佩服地说道，"要这样的话，到底什么样的防卫对策才是有效的呢？快跟大家说说，苅田。"

"这就不是我的专长啦。"苅田说道。这句话真是让大家有点泄气了。

"怎么回事，你就只会给别人的建议挑错吗？"近藤说道。

"不是挑错，我只是在陈述法律方面的见解。"

"总而言之，现在是都不知道怎么办是吧？"渡真利稍微愣了一下说道，"东京 SPIRAL 到底会出什么招，还真是期待呢。虽说不知道他们会请哪家公司做顾问，但应该也是有实力的家伙吧。"

"不会真的要发行新股吧。"近藤开玩笑道。

东京 SPIRAL 公开发布正在研讨对第三方发行新股预约权 ① 的事，是在他们聚会后的第二天。

---

① 通过向股份公司行使权利可以请求该股份公司交付股份的权利。

第四章 舞台背后的小丑们

1

“哟，东京中央证券的森山先生，近来可好？”

走进会议室的，是电脑杂技集团的三杉，一个四十多岁毫不起眼的中年男子。

三杉是电脑杂技集团的财务部组长，他给人最鲜明的印象就是他那又高又宽的额头。虽然他是财务部门的负责人，却一直不太看得起东京中央证券，从来没给过他们像样的业务。

“我倒是想说‘托你的福，挺好的’，但是你说我能好吗？”面对三杉装傻充愣的态度，森山也半开玩笑地说道，“您这就没有点让人振奋的好消息吗？”

其实森山并不是为了打听什么消息才来拜访的，这只不过是作为负责人的例行问候而已。

“没有没有，再说了，就算是有什么，我们社长他也不中意你们公司啊。"

"别说得这么冷漠无情嘛。"森山使劲抑制住内心的愤怒，说道，"我今天倒是带来一个有趣的关于资金运用的提案，想和您聊一聊。"

"啊，不行不行。"三杉扭过脸去，右手连连摆动着，"我们公司不搞这个的，你不是也知道嘛，副社长讨厌这些。"

"贵公司讨厌的不是风险高的产品吗？这次可是低风险的产品啊。"

"都说了没兴趣啦。"三杉直截了当地说。

森山这时候才突然注意到，三杉竟然是空手过来的，连个记事本都没带，明显是打从一开始就没想和自己多谈。

"您别这么说，偶尔也要和我们合作一下嘛。"

"我说啊，和你们公司合作，对我们有什么好处？"三杉冷冰冰地问道。

"我们好歹不也是贵公司的账簿管理人①嘛，就没有什么需要我们公司帮忙做的吗？"

"没有。"三杉冷淡的回答令人无所适从，"说是账簿管理人，

---

① 在投资银行业务领域里，账簿管理人（簿记行）或主办银行是股票、债券、证券等业务的主要承揽者。当一公司委托银行发行证券时，需要一个主承销商，称为账簿管理人。主承销商往往会联合其他机构一起操作以期分散风险，此时这些机构被称为联合账簿管理人。它们的主要责任包括承销拟定发售规模、售价、配置和上市后的价格稳定。作为账簿管理人在公司信息来源占有优势。

只不过是因为你们是东京中央银行旗下的证券公司，又不是看中了你们的实力，贵公司不是连解决我们公司问题的能力都没有嘛。通过这次的收购案例不就很清楚了吗？虽然我并不是很了解，但我们社长一开始不是找了贵公司提供建议吗？然后你们置之不理，不管不问，触到了社长的逆鳞。你说你们傻不傻？我们可不会跟你们这种证券公司合作。"

"非常抱歉。"这时候说出事实真相也没有用，总之森山先低下了头，说道，"但是，我们并不是有意在怠慢贵公司。我们是努力地商讨能令社长满意的方案——"

"别再用这种丢人的借口了，"三杉毫不留情地说道，"就结果而言，还不是你们的实力不够吗？东京中央银行的证券营业部可就不一样，反正你们是没法跟人家相比的。"

森山很不甘心，却又无力反驳。

对待三杉这种瞧不起人的男人，他只能用傻笑来回应。然后又对无能为力的自己感到生气。

"话说回来，这次收购，有胜算吗？"森山问道。

"啥？"三杉气冲冲地回答，"那还用说，肯定有啊，所以才在实行计划啊。"

森山也知道自己的问题很愚蠢，他继续道："但东京 SPIRAL 也已全面进入备战状态了。"

就在昨天，东京 SPIRAL 发表了将会发行新股预约权的消息。

事情的发展正如濑名所说的一样，不过预约权将由 FOX 买下这重要的一点还没有公开。因此，森山在想新股预约权的发行会不会给电脑杂技集团的敌对收购造成有效打击。

"他们那是骗人的把戏。"果然，三杉深表不屑地说道，"东京 SPIRAL 的顾问好像是太洋证券吧，那么弱的证券公司，根本就不值得一提。"

"但是以后也还是有反击成功的可能性吧？"

比如白色骑士的参与之类的——话到嘴边又被森山给咽了回去。

"反击？什么反击？"被反问回来，森山只能含糊其词地打了个马虎眼。

三杉一边不屑地扭过脸去，神情好像在说"我才没时间陪你猜"，一边看了看表。

"今天就这样吧。"三杉用右手拍了下自己的膝盖，站起身来，说道，"你到我们公司来说这些，也改变不了什么。今后我们就互相节约彼此的时间吧。就这样吧，要不，我们签个解约协议也行啊，反正我们和贵公司即使断了合作也不会有任何影响。"

三杉用冷冰冰的三言两语结束了这次会谈，随后快步走出了会议室，不见了踪影。

* * *

结束了这次毫无收获的会谈，连个送客的人都没有，森山只好一个人乘电梯下到一楼。

位于明治大街的 INTELLIGENT 大厦的入口，有一种几何学上的美感。对于在这里工作的人而言，或许这个入口就是自豪感的象征，然而对于像森山这样被驱逐出来的人而言，这入口就显得无比冰冷。

森山刚走出来，就看见从明治大街那头开过来一辆漆黑的车，停在大厦入口处的门廊下。

11 月的风带着些许寒意吹来，让森山不禁缩了缩脖子。但当他看见从那车上走下来的男人的时候，刹那间停下了脚步。

从后座走下来的是个五十岁出头的男人，他个子很高，身姿飒爽，合身的黑色西装搭配着红色领带，胸前的口袋里插着同色的口袋巾，衣着讲究，十分引人注目。森山觉得自己应该认识这个男人。

"是乡田先生吧？"森山自言自语道。

他是 FOX 的总裁乡田行成。森山没想到竟然会在这里见到他。

随后森山看见从自己身后跑出来两名年轻男子上前迎接。

"让您久等了。"

乡田没有回话，只是举了举右手示意，随后一行人径直快速地朝着电梯走过去了。

森山就这么呆立在那里，目送着他们的背影。他注意到，在那两个年轻人的西装上有带着"D"字样设计的领章在反光。那是电脑杂技集团的领章。

森山再次走回到电梯间，确认了电梯停下的楼层——七楼。

那正是电脑杂技集团所在的楼层。

2

　　这件事引起了森山的警觉，回到公司后，他立刻着手调查了乡田所领导的 FOX 公司。

　　十五年前，乡田开始创业，八年后公司上市，资本金六百亿日元，直至五年前营业总额还有两千五百亿日元，但由于竞争激烈，现在已经缩水到了两千亿日元左右。

　　随着营业额的缩水，FOX 断然实行了大规模的裁员，总算维持住公司不致亏损。乡田的手段固然凌厉，但在价格竞争激烈的电脑销售行业，今后如何才能闯出一条生路，是业界普遍存在的行业构造性问题。

　　正因为如此，FOX 才接受了东京 SPIRAL 的新股预约权，借此打开回复业绩的突破口，这样的想法确实能够成立。

　　但是，森山的心里依然觉得不安。

"你从刚才开始一直在查什么呢？"背后传来尾西询问的声音。

"没什么，只是在想 FOX 和电脑杂技集团之间会不会有什么生意上的往来。"

"电脑杂技集团和 FOX？"尾西诧异地问道，"为什么在查这个？电脑杂技集团那边跟你说了什么吗？"

"不是，并没说什么。只是我刚刚在电脑杂技集团的楼下看见乡田先生了。"

"毕竟他们行业挺相近的，应该是有什么生意吧。"

尾西说得也有道理，但这种看法显然是错误的。

因为不管怎么找，电脑杂技集团的详细财务资料的交易客户里都没有 FOX 的名字。

以防万一，森山甚至还向三杉确认过了。

"关于刚才的事，有一件一定能让副社长满意的产品，想再耽误您一些时间。"森山信口开河编造了一个理由。

"我们公司对你们的产品没有兴趣，你可真烦啊。"三杉根本连内容都不想听，"就这样。"说着他立刻就想挂掉电话。

"请稍等一下，我有件事想请教您一下。"森山连忙问道，"贵公司和 FOX 公司有生意往来吗？"

"什么？"

三杉这个尾音夸张地上扬。三杉作为财务部部长，理论上应该是对电脑杂技集团的往来客户了如指掌的。如果电脑杂技集团和 FOX 有交易关系的话，只要问三杉就能知道了。

"为什么问这个？"三杉问道。

"因为对 FOX 有点儿兴趣……"森山随便搪塞道，"如果 FOX 和电脑杂技集团有生意往来的话，能不能把他们的联络负责人介绍给我呢？"

"啊，这种事情的话我可办不到。"三杉毫不客气地拒绝，"我们根本没有往来嘛。"

"但今后应该会有吧？刚才我看到乡田社长去拜访贵公司了啊。"

"你眼睛还真尖呢。"电话那边的三杉像是吓了一跳，"刚才只是对我们社长的礼节性拜访。这种行业里，有很多信息交换之类的应酬往来。仅此而已。你也不要抱有期待了，好了，就这样吧。"

三杉说完就直接挂断了电话。

礼节性拜访？马上就要成为电脑杂技集团敌对性收购公司的白色骑士会做这种事？

森山歪着头，百思不得其解。

"你什么时候对 FOX 那么有兴趣了？"大概是听到了电话的内容，尾西探询道。

"也说不上是有兴趣……"森山含糊其词。

"这样的话，不如去问问半泽部长？"尾西的话出乎森山意料。

"去问部长？"森山不由得回过头问道。

"你先看看这份财务资料吧。"尾西说，"上面写明了 FOX 的主要合作银行是哪家银行了吧？”

森山连忙翻开到那一页，找到了在一堆并列的有交易往来的银行中写在最上面的一个。

——东京中央银行。

3

"部长，能打扰一下吗？"办公室的门被敲响，森山探头进来问道。

这时半泽刚刚拜访客户回来。

已经过了下午五点，从办公室窗户看出去，大手町一带已经披上了落日的余晖。瞥了一眼这寒冷萧瑟的景象，半泽拉上了百叶窗，转过头来看着神情莫名严肃的部下。

直觉告诉半泽一定发生了什么，他让缄默不语的森山坐到沙发上，自己也坐到了茶几对面。

"有件事让我很在意，是关于电脑杂技集团的敌对性收购一事。"森山说道。

"是有了新情报吗？"半泽问。

森山并没有直接回答："这件事能请您保密吗？"

"什么情况？"

"我得到了东京 SPIRAL 的内部情报。"

这番话着实让半泽感到很意外。森山继续说道："前几天，我和濑名社长会面的时候，我从他那里打听到了很多消息。不过，前提是他要求我要保守秘密。本来，这些情报我是不能跟别人说的。"

"你先等等。"半泽冷静地制止了森山，"我虽然不知道你想要说什么，但是，你如果跟我说了是不是就会打破了你跟濑名先生的约定呢？"

森山把放在两膝的手紧握成拳，同时耸起双肩，看向半泽说道："刚刚我已经和濑名社长通过电话，他答应让我来问问部长的意见。我跟他说部长是值得信赖的人。"

"你能这么说我很高兴。到底想问我什么？"

"有关东京 SPIRAL 的收购防卫策略。"森山的话让半泽深感意外，"昨天 SPIRAL 发表了要发行新股预约权的消息，计划是要让他们的白色骑士公司接收其全部股份。"

"一家公司接收全部股份？会不会有什么问题啊？"

半泽跟森山说起了前几天和苅田谈到过的问题，森山的表情转眼间愁云密布。

"据说这是太洋证券提出的方案。"

"如此说来，法律层面上就应该审查过了才对啊……"与其说是对森山说的，半泽更像是在自言自语。

"我也不明白。"森山摇摇头。

"问题是他们的白色骑士到底是哪家公司啊？"半泽问道。

"是 FOX。"

森山的回答，让半泽吃了一惊。

"绝对没有错，部长，您知道 FOX 公司吗？"

"我没有直接负责过这家公司，所以并不是很了解，但是 FOX 现在有这个余力去做什么白色骑士吗？"FOX 自己本身的业绩应该并不是那么乐观的。

"我也这么觉得。"看到半泽的意见跟自己的一致，森山重重地点头道，"但暂且先不谈这个，还有件事让我很在意。"

说到这里，森山故意把声音放低了。

"今天，我在电脑杂技集团门口看见乡田社长了，三杉先生说他只是对平山社长礼节性的拜访，您不觉得有点不自然吗？"

"原来如此。"半泽想了想，当场给渡真利打了个电话。

"我马上要开会了，拜托你长话短说。"渡真利接起电话匆匆忙忙地说。

"你知道 FOX 是哪个部门负责的吗？"半泽问道。

"FOX？那个乡田社长的？"渡真利在信贷部门算得上是百事通，当即给出回答，"法人营业部负责。"由于东京中央银行是巨型银行，所以银行内根据对象所属资本系列①和公司规模的不同，会由不同的信贷部门来负责。

"我还想问个事儿，最近法人营业部有没有决定要对 FOX 公

---

① 资本系列：为了使企业之间能更稳定地持续交易而形成的固定关系。通常情况下表现为大企业将中小型企业系列化，进而置其于支配之下。

司进行巨额的支援？"

半泽的问话刚刚出口，渡真利就像是被吓到了一样，立刻反问道："你怎么知道的？其实我也不是很清楚，说是企业战略需要什么的，预计要贷出近一千亿日元呢，好像是为了经营稳定的援助资金。虽说还没有正式决定，但一旦发表，大概就能推动FOX的股价上涨吧。"

渡真利说着，突然用怀疑的语气问："半泽，你不会是想靠FOX的股票赚钱吧？听好了，这可是内部情报啊，别乱来。"

"才不是你想的那样，你就放心吧。"半泽说，"还有，你知道具体是谁负责FOX吗？"

"是本山吧，你认识的吧？"

虽然本山在法人营业部备受好评，但是半泽并不认识他。看这样子是不太可能私底下直接获取情报了。他转而又问道："电脑杂技集团收购的那件事有什么进展吗？"

"很遗憾，我这里也没收到什么信息。"渡真利说，"反倒是人家都说东京SPIRAL的防卫策略显得浅薄了，你知道发生了什么吗？"

"没什么，我再打给你——"半泽挂了电话，对森山说，"银行那边决定要对FOX进行巨额支援了。"

他神情异常严肃地看着森山："能让我见见濑名社长吗？我有话要对他说。"

4

"这次的事，承蒙您多多关照了。"

"哪里的话。来来，快请坐。"乡田笑眯眯地让前来拜访的濑名坐到沙发上。

"老实说，从太洋证券听说这件事的时候我也吃了一惊，但之后发现，这或许对我们公司也是个好机会。"

乡田的心情十分不错。他坐在茶几对面，看向濑名的目光饱含理性而又暗藏锋芒。

濑名低头致意："我一直担心会给您添麻烦，既然您这么说，我就放心了。"

"如能和东京 SPIRAL 在资本合作的基础之上进行业务协作，这对我们公司而言，也有着战略上的重要意义。你们太洋证券也还真有点眼光啊。"

乡田说着对同濑名一起前来的广重投以了赞许的目光。

"实在不敢当。"广重一脸恭敬地低下头，"能对贵司有所帮助，我们也十分高兴。"

濑名表态道："有关于业务合作一事，您是怎么看的呢？如果有详细的计划，我想我们现在是不是可以进行商谈了？"

"那可真是再好不过了，"乡田致谢道，"详细方案过几天会整理好送到您手上的，我相信我们一定会做出一个让这次合作双赢效果倍增的绝佳方案。还有，我公司买进新股预约权一事，您准备什么时候公布呢？"

"大概在下周就会公布。只是在此之前，关于贵公司的一些事情，还想请教下您。"

"我们公司的事情？"乡田问道。

濑名把带来的文件递给乡田，是有关发行股份数、股价和估算下来所需资金的资料。

"如果要买进我们公司本次发行的新股预约权，大概需要一千亿日元的资金。还要考虑到周转这些资金所需的时间，所以我想根据这些情况再来决定具体什么时候公布。"

"不用担心，资金的筹备已经完成了。"濑名目不转睛地看着乡田。

"已经……完成了？"

森山曾跟濑名说过，一千亿日元以上的资金筹备，并不是那么容易的。没想到现在竟然已经准备完成了，这还真不是一般的迅速。

"这是当然的嘛，濑名先生。"乡田反倒觉得濑名少见多怪了，"谈妥了资金筹措的事之后，我才给了太洋证券肯定的回复的。"

"真不愧是乡田社长。"广重适时地恭维起来，"做事真是滴水不漏。"

"这可是笔大生意，决不允许失败。"乡田严肃地说。

的确如此，对手可是电脑杂技集团，不能给他们任何钻空子的机会。此时，濑名突然说出了自己心中的疑问："资金是从哪家银行筹集的呢？"

因为听取了森山的建议，濑名去调查了有关 FOX 的资料，其主银行是东京中央银行这一点让濑名很是在意。要想筹集到资金，就必然要明确说明资金的用途。万一把计划泄露给东京中央银行的话，就等于是把防卫策略摊开来给电脑杂技集团看了。

"是白水银行。"

听了乡田的回答，濑名终于松了一口气。

"白水银行算是我们公司的第二主要合作银行，谈起这事的时候，他们很高兴地表示愿意提供帮助。大概是出于对东京SPIRAL 和 FOX 合作之后的爆发力的期待吧。"

"是这样啊。"濑名再次安心地舒了口气，"那么，贷款什么时候实行呢？"

"这取决于贵公司什么时候通过决议，我反倒还想请问您呢。比起这个，我更想问问濑名社长，您对我们 FOX 成为贵公司股东一事又是怎么看的呢？"

"您说得是，我也正想谈谈这件事呢。"

濑名把准备好的公司介绍资料递给了乡田。

"在新股预约权的交易成立之际，想必贵公司也会进行详细的审查。在此之前还请先允许我向您介绍一下东京 SPIRAL 的经营理念，以及公司重要的信息。"

做报告可是濑名的拿手好戏。解开了对 FOX 的疑虑，同时资金筹措一事也已解决，太洋证券的计划顺利进行下去的可能性极高。

对着即将成为白色骑士的乡田，濑名开始讲述的，是三个年轻人怎么在一间公寓起家，并实现了他们的梦想，这样一个关于成功的故事。

"真让人感动。"近一个小时过去，一直安静聆听着的乡田在最后不禁感叹道，"我也曾有过那样辉煌的时刻啊。"喃喃自语的乡田脸上浮现出非常感伤的神情。

"您现在也正辉煌着呢，社长。"广重大声鼓舞道，"通过这次的资本合作，一定会有更高的飞跃的。"

然而乡田却没有回答他。

"世事难料，"他看着濑名说，"我们这些经营者要是迷失了自己的生存之道，那就完了。要有勇气，去相信哪里一定还有着解决的办法。"

不知为什么，濑名觉得这句话意味深长。

5

"不好意思，占用你的时间了。"森山低下头说。

"我才是不好意思，只有这种时间才有空接待你们。"濑名一边回答森山，一边从名片夹里抽出一张名片，与半泽做了交换。

现在已经过了晚上十点半，透过社长室的玻璃窗可以看到依旧有很多职员还在工作。

"我从森山这里听说了有关贵公司的防卫策略，还请恕我多管闲事，我想还是和您好好谈谈会比较好。"

"您的好意我心领了，只是关于这件事——"濑名看向森山，"你上次说的关于 FOX 资金筹措的问题，今天，我直接问了乡田先生，据他说筹措资金一事已经和银行方面达成一致。"

"多少？"森山问。

"金额方面我没详细问，不过对方也肯定知道需要近一千亿日元的资金，所以我想应该不会差太多。"

"您问过是哪家银行吗？"半泽问。

"说是白水银行。"

"白水？"半泽不禁重复了这两个字，"乡田社长本人这么说的吗？"

"是的……有什么问题吗？"

"接下来我说的话，还请您务必保密。"半泽说道，"某个金融机关已经批准了对 FOX 进行一千亿日元的支援，这笔钱将被用作这次新股预约权的买进资金，问题在于，这个金融机构是——"

"您的意思是，不是白水银行？"濑名问。

"不是。"半泽缓缓地摇头，"——是东京中央银行。"

濑名脸上满是惊愕。

"但是乡田先生他——"

"您不觉得有必要调查一下吗？"半泽继续说道，"包括太洋证券提出的这个计划本身是否可信。"

濑名微微变了神色，问道："我该怎么做？"

"新股预约权只是刚刚通过决议吧？和 FOX 签合同了吗？"半泽问道。

"还没有——"濑名答道。

半泽点头："您是否认识到了这件事里面所包含的法律风险呢？"

"法律风险？"

森山接过话头回答了濑名的疑问："如果按照太洋证券的方案执行，很可能会违反商法。不仅如此，还有可能违反上市的准则。"

森山把之前从半泽那里得知的种种都告诉了濑名。听完这番话后，濑名的脸上阴云密布。

"不会吧，我从没听说过这些啊，为什么太洋证券没跟我解释这些，难道他们不知道吗？"

濑名愤愤地点了一支香烟。

"不。"半泽道，"他们不可能不知情。他们有他们的目的。"

"目的？"濑名眼中映出的是深深的不解。

* * *

走出东京 SPIRAL 的办公大厦，半泽伸手拦了一辆出租车。

"接下来去哪儿？"森山问。

"跟银行的熟人碰个头。FOX 的情报就是从他们那儿打听来的，你要不要也一起来？"

"当然。"

森山却之不恭，和半泽一起钻进出租车里。

目的地是青山大道路边一幢大楼地下的一家店。

"哟，半泽，吃过了饭吗？"从四人桌那边传来渡真利不紧不慢的问话。

近藤也在，已经喝得红了脸，面前摆着下酒小菜。

"没来得及吃呢。"

半泽坐到近藤旁边，渡真利拿开放在边上的包，给森山腾出了位子。互相简单地介绍过后，半泽把菜单递给森山说："别客气，想吃什么就点。"

然后他转过脸来问渡真利："怎么样，有什么新情报吗？"

"电脑杂技集团的平山先生和 FOX 的乡田先生有什么关系现阶段还是不清楚，但是，我在调查的时候，听到件耐人寻味的事儿，说是 FOX 可能要转让出去。"

"这是从哪里得来的情报？"森山睁大了眼问道。

不怪森山大惊小怪，而是这个据传要转让的公司，现在却想要买下一千亿日元价值股份这件事实在令人难以置信。

"是从我一个熟人那儿听来的，他在《东京经济新闻》做记者。如果是从我们银行里负责 FOX 的那群家伙口中得到的消息，我也不能在这里说出来。就算你们是关联证券公司的人，我也有替公司保守秘密的义务嘛。"渡真利继续说道，"说到哪儿了来着？那个记者拿着不知从哪里听来的传闻跑来向我求证。他勉强也算是一介新闻工作者，并没透露出情报源是哪里。但很可能就是乡田跟谁说过这事儿，然后不知怎么，消息漏出来了。确实，FOX的业绩不振，有这种流言传出来也不奇怪。恐怕除了有价证券报告书 ① 上的数字之外，其财务本身也存在着相当严峻的问题。"

---

① 有价证券报告书：有价证券报告书制度是指发行有价证券的企业内容继续公开的制度。有价证券经审批发行后，为使投资人有可供进一步判断公司经营情况的资料，证券发行公司需要借助有价证券报告书来继续公开企业的内容。

账面损失 ① 和难以回收的债权不一定都能在公开的决算报表中反映出来。

"银行不可能没来由地就把超过一千亿日元的资金贷款给业绩低迷的 FOX。"半泽断言道,"一定有什么理由。"

"你该不会是想说,这背后有电脑杂技集团在操作?"渡真利说着,意味深长的眼神投向了森山。

"都是假设罢了。"半泽道。

"等等。"近藤插话道,"电脑杂技集团现在不是正忙着收购东京 SPIRAL 吗?我倒觉得不至于还要空搞这一手啊,我看了记者招待会,那个平山社长看上去很是稳健啊,不像是会做出这些的人。"

"外表看上去的确是这样啊。"半泽若无其事地说,"但是骨子里却是个彻头彻尾的生意人,他可是凭着狠毒的手段在生意场上笑到最后的人啊。"

"不这样的话,也很难会把公司做大吧。"渡真利用一种理解的语气道,"然后呢?那个彻头彻尾的生意人在计划着些什么呢?"

"据我的推测——"半泽谨慎道,"FOX 和电脑杂技集团之间可能暗中达成了什么交易。"

---

① 账面损失:账面损失就是账簿上的记载金额减少,不一定是实际的损失。抛售之前是"账面损失",抛售之后就成了"实际损失",许多人可以接受"账面损失",却无法接受"实际损失",认为前者是数字上的变化,但后者却是真金白银的损失。

森山猛然抬起头来："不会吧。"

近藤脸上也浮现出惊愕的表情，而渡真利则凝视着酒杯默默地思考着些什么。

"FOX 的乡田社长说，东京 SPIRAL 新股预约权的购入资金是从白水银行那里筹措来的。"

听了半泽的这句话，渡真利惊讶地想说些什么，但还是没说出来。

"乡田社长想必是怕被人怀疑和东京中央银行有关系吧，为了让濑名社长安心的权宜之计。"

"那也就是说——"渡真利没有继续往下说。

半泽替他接下去说道："没错，恐怕这都是东京中央银行的计划。"

6

和渡真利他们碰面的几天后，半泽又和森山一起外出了。

此刻是晚上八点多。晚秋的夜晚寒气袭人，冷得让人直缩脖子，但是新桥繁华的街道上仍十分热闹，根本没人把这点儿寒意当回事。

"前几天那事儿，我自己也想了一下。"森山一边和半泽并肩走着，一边说道，"东京中央银行对 FOX 进行的巨额支援，这其中，电脑杂技集团是不是做出了什么附加的承诺？"

"有这个可能性，但要怎么确认呢？"

"去问问电脑杂技集团的三杉先生，说不定能知道些什么。"

"三杉会知情吗？"半泽持怀疑态度，"区区一介组长要是能知道那么重要的企业收购情报的话，这本身也是个问题。"

"没有别的办法了啊。"

"是吗？不是还有一个你也认识的情报来源吗？"

被半泽这么一说，森山不禁停下步子，歪着头思考起来。

"我认识的情报来源？"

半泽没管他，继续沿着高架桥下走。森山追了上来，问："部长，你这是什么意思？"

"你马上就会明白了。"

* * *

半泽在一家酒馆前停下了脚步。这是一家烧烤店，店门口旁的换气扇中不停有浓烟冒出。

这是半泽偶尔光顾的一家店，一走进去就听老板用很精神的声音招呼半泽。两个人走进先前拜托店家准备好的靠角落的一个小隔间，面对面坐下来。

"有谁要来吗？"森山看看旁边座位上摆放的筷子，问道。

"嗯，就是那个'情报源'，我想着你也应该见一见他。"

森山一下有些紧张起来，双颊都有点儿僵硬了。

"咱们边喝边等吧。"

两个人点了瓶啤酒，轻轻碰了杯，下酒小菜是醋拌章鱼小黄瓜。

"部长，如果 FOX 真的和电脑杂技集团有暗中交易的话，那时该怎么办呢？"

"你想怎么做？"

被半泽反问道，森山深吸口气，看着天花板。

"我个人是很想站在濑名的角度来帮助他。但从公司的角度来看，公司和电脑杂技集团之间还有着生意关系，没那么简单啊。"

"说起来你还是电脑杂技集团的负责人啊。"

森山愁眉苦脸地点点头："名义上姑且是这样，但电脑杂技集团也只是在我们这儿有个象征性的户头，实际上什么生意往来都没有。"

"那你觉得，当初电脑杂技集团为什么把收购的案子带来跟我们谈？"

对于半泽的问题，森山歪头想了一下："我对此也很不解，嗯，还是想不通。部长怎么看？"

"那个平山先生指名要我们公司担任顾问，一定有什么理由。"半泽道，"他说是因为上市时我们是主干事公司，但这不过是表面上的借口，一定还有什么必然性理由。"

"我也这么觉得。而且他们换成东京中央银行之后也依旧会满足这个'必然条件'吗？"

森山指出的问题相当尖锐。

"这一点我也觉得很奇怪。"半泽说道，"东京中央银行能抢走合同虽说是多亏了他们的贷款能力，但是即便抛开这一点的话，他们的提案也是相当不错啊。"

"如果抛开他们的手段的话，倒也是这么回事。"森山半是讽刺地说道。

"这是自然。"半泽叹了口气，"银行在世人眼中常以绅士的形象出现，但做出来的事其实和无赖没多大区别。"

正是因为半泽看透了银行这个组织才能这么说："这次的事，等到了解到真相之后就去帮濑名先生吧，森山，不必有什么顾虑。"

这时，从门口走进来一位客人。

"您的朋友在里面等您呢。"

森山朝着店员声音传来的方向望过去，瞬间变了脸色。

"对不起，我来迟了。"

眼前的人，森山确实认识，但他却怎么也没想到居然会是这个人。

是三木。

"没事，我们也才刚到不久，来，快请坐。"

半泽让他坐到森山旁边。

"新环境怎么样？"半泽边给三木倒酒边问道。

"托您的福，一切还好。"

"我听说，好像是总务组吧？"

三木一边看着酒杯渐渐被满上，一边点了点头。不知是不是错觉，三木比在东京中央证券的时候看上去要阴沉得多。

"还开心吗？"

三木倒吸一口凉气，说出来的话却像是一个优等生："往后我一定会想办法努力做下去的。"

"这事儿说来也荒唐。"半泽说。

三木的目光闪了闪，将视线落在了桌子上。

"据说，是伊佐山先生亲自指名要你的吧，都做到这份儿上了却把你放到总务组去，还真是把你看低了呢。"

"我很抱歉。"三木的表情看上去很老实。

"你没必要道歉嘛。还是说，难道你有什么需要道歉的事吗？"半泽道。

听了半泽的话，森山一下屏住呼吸看向三木。

"没有。"三木只是简短地否定了。

"你这么忙今天还把你叫出来，真是不好意思。总之，先喝酒吧。"

点了几个菜，暂时僵住的对话又得以进行下去。在聊了些无关紧要的家常话之后，半泽又把话题引了回来。

"话说回来——事实上，电脑杂技集团顾问的位子被银行抢走一事，一直到现在都还是我们心里的一个疙瘩。"半泽说道，"公司内的士气也很低落。现在跟电脑杂技集团的生意往来眼看着也快断了。到底为什么会变成这样呢？你不觉得这其中的原因值得探究吗？"

三木放下了手中的酒杯，两手摆在膝盖上坐直了身子："我尽了全力，对这样的结果我非常抱歉。"

"这是你的心里话吗？"半泽带着质疑的语气问道。

"部长怎么这么说？"三木突然坐立不安，视线左右摇摆。

"咱们也别拐弯抹角了，我就直说了吧。把电脑杂技集团的情报泄露给银行的人，就是你吧？"

没想到半泽会问得如此直截了当，三木不由得神色大变。

"不、不是的。"他马上摇头否定，"不是我——"

"伊佐山点名要你过去这件事，可是连人事部都想不通啊，他有什么非要你不可的理由吗？"

"不是这样的。"

看着嘴硬的三木，半泽问道："不是你的话，还能是谁呢？"

森山吃了一惊，并不是由于这个问题的唐突，而是因为他看到，三木咬着唇低下了头。

"你是知道的，对吗？三木先生。"森山直起身子问道。

没有回应。

他继续问："三木先生，到底是谁泄露了情报？"

"是……"

三木终于说出了那个名字。半泽和森山不禁对视了一眼。

"——是诸田次长。"

* * *

半泽沉默了一会儿，说道："详细说给我听听。"

"那是电脑杂技集团的平山先生来拜访后几天的事。"三木颓然地沉下肩膀，有气无力地缓缓道来，"我被诸田次长叫过去，他让我说说准备用什么收购方案，说就算只是一些想法也没关系，让我全部讲给他听。于是，我就把自己的想法说了说，次长听了之后说'这样大概行不通吧'。"

"理由呢？"半泽问道。

三木的声音越来越轻，"他说这种方案太幼稚，要更新颖一点儿才行。还说，要是成功了的话，可以把我送回银行。"

"然后呢，你做了什么？"森山目不转睛地盯着三木的侧脸问道。

"说实话，我很烦恼。"三木勉强发出声音来，"我很着急，想着一定要快点儿拿出成果来。但是，崭新的划时代计划哪里是这么简单就能做得出来的。就在这个时候，我知道了诸田次长和银行的伊佐山部长已经搭上线的事。"

"怎么知道的？"半泽问。

"组里做出了新的方案，我去次长室送报告，正要把资料放到桌子上的待裁决箱里，看到电脑屏幕上显示的邮件已发送画面——那是诸田次长的私人笔记本电脑，一开始我并没有偷看的念头，但是我看到了标题里面有'电脑杂技集团'几个字……"

"邮件里是什么内容？"

半泽的语气中稍带凌厉，三木不禁咽了咽口水。

"上面写着什么有关于电脑杂技集团的重要情报，可否见面一谈。"

"为什么那个时候你没有说？！"森山愤怒地问道。

"我没有想到诸田次长会把我们公司的内部情报泄露给银行。再说了，那可是银行……"三木看向对自己怒目而视的半泽，继续辩解道，"我怎么都没想到银行会来抢我们东京中央证券的重要案件，是真的，部长，请相信我！"

讲到后来，三木已经是眼中含泪。

半泽看着他，依旧没有回答，只是催促道："然后呢？"

"然后——一开始还风平浪静地什么事都没有发生，但是后来，电脑杂技集团宣布合约作废，公司里怀疑是不是发生了情报泄露的时候，我去找了诸田次长。"

"他说什么了？"半泽平静地问。

"他让我不要告诉任何人。"三木答道，"他说他不会做什么坏事的，让我相信他，再等一段时间。我暂且信了。结果就在那天又被叫过去，和证券营业部的伊佐山部长谈了话。说是只要我能忘了这件事，就能把我再调回银行。"

"于是你就接受了这个交易是吧。"

三木的表情扭曲了。

"我无路可走了啊。"三木的声音之中不乏悲痛，"电脑杂技集团毁了约，在公司里我已经彻底失去了立足之地，继续留在中央证券的话，难道还会有什么未来吗？接下来恐怕就是在子公司的角落里，一天一天慢慢等待下调的任免令再度到来吧？但是，只要接受诸田次长提出来的条件，我就能重回银行，而且能到证券营业部这种当红部门去，从头干起，迎来新的开始。对我来说，别无选择。"

"还真是好得很啊，可以回到银行的人。"森山恶狠狠地说道，看向三木的愤怒的目光像是要喷出火来，"结果到最后，在三木先生看来，我们公司就只是个只可临时栖身、寒酸的破地方吧？但是啊，对我们这些正式员工而言，东京中央证券可是唯一的容身之所啊。我们这些人，就算失败，就算没有未来，我们也都只能留在这里。而你为了自己的前程，把我们的公司给出卖了。"

153

三木沉默地听着，最后道歉道："对不起。"

"原来就算在一个职场，共用一排办公桌，三木先生也从来不是我们的同事啊。"听得出，森山的声音中饱含怨恨，"如果一开始被银行抢走顾问合约的时候你就把真相说出来的话，公司里还是会有你的位子的，但是你并没有那样做。到底是为什么呢？你就那么想回银行吗？对你而言银行究竟是什么呢？！"

三木什么也说不出，最终只能说出一句"对不起"。

森山怒声说道："'对不起'不是我要的答案。"

"够啦。"半泽说道，"银行究竟是什么，现在三木你自己才是最想知道的吧？"

对于半泽的指责，三木咬唇不语。

"我说个事情，你们暂时保密。前几天，我收到了诸田要调动的内部通知，明天就要正式发调令了。"

森山和三木两个人都讶异地抬起头。

"调去哪里？"森山一下探出身子问。

"同样也是证券营业部。"

森山睁大了眼。

"诸田的新职位是那里的副部长，是把我们公司卖掉换来的。"半泽说道，"诸田大概是听了三木的方案，觉得那样没胜算，于是就迅速采取行动，想到了一个能把自己调回银行的好办法，用情报来换取人事调令。"说着，他又像是想起了什么似的说道，"话说回来，三木，我拜托你做件事。"

他怒视着这个曾经的下属："我想知道银行的收购计划，还有关于 FOX 的情报。"

"可这是内部情报……"

"照做，我就饶过你这回。"看着畏缩的三木，半泽冷冷道，"银行不是也利用了这次的情报泄露来获得他们作为顾问的地位吗？你们还有这么说的资格吗？还是说，你们希望把这事儿闹到行长那儿去呢？"

三木脸色苍白，找不到话来反驳。

7

第二天上午九点，诸田的调令到了。

从证券子公司营业企划部的次长，摇身一变成为银行的证券营业部副部长，很大程度上，这可能还算不上是荣升。不过对于一度被认定不可能再回到银行的诸田来说，却当真是值得庆祝的。

果不其然，从社长那里接过调令的时候，诸田的脸上笑开了花。

"谢谢您！"

诸田接过调令，深深地低下头致谢。

"要继续努力哦。"社长冈则显得缺乏兴致，简短地结束了交付仪式。

"承蒙您照顾了。"

又和一起出席的人事部部长道别后，诸田回到了营业企划部的楼层，深深地向半泽鞠了一躬。

"诸田啊，这次我真是被你摆了一道。"半泽说道。

诸田心里一惊，脸上显露出茫然若失的表情。两人在楼层靠里的诸田的办公桌前，他们的对话，森山等下属应该也都能听得很清楚。

"啊，请问您在说什么？"诸田没敢抬头，眼睛朝上方小心地看向半泽。

"什么事？你自己心里不是最清楚吗？"

半泽这话一出口，诸田终于露出了戒备的神情。

"不，我完全不明白……"

"昨天，我和三木碰了面。"

诸田不语。

"事到如今饶是三木也很后悔呢，他说后悔相信了你，结果却遭到那样的对待。"

诸田也不再假以颜色，他直勾勾地看着半泽。

"但你做事也真不够彻底的。"半泽还在继续，"我是不知道你是怎么评价三木的，不过既然要以人事作为条件封住他嘴，至少也该给他个过得去的职位吧？现在三木可是一肚子的不满，我觉得让这种人再来保守你的秘密不太可能啊。"

"那个，我不太明白部长您在说什么啊……"

察觉到部下们渐渐集中过来的视线，诸田僵硬地笑了笑。

"我是在跟你说电脑杂技集团的情报泄露那事儿。"

"电脑杂技集团？"诸田厚着脸皮歪着头，"我也不知道是谁做的——"

"是你。"半泽说道。

"我？"诸田故作夸张地露出了吃惊的表情，"等等，是三木对部长您这么说的吗？这可是天大的误会。"诸田继续装傻狡辩，"我怎么可能做出那种事来呢？有什么证据吗？"

"确实没有证据。"半泽说，"但是，三木并没有说谎。再说，我也确信是你泄露了情报。不只是我，他们也是。"

一直在自己的座位上看着两个人对话的森山站起来，用愤怒和不信任的眼神盯着诸田。尾西和其他人也都从位置上站起来看向这边。

"我不知道三木他说了些什么，但是部长，还有你们，是准备相信他的话吗？"诸田问道。

"三木他道过歉了。"半泽静静道，"你不觉得你现在该在这里低头谢罪吗？"

然而——

"我为什么要道歉？"诸田拒绝了半泽，"就因为这种空口无凭的事？"

"这是你最后的机会了，诸田，不珍惜的话以后我会让你后悔的。"

"这可真有意思。"诸田突然改变态度，露出无所畏惧的笑，"部长，我已经是银行的人了。随你们怎么想好了，反正都已经跟我没关系了。"

"也就是说，你不承认？"半泽问。

"我完全不知道你们在说什么。"诸田装傻到底,"虽然我不知道你们到底想干什么,但还请不要故意找碴儿。"诸田环视着这些看着自己的部下们,说道,"诸位听好了,在这世上,结果就是一切。你们,已经输给了银行,再去纠结失败的原因又能怎么样呢?不如学着谦虚一点儿!"

"真不巧,我们并不认为结果就是一切。"半泽说,"你的所作所为,绝对不可原谅。我一定要让你偿还这笔债。"

"呵呵,是吗?"诸田笑得不缓不急,"我随时恭候。半泽部长,虽然我可能没资格说,但是到最后了我还是想奉劝你一句,你要是一直还都是以银行营业二部的次长自居,最后吃苦头的还是你。接下来我也该去银行报到了,告辞——"

诸田说完,转身快步离去。

8

　　半泽和三木约在了八重洲后街的一个酒吧见面，这是一家半泽熟识的店。虽然吧台空着，但半泽还是让店员把他们带到靠里的包间去了。

　　跟森山两个人各点了一份麦芽威士忌，边喝边等。

　　"诸田次长泄露情报的事情已经很清楚了，就没有什么办法能让他受到处分吗？"森山一边把酒送到嘴边，一边愤愤地说道。

　　"没有证据。况且那家伙已经不是我们公司的人了。"

　　"这么说来银行也不可能处分他吧。"

　　"就是这么回事儿。"半泽答道。

　　"那究竟怎么才能让他还了这笔债呢？"森山抬杠似的问道，"做出这种事都能被原谅的话，今后谁还会信任从银行调下来的人啊？"

"你本来就没相信过谁吧？"

森山被问得噎住了。

"我不信任的，不只是从银行调下来的人。"

"还有公司这种组织，以及这个社会吗？"半泽问。

森山一脸无趣，沉默了一下接着说道："我们是被孤立的一代嘛。"

"因为经历了就职冰河期？"

"嗯……可以这么说吧。"

"那还真是不幸呀。"

森山一言不发地喝起酒来。

"不依赖社会和公司靠自己努力做些什么，这个想法并没有错，对所有的世代而言皆是如此。"

"泡沫一代不是很轻松吗？"

听着森山发牢骚，半泽只是注视着酒杯，轻轻地笑了。

"看上去很轻松吗？"

"不是吗？就职非常轻松，什么特长都没有也可以轻松就职于一流企业……"

"所以下面的人就吃苦了，跟你一样？"

森山无声地表示赞同。

"我们那时候也有啊。"

森山抬起头："有什么？"

"世代论呀。"半泽答道，"我们这一代也是被人叫作新人类的，给我们起这个名的就是那些被称为抱团一代 ① 的家伙。从世代论的角度来说，制造了泡沫经济，结果又让它破碎的罪魁祸首说不定就是抱团一代。从好大学毕业，进了好公司那就是一生安泰，抱团一代把他们那时候这样的价值观和评价标准给形式化了。但事实上，他们乖乖地听从公司的话去参加了持股会 ② 什么的，不断买进自家公司的股票，等到要买房子的时候就把涨上去的股份抛掉凑够首付。对泡沫一代而言，抱团一代是标准的敌人。就像你们嫌弃泡沫一代一样，我们也觉得抱团一代真是讨厌得不得了。但是，所有抱团一代都不值得信任什么的，没有这种道理。反过来说，所有就职冰河期进入公司的职员都很优秀，这也不对。归根结底，世代论就是一种没有事实根据的观点。空对上面的人抱一肚子火气，对自己又有什么好处呢？"

"那部长你对公司、组织什么的又是怎么看的呢？"

"我是一路斗争过来的。"半泽回答他，"'和这世间做斗争'，虽然听上去可能太抽象，'和组织做斗争'就是要求你和一切目所能及的人和事做斗争。我就是这么做的，发现错误我会直截了当地说'这不对'，然后无数次在争论中击败对方。无论是什么世代，只要是在公司这种组织里占着坑不做事的人就是敌人。为

---

① 抱团一代：高峰一代。指第二次世界大战结束后数年间出现生育高峰时出生的一代人。

② 持股会：这里应指职工持股会。职工持股会是指依法设立的从事内部职工股的管理，代表持有内部职工股的职工行使股东权利并以公司工会社团法人名义承担民事责任的组织。

了一己私欲而沉迷人事，往往会迷失了自己本来的目的。让公司腐败的就是这种人。"

"就像诸田次长那样吗？"

"没错。"

半泽刚嘬了口酒，就感觉到有人来了。

"不好意思，我来晚了。"

三木坐到了靠门口的那个位子上，也不问半泽他们喝的是什么，直接就说："给我来一份一样的。"他表情本来就阴沉着，在店里昏暗灯光的映衬下更加阴郁了。

"好像电脑杂技集团已经确定要收购FOX了。"三木取出资料递了过去。

"这么说来，对FOX的贷款也果然是因为这个原因了？"森山抬起头问道。

"那些资金全部都是用来购入东京SPIRAL的新股预约权的。"

一切都在预料之中。不管贷多少给FOX，只要电脑杂技集团通过收购FOX将东京SPIRAL纳入其支配之下的话，对银行来说就成功了。到最后，那笔资金也只是打了个来回，回收起来毫无风险。

"那太洋证券又是什么情况？"半泽问道。

"似乎是让他们协助完成这个计划，事成之后，不仅有顾问费，还能拿到各种手续费。"

森山怅然无语。三木又稍许压低了声音："还有，关于FOX的业绩，我听到了一个有趣的消息。"

这是在证券营业部内部取得的情报。

听完三木的叙述，半泽像是在思考着什么，一时间没发话。森山则一直绷着脸一言不发。

"也就是说，这就是 FOX 要转让的原因吗？"良久后，半泽说道，然后转换了话题，"诸田去你们那儿报到了吧？"

"好像是负责客户方的副部长职位，"三木说，"配合这次东京 SPIRAL 收购团队，担任银行和电脑杂技集团之间的交涉窗口之类的。"

"真是难以置信，"森山哑然看向半泽，"这都什么事儿啊。把我们先拿到的案件卖给银行，结果还是他自己负责。"

"以诸田的水平，这次玩的手段算是相当高明了。"半泽说。

"部长，都这种时候了，您怎么还能这么说啊？"森山愤愤地说道。

"那就走吧。"半泽看了一眼森山说道，结束了和三木的短暂会面。

"那个——我今后要怎么办？这样下去就算待在证券营业部也……"三木问道。

半泽起身正要迈出步子，闻言回过头来冷冷看了一眼三木，"这是你自己的选择，不是吗？不愿意留在总务组，那就只能凭借实力来赢得工作了。做不到的话，就别抱怨，去好好完成你的工作。工作不是别人给你的，是要自己去争取的。"

和森山一起出了店，半泽说："我想和濑名先生见一面，马上，帮我约下他。"

森山掏出手机打给濑名。

"他现在好像在青山，说要不在公司碰面？"

"告诉他我们这就赶过去。"

半泽说着，朝车站走去。

*   *   *

"不好意思，这么晚还把您约出来。"

濑名坐下来，脸色略带潮红。和半泽他们一样，濑名刚刚也喝了酒。

"反正对我们来说现在天才刚刚黑下来嘛。"濑名说着，向坐在半泽旁边的森山问道，"还是之前那事儿吗？"

"正是。"森山答道。

接着他给濑名讲述了一遍从三木那儿听来的消息。濑名的脸很快沉了下来，双眼冰冷得如同寒冬的湖面。

"乡田社长并不是白色骑士，而是电脑杂技集团放出来的刺客。"半泽说明道。

濑名的目光闪动，摇晃着。

"居然是这么一回事。"濑名脸上浮现出了讽刺的笑，讽刺这世上的荒诞。但这笑意又遽然湮灭，化作了悲凉孤独的神情。

"阿洋，是否相信，取决于你。"

濑名久久没有回音。

他从上衣的口袋里抽出香烟，点上火。

165

然后他跷起了脚，就好像刚读完一本无聊的小说一样，双目无神地不知把视线聚焦在哪里，缓缓地吐出一团烟雾。

"可真有意思啊。"濑名冷冰冰地说，"我的公司达到了千人以上的规模，一般来说已经是社会上所公认的成功了吧，但实际上，我能够完全信任的人却一个也没有。被创业伙伴背叛，被证券公司欺骗，自己尊敬佩服的人竟是个大骗子。这到底是怎么了？"

"我很理解你的感受。"森山说，"但是光抱怨是解决不了问题的，你必须要振作起来。"

"哎呀。"濑名似乎有些自暴自弃，"他们就那么想要我这公司吗？这样践踏人心，又能得到什么呢？就那么想要钱嘛！"

濑名冷笑着，又像是呛住了，不住地咳起来。他再次抬起头来的时候，已经流出了眼泪。这泪水，应该不只是因为刚才的咳嗽。

"这社会就是这样，林子大了什么鸟都有。"半泽说道，"如果只是一味地避开这些人，也开拓不了自己的人生。公司的将来同样如此。所以只有斗争一条路可走。濑名先生，请让我们来帮助你吧。"

"说什么帮助？半泽先生，你们公司不是东京中央银行的子公司吗？"

濑名双眼盯着地毯，不由得诧异地笑了出来。待到他收回视线，其中已包含着各种怜悯的色彩。

"这是母公司的收购计划对吧？你们这个子公司现在要帮助我们这个敌对公司，哪有这种事。你们还想骗我吗？呵呵，我已经没有办法再相信谁了……"

"只要是和这个案子相关，东京中央银行就是我们共同的敌人。"半泽斩钉截铁道，"我希望成为贵公司的战略顾问，争一口气给银行看看，粉碎电脑杂技集团的收购计划，展示出我们东京中央证券的实力。"

　　"不是说你们公司和电脑杂技集团还有着生意往来吗，该不会是？"

　　"只有户头，没有交易，解约在即。"森山也道，"我们想和您并肩战斗，拜托了。"

　　濑名闭上眼，沉思了起来。

　　漫长的沉默之后，他终于说出一句："我明白了。"

第五章　骗局

1

"大家还有其他意见吗？"

被任命为会议主持人的营业部部长花畑，神情严肃地环视了一下整个会议室。

这是经营会议的现场，能够参加这个会议的都是公司部长级别以上人员。居中而坐的是社长冈，因为刚刚听到今后业绩目标会下降的预测而一脸怅然，抱着胳膊坐在那。离他不远坐着的是专务神原，他也是一副苦大仇深的模样，整个会议室都笼罩在一片不和谐的氛围当中。而神原原本就是个悲观主义者，开会时从来都没有笑过。

"我能说一句吗？"

半泽刚举起手，花畑立刻紧张起来，他晃了晃手中的圆珠笔说道："请说。"

"营业企划部刚刚接了一个新案子，正常来说应该先提交申请，通过会签^①的方式进行，但由于时间实在紧张，我希望可以在本次会议上进行裁决。"

花畑瞥了一眼冈，默默地等待他的指示。

冈是个十分要强的人。自从在电脑杂技集团一事上出丑以来，他对半泽便一直持有批判的态度，此时此刻他向半泽投去了质疑的目光。

"之前电脑杂技集团那件事还没完啊？"果然不出所料，冈用挖苦的口吻说道，"你要是不把那个坑给填上，我可是会很为难啊，半泽部长。"同样的台词在最近的会议上总是被翻来覆去地提及。他又问道："什么案子？"

"身陷恶意收购旋涡的某公司，邀请我们做顾问，为其提供抵抗收购的防卫对策，因而特意在此向诸位报告，征求大家的意见。"

"这次与之前不同，不是收购方，而是被收购方的委托，对吧？"花畑确认道。

"的确如此。"

半泽话音刚落，冈便粗鲁地说道："用不着每个案子都要走会签程序吧，你直接去做不就好了嘛，我们公司本来就没有什么收益。这次是大型恶意收购案吗？"

"这个案子目前备受瞩目。要是我们作为顾问，制定的防卫对策能够有效阻止敌对方的恶意收购，那么在企业收购领域，我们

---

① 会签是指联合发文后，由各发文机关的领导共同签署文件。

公司的口碑必定也会大幅提升。"

"好事啊。"冈一边讽刺地说着,一边从椅子靠背上直起身来,"我们可不能总是被银行抢生意啊,平时碰到这种案子,该接就得接。好好去做,一定要做成功,别让银行小瞧了!"

他的口头禅出现了。这脱口而出的话恰好将冈的好强性格展露无遗。

"那么,我就这么回复对方了。"

"这样的案子越大越好啊。要是能受到世人瞩目,就更好了。"冈说着,突然间像是想起来什么似的问道,"哪家公司的委托啊?"

"东京 SPIRAL。"

半泽话音刚落的那一瞬间,冈惊愕万分,下巴都快要掉下来。所有人的脸,都像是同时被人甩了一巴掌似的,齐刷刷地转向半泽。

"什么?"

冈如同哮喘发作一样地大声喘息起来,仰靠在椅背上呆呆地抬头盯着天花板。会议室里一片喧哗之声,"不会是真的吧"这样的话不知从哪冒出来传到了半泽耳边。

"昨天晚上,我已经跟东京 SPIRAL 的濑名社长洽谈过此事。请务必允许我们接手这个案子。"

"请等一下,半泽。"总管营业事务的花畑,有些惊慌失措地说道,"你是打算跟银行那边作对吗?"

"否则还能是什么呢?"半泽爽快地说道。

听到这话,花畑又问道:"你事先跟银行那边打过招呼了吗?"

"银行在成为电脑杂技集团顾问的时候，跟我们打过招呼吗？"半泽反驳道，"这种事没必要事先打招呼。从我们手里夺走电脑杂技集团合同的可是银行，没必要跟他们讲道理。"

"虽说的确如此，但这么做还是有点儿不妥吧。"花畑非常为难地说道。

这个人以前在银行工作的时候，曾经在证券部门伊佐山的手底下工作过。他非常适合做业务，但就是本性胆怯。

"哪儿不妥呢？"半泽问道。

"应该会激怒银行吧。我们公司可是子公司啊，却要跟母公司分别去做敌对双方的顾问，这有可能会被人说成是违背利益的行为。"

"东京 SPIRAL 的濑名社长都说了他并不在意这点。不用顾虑银行方面，只要能够防卫银行的恶意收购方案，便可以证明东京中央证券的实力。这不正是冈社长所说的，反击银行的千载难逢的好机会吗？"

"但是啊，公开收购已经开始两周了，股份收购应该已经有了很大进展吧。"花畑吐露出这样的担心也是理所当然，"我们要是接了这个案子，就等于是抽到了下下签啊。"

"这个不必担心。"半泽说道，"电脑杂技集团在股份公开收购中，将收购价格压到了最低，因此股份收购并没有按照预期计划进行，我们还是有很大胜算的。还请大家务必同意接这个案子。"

所有人员都将视线转向了冈。

这可是一块试金石。

正好可以趁此机会看看这个平时老是把"要给银行点儿颜色瞧瞧"的冈，说这句话时到底带了几分真心。这个与银行敌对的案子，可以说是摆在冈面前的一幅踏绘①。

"有胜算吗？"冈问道，此时此刻他的脸已经涨得通红，"银行通过这个案子已经跟证券营业部还有证券企划部绑成一体，你现在要对抗的可是他们所有人，有获胜的把握吗？"

"肯定会胜利。"半泽回答得毫不犹豫，"我们肯定会帮助东京SPIRAL阻止电脑杂技集团的恶意收购。"

"喂喂，我说，你是认真的吗？"花畑说道，"你的对手可是东京中央银行的证券营业部，不管是实力还是经验都不在话下，你有能力和他们对抗吗？"

"请让我接手这个案子。"

冈仍旧双手交叉在胸前，转而问坐在旁边的专务神原："你有什么想法，专务？"

"刚才半泽说这事的时候，我几乎是吓得魂飞魄散，但是，细细想来，这是好事啊。我赞成。"

这是半泽第一次看到神原露出了微微的笑意。

神原的回答出乎意料，冈一脸紧张，只能干咳几声来掩饰。

---

① 踏绘：踏绘是日本人在德川幕府时期发明的仪式，目的是识别基督徒。江户幕府的统治者德川家康下令禁止基督教，因此发明了踏绘，即命令所有的基督徒每年都要践踏基督教的圣像以示背叛，拒绝者则被当作基督徒逮捕处罚。

"我知道了，就按照你想的去做吧。不过，"冈目光锐利地盯着半泽，"这一次绝对不允许失败。必须要粉碎银行的恶意收购阴谋。知道了吧。"

2

　　"那之后怎么样了，有没有掌握到电脑杂技集团的情报？"

　　渡真利邀请半泽去喝一杯，在东京中央证券通过支援东京 SPIRAL 决议的当天晚上。

　　两人约在了位于铁麹町站附近的一家内脏火锅店①。小小的炉灶上，放着盛满了白色味噌汤的内脏小火锅，发出"咕嘟咕嘟"的声音。

　　"托你的福。"

---

　　①　内脏锅是一种起源于九州福冈博多地区的知名乡土料理，与博多拉面并列成为博多名物。说起内脏锅可以追溯到第二次世界大战之后，当时的人们以酱油烹饪牛小肠和牛大肠，以牛肠为主要食材的内脏锅就此出现，因此也叫牛肠锅。

渡真利正盯着放在漏勺里煮着的食物,听到这突然停下手中的动作,看向半泽。

"怎么?从电脑杂技集团那边打听到什么了?"

"不是,是从你们那儿欠我债的人那里听到的。"

"真是的,你这个家伙!"渡真利故意做出目瞪口呆的夸张模样,随即又压低声音问道,"你听说什么了?"语气中满是抑制不住的好奇。

半泽的侧脸浮现出笑容:"你去证券营业部问问不就知道了嘛。"

"你能不能不要这么冷漠啊,半泽?"渡真利说道,"你觉得那帮家伙会跟我说实话吗?这次的案子,就像之前跟你说的那样,证券营业部四周已经围上了铜墙铁壁,我这边是一点信息都搞不到。"

一直以银行内部万事通自居的渡真利,碰到这种情况肯定也是十分恼火的。

"到底怎么样了?我可是站在贷款企划部的立场上,想提前把握一下大规模资金流动的状况。"

"别找这种无聊的理由啦。你只不过想知道那些家伙的秘密而已。"

半泽一边举起小杯喝着日本酒,一边一针见血地戳穿了渡真利的真实意图。

"啊,你说得对,就是那么回事。"对此,渡真利也爽快地承认了。

"这本来也是银行内部情报,跟你透露下也无所谓。"

于是，半泽便将从三木那里听到的证券企划部制定的收购对策原原本本地给渡真利说了一遍。但是，对于东京中央证券决定作为东京 SPIRAL 顾问一事，却丝毫没有提及，因为目前还不到公开的时候。

　　渡真利时而沉吟，时而惊讶，完全听入了迷。

　　"那帮家伙竟然做到了这种地步。"突然，他像是有些佩服地说道，"真是一场无仁无义的战争啊。"

　　"银行本来就不是讲求仁义的地方。他们最擅长的就是过河拆桥。"

　　"好吧，也许你说得对。"渡真利无所谓地说着，"话虽如此，伊佐山那个老家伙也是相当可恶啊。"

　　"他可是标准的银行职员模范。"半泽讽刺道，"你也学习一下怎么样，渡真利？"

　　"我可是银行职员里的善人代表。"渡真利说道，随即抬头仰望着天花板，"如此一来，电脑杂技集团的收购大战就要成功了吗？"

　　"是吗？要是真的那么顺利就好了。"

　　"你这是话里有话啊。"

　　"也没有什么特别的意思。"

　　半泽看着火锅的火候，像是要转移话题似的说道："这个，应该差不多好了吧？"

　　但是，渡真利却将身体倾斜成四十五度，满脸认真地盯着半泽。

　　"你是有什么事瞒着我吧，半泽？"

"到时候你就知道了。"

看着将锅中的牛肠夹出来的半泽，渡真利继续说道："能听我说一句吗？我虽然不知道你在想什么，但是最好不要太过招惹银行了。现在就连大领导里边，都有很多家伙视你为眼中钉肉中刺，你这边要是做了什么过分举动的话，这次的外派搞不好就是一张单程车票啊。"

所谓的单程车票，就是指一直外派在证券子公司，永远都不能再回银行的意思。

"我无所谓啊。"半泽冷冰冰地说道，"我这个人向来是随心所欲，这次的事也由着我来吧。"

"你小子就是这点坏习惯不好。"渡真利异乎寻常地严肃起来，"就是因为你总是随心所欲，才给自己树了那么多敌人的，不是吗？你好好想想之前你到底是因为什么才被发配到证券子公司的，有时候彻底驳倒对手并不是解决问题的唯一方法，偶尔也需要老老实实地放任自流。你要把现在当成蛰伏期。"

"这就是你的意见啊？"半泽笑了，"**我有我做事的风格。这种风格也是我在常年银行生涯中小心翼翼一直守护的东西。如果因为人事原因而让我改变这种风格，就相当于向组织屈服了。向组织屈服的那些人，是绝对不可能改变组织的。你说我说得对不对啊？**"

渡真利哑口无言，默默地凝视着半泽，随即视线便无力地垂下来，取而代之的是一声叹息。

"明白了，你都说到这个份儿上了，我也不再多说什么了。吃吧。"

3

"这件事，要怎么通知太洋证券和乡田社长呢？"

在东京SPIRAL社长办公室内，濑名坐在扶手椅上询问道。他面前桌子上放着刚刚签订好的，东京中央证券成为东京SPIRAL顾问的合同。

"没必要通知他们。"半泽回答道。

此时，不光是濑名，连森山也抬起头看过来。半泽解释道："我们公司成为你们新顾问一事，还请不要对外泄露。没必要向敌人暴露我们的意图。"

"我们要采取什么方案呢，有好的建议吗？"濑名问道。

"我今天来就是来跟您商量这个的。"半泽回答道，"应对恶意收购的防卫对策也有很多，我们想要从法律层面上研讨之后，从中选择出最适合的方案。"

"阿洋，在给出具体的应对方案之前，先让我给你讲讲恶意收购防卫对策的一般理论吧。"

森山说着，便将准备好的摘要递给濑名。之后，他用了差不多一个小时，向濑名简略说明了国内外的各种防卫对策。"还有什么疑问吗？"森山问道。

"大体上都懂了。"一直专注倾听的濑名，此刻将正题抛了出来，"那么，你们认为最适合我们公司的方案是哪一个呢？"

"经过一系列研讨之后，我们给的提案是进行反向收购。"回答问题的是半泽。

濑名一下子屏住了呼吸。

"这是要我们公司去收购电脑杂技集团吗？"

"不，不是收购电脑杂技集团。"

对于半泽的回答，濑名的脸上写满了问号。而坐在半泽旁边的森山，认真倾听着两人的交谈。

这个公司，真的是像外界传言那样已经穷途末路了吗？

这句话是在几天前的部门内部会议上森山说的，而在那次会议后森山已经对该公司进行了彻底的调查。

对此，半泽问过他到底是什么意思。而森山指出来的则是连半泽都未曾看到的事实。

森山能注意到这个问题，可以说完全依赖于他的职业嗅觉。而这也为东京中央证券的收购防卫战略敲开了一扇新的大门。

现在，面对濑名的询问，半泽便将他与森山仔细推敲过后的作战策略和盘托出。

"不是电脑杂技集团，我们的目标是 FOX。"

4

　　伊佐山罕见地邀请乡田一起吃饭，约见的地点是位于新宿的一家小店。这家店是伊豆的一名渔民经营的，售卖近乎半透明的新鲜乌贼。他们的招牌是鱼料理，超级新鲜美味，却不太为人所知。

　　选择这家店的是号称银行内部美食达人的伊佐山，他感觉对于曾经登上过美食家杂志的乡田，肯定对高级餐厅的料理已经厌倦了，于是便别出心裁地选择了一家一心一意钻研新鲜食材料理的平民小酒馆。这一点或许可以算是伊佐山的自信。

　　"哎呀，这次的事情承蒙你多方关照。"伊佐山说着，端起生啤一饮而尽。

　　"哪里哪里，我才是承蒙你关照了呢。"乡田虽说这样回答着，脸上的表情并没有表现出跟眼前的人有多么热络。

　　"哎，上次的事情想必让你很痛心，但是对于我们来说，在当时那个时机跟你达成合作，实在是难得的缘分。"

"那边准备得怎么样了，有进展吗？"伊佐山问道。

"据濑名社长亲口所说，董事会已经通过发行新股预约权的决议。"乡田回答道，"他前几天刚来我们公司打过招呼，我也告诉他我们的资金已经一切就绪，随时都可以配合他们。"

"对此，濑名社长有什么反应吗？"

伊佐山的语气中莫名透露出些许急躁。大概是察觉到东京SPIRAL的反应比预想中的还要迟钝，而他现在迫切地想知道其中的缘由。

"他好像有点儿吃惊。或许他一直以为收购股票这件事嘴上说说很简单，但是资金筹措恐怕并不容易吧。当然，我没有跟他透露是跟你们借的款。"

伊佐山跟邻座的野崎相互交换了一下眼神。

"你能想到这一点，真是非常感谢。"伊佐山一边笑着一边低下头，"无论如何，从我们公司借款这事绝对不能透露，一旦让对方产生戒备可就麻烦了。"

"我明白了。"乡田露出了几分苦涩的笑容。

他的表情中掺杂着一丝无可奈何。

八个月前，乡田从财务负责人那边听到一个汇报——因资本运作失败可能会导致巨额损失。几乎是突然之间，公司大量持有的基金不断贬值，进而由于海外的财政危机而开始暴跌，对于这种情况，公司几乎毫无应对之策。

等意识到问题严重性的时候，公司已经彻底丧失自主再建的能力，乡田唯一能做的只有寻找能够助其一臂之力的伙伴，除此之外别无二法。

这个时候，把电脑杂技集团当作可以施以援手的合作伙伴引荐给他的，便是他前去寻求商谈的东京中央银行。

而这对于如何填补巨额亏空毫无头绪、随时面临破产危机的乡田来说，真可谓是求之不得的天赐良机啊。

"即便如此，这次的事情，还多亏了你英明地决定接受平山社长的资本援助，否则的话也不可能进展顺利。请允许我再次向你致谢。"

伊佐山满面笑容地低头致意，仿佛他们的计划已经大获成功似的。

资本援助？乡田在心中反复揣摩这个词。虽然伊佐山说他是做出了英明决定，但他心里明白，在伊佐山的眼里，自己身上已经被打下了经营不善的失败者烙印。

但是，他没有任何反驳的余地。

公司在本行业领域内经营不善、业绩不佳，决定进行高风险资本投资以求多少挽回一点损失的，不是其他人，正是乡田自己。在业界被称为可以与电脑媲美的严谨的经营手腕在这一瞬间出现了故障。

"这个行业太难做了。"此刻，乡田发自内心地说道，"在这一行业里，一个企业以一种行业领头羊的姿态生存十年，不，或许五年就已经非常困难了。接受这样的收购，可能也算是业界法则吧。"

"大家都是在这场战争中苟延残喘呢。"伊佐山说这话的时候，一副事不关己高高挂起的口吻，"乡田先生，我总觉得你的那种果敢劲儿，反倒是造就了你的人性深度。"

少在这拍马屁了！乡田抑制住了想要脱口而出的冲动。他端起一杯啤酒，送往嘴边。

"你用人性这个词，是在讽刺我吗，伊佐山先生？"

"听起来像是讽刺吗？"伊佐山故作夸张地惊讶道，"往往一个企业的经营者都有自己的自尊。而自尊有时候会成为阻碍，让人做出严重的判断失误。在这次的案子里，乡田先生接受了平山的收购提议。但是，对于一个企业经营者来说，是很难做出是否应该接受被收购的决定。从这一点而言，你让我看到了你作为企业家的大家风范，常人所不能及的度量。"

乡田没有回答，只不过脸上浮现出讽刺的笑容。

那个时候，财务部部长跑过来跟他说"我有个好的投资方案"，于是急于摆脱现状的乡田便迫不及待地扑上去。对于 IT 企业掌权者，并且长期处于业界领导地位的乡田来说，由于过度竞争而导致的业绩下滑趋势是长年累月悬而未决的问题。而这个投资方案恰好出现在他面前，当时乡田正在想方设法冲破这种局面，四处物色能够提高业绩的方法。

而正是自尊心诱使他做出了这样的选择。

IT 业界向来弱肉强食。是做一个食物链顶端的最强肉食动物，还是当一个成为别人盘中餐的草食动物，往往凭借经营者的一个决断，结果便会截然不同。可以说乡田正是在这种关键情况下，犯下了致命的判断失误。

被电脑杂技集团纳入旗下并非最优选择，这一点乡田亦是心知肚明。但是，随着公司的经营由进攻转为防守，他实在是没有时间去寻找其他解决方案。

与此同时，身为电脑杂技集团顾问的东京中央银行提出进行"业务合作"，他甚至连拒绝的勇气都没有。于是，他便在这次的收购闹剧中被分配了这样的一个角色。

"既然是平山先生迫切希望的，那也是没有办法的事。但是说实话，这种做法真是不地道。"

对于乡田委婉的批判，那两个银行职员似乎并不介意。

"哎呀，可能事实正如你所说的那样，我知道这个请求很让你为难，真是非常抱歉。"伊佐山心口不一，嘴上说着抱歉的话，脸上却浮现出笑意来，"但是，这个行业里本身就没有所谓的仁义可言。"

"的确，这个行业可能就是这样。"乡田说道，"但是，这种做法跟行业是否有仁义，并不是一回事。在社会道德所允许的范围之内，即便做出稍微出格的举动也是可以理解的，但是这次的事情，是不是有些过头了？"

"在这个计划上，我们会万般小心，请放心吧。"野崎打着官腔说道，"无论是您还是平山先生，若是事后遭到非难的话，那么这个案子便不能算是成功的。"

乡田沉默不语，只是喝了口啤酒。

"实际上平山先生也是非常关注现在的进展，说是希望能够尽快得到结论。"野崎补充道。

"可是，说服濑名可不是我的任务，应该是太洋证券的吧。他们可是顾问啊。"乡田答道。

"太洋证券吗？"野崎从鼻腔中哼出一声，轻蔑地笑了，"那帮家伙是指望不上的，或者说只是起暂时性的作用，他们就是杂耍里面的猴子，这种高级别的对话可是做不来。这件事，还务必请您多多费心跟进。"

"我试试看，但也不要抱太大期望。"

"那就拜托了。这件事要是没有定论的话，你们公司的问题也无法解决。"

野崎话中有话，真是让人讨厌。乡田对于此人，向来是没有好感的，而此时此刻，他强迫自己拼命地将那种厌恶之情生生压入心底，没有流露出来。

"另外，贵公司现在所面临的问题，也不可能长时间对外界隐瞒，这次的计划对于你们公司的资金周转来说，可是非常有利的。"

"我明白了，我明天试着跟濑名联系下吧。"

听了乡田的回答，野崎的脸上露出了阴沉的笑。

5

电脑杂技集团的玉置克夫邀请户村逸树一起吃饭，是在 11 月
中旬的一个周五。

两人去了一家位于新宿车站附近大厦顶层的寿司店。

这家寿司屋的总店是在筑地，几年前在这座大厦里边租了店铺，
现在生意很是火爆。营业部部长户村偶尔会选择此店接待客人。

"我们两个人好久没有一起吃饭了啊。"

玉置说着，拿起一瓶啤酒，给户村倒了一杯。

之前来的时候，户村总是会坐在柜台那边，但是想着玉置邀
请他一起吃饭，可能会谈及一些隐秘的事情，因而这次便选择了
店内角落的一张桌子，两人相向而坐。这样一来，也不用担心被
别人听到他们的谈话内容。

轻轻碰杯之后，玉置先是说了些无关紧要的话题。

而话题转移到工作上，刚好是他们喝完啤酒，想要接着喝日本酒的时候。

"上次说的事情，你应该不会觉得真那样就好了吧？"

在此之前一直保持沉默，只是倾听玉置说话的户村开口问道。

"哎，是啊。"玉置静静地凝视着眼前装满日本酒的杯子。

"我从来没觉得那样的做法很好。如果想要制造公司的盈利支柱的话，应该采取其他的办法。但是，社长的脑子里就只想着收购，完全没有重新考虑的余地。"

"这样做真的好吗？"户村说道，"能够跟社长提意见的，除了你，也就是我了。这次的事情，我认为我们必须事先阻止。社长在财务方面的知识比较匮乏，如果从财务方面找理由的话应该能说服他吧。"

此时，玉置的脑海中，慢慢地浮现出半个月前董事会上的一幕。

* * *

"作为营业负责人，老实说，我实在无法接受。"

户村话音刚落，董事会的气氛便凝固了。

所有人都抬起头看向户村，然后，小心翼翼地将视线转向平山社长跟美幸副社长两人。

电脑杂技集团是创立者平山和他的妻子美幸两人携手打造出的"帝国"，奉行"君主制"，可以说员工从来都不敢对公司经营方针提出异议。虽然户村在会议上说出那样大逆不道的话，他对此也是心知肚明，只是表情僵硬地看着两位掌权者。

"我又没有问你的意见。"听到户村的发言，美幸立刻毫不留情地说道，"我是在命令你们这样去做。"

户村立刻成为所有人视线的聚焦点。

户村负责的是电脑杂技集团的全部营业业务。虽说如此，但他并没有获得与职位相称的实权，工作内容只不过是将平山夫妇做出的决策付诸实践，仅此而已。当然，这当中绝对不包含对决策内容正确与否的判断。

在此之前，他一直都是这样做的，倒也没有出现过什么差错。

电脑杂技集团是平山夫妇白手起家历尽千辛万苦所创立的，对此，公司所有人，哦不，也包括公司之外的人都知道。并且，公司成立以来，一直保持着高速发展势头，这也证实了平山的想法、方向性一直以来都是正确的，且是富有成效的。

"现在，我对于收购东京 SPIRAL 的必要性，或者说是依据，不敢苟同。"是说呢，还是不说呢？户村经过激烈的思想斗争之后开口反驳道，"从我们现有的业务范围来看，很难看到收购之后的协同效果①。我认为没有必要特地选择这个时候进行收购。"

"协同效应不是天生就有的，而是创造出来的。"这一次，还没有等妻子回答，平山本人便冷静地说道。

IT 企业大多还是崇尚自由风气的，但是电脑杂技集团的董事

---

① 就是"1+1>2"的效应，最早于 1971 年被提出。

会，却像是资本雄厚的银行董事会那样，与会人员都穿着西装，拘束地围坐在圆桌旁。这是工薪族出身的平山特有的组织风格，在业界都很有名。

"该进攻时就进攻。银行方面答应给我们贷款，这种时候将所有的事情一气呵成，我认为不是个坏事。"

"社长。"户村又举手请求发言。

平山的表情没有什么变化，但是美幸却毫不掩饰对营业部部长悖于常理的反驳所引发的不愉快。她脸上浮现出的已经是怒气多于认真，她的愤怒已经蓄势待发。

美幸出生于大阪市内一个商业世家，从小便是在用人的簇拥下长大的。她父亲从学徒出身，后来发展到开始自己做生意，并最终取得成功，是个很体贴热心的男人，但对于员工则是彻底秉着克己奉公的旧思想。美幸从小目睹了父亲的做事方法，虽然脑子里知道这是陈旧的思想，但她无法摆脱。"公司养人是用来干活的"——这是美幸的心里话，此刻她正俯视着户村。

即使户村知道不能反驳，但他仍要提出自己的意见，因为自己的危机意识告诉他，这件事风险太大了。

"我承认到目前为止，电脑杂技集团的经营战略本身都是正确的，所以才会有今天的成就。但是，在这次东京 SPIRAL 收购案上，我们是否有些过于胆大自负了呢？要是我们有足够的资金去收购该公司的话，那还不如用这笔钱去做其他更有效的投资。我们的开发费用从几年前开始到现在一直都被限制着，从客户满意度调查结果来看，客户服务方面也是不尽如人意。可能是因为这个原因，我们的客户已经开始流失，正面临竞争对手的猛烈攻击。现在，我们要是不去一心一意地挽救主要业务的话，几年之后，甚至是从下期开始，我们的盈利目标便会下滑。"

"防止这种情况的出现，不应该是户村你的职责吗？"

美幸的遣词用句还是保持着些许冷静的，但是脸颊却因愤怒而在一个劲儿地抖动着。

平时很善解人意的美幸，因过于拼命坚持自己的想法而失去冷静，是家常便饭。现在她便是如此。

"当然，我一直以来都是这样做的。"户村耐心地说道，"但是，由于同行公司的攻击和过度竞争，本期我们网络构筑业务的收益已经缩水了将近百分之十。若是不从通信速度、安全强化，或者是新型硬件等方面来寻求提高附加价值的话，我们的收益只会持续走低。难道不应该修改下目前的经营方针吗？"

户村年仅三十岁便成长为一家大型电脑公司的营业部部长，非常精明能干。大约是在五年前，他被挖到了电脑杂技集团。他比谁都了解市场，而且拥有对行业情形客观分析评价的能力，这一点上无人能出其右。

"我们本业尚有欠缺，这一点我知道。"平山的发言相对于美幸来说，始终都偏向冷静，"但是，这一行已经进入过度竞争，就算是开发新的技术，也很难得到与投资相称的收益。从这一点来看，也不能一概而论地说继续投资本业才是正确的吧。"

"我明白目前形势很严峻。"户村很擅长这样的辩论，"但是，我们公司在本行业领域内尚存在优势，既有客户群，又有领域内先行企业的知名度。技术方面，虽说被其他公司赶上来了，但是并没有处于劣势，包括售后服务，我们仍然有优势。但是，如果我们不去做些什么的话，那么我们所掌握的优势就会慢慢地褪色，在不久的将来更是会消失殆尽。过度竞争虽然很严峻，但是其他公司同样置身其中，大家面临的压力都是一样的。我们在这个领域不断奉献，不断成长起来，现在发展出现问题，却连补救措施都不去考虑便逃跑，这样做真的好吗？目前还没有到必须舍弃本行业，进行收购战略的地步吧。"

"这是我们的经营判断。"平山还没来得及开口，美幸便直截了当地说道。她的语气有些歇斯底里，其中透露出的高压态度也比以往任何时候更甚。但是，对于美幸的怒气冲天，户村脸上表现出的不是愤怒或者恐惧，而是迷惑不解。他无法理解美幸为什么会如此生气。

"这个我知道，"户村按捺住自己的情绪，平静地说道，"能否请你再重新考虑一下呢，这就是我的意见。"

"这是不可能的，事情已经决定了。"美幸说道，"其他人还有意见吗？"她单方面终止了此次讨论。

"这件事很严重，副社长。"户村对着这样的美幸，慌慌张张地说道，"这件事可能会左右电脑杂技集团未来的发展，虽说是已经决定了的事情，但是这么重要的决定能否不仅仅是仅凭独裁就下定论，而是放在董事会上进行讨论呢？"

美幸的表情变得阴沉下来，愤怒的目光直视着户村。

"你这是对我们的做事方法心存不满？"美幸恨恨地问道。

"不是不满，我只是在说明程序的问题。"户村是个很有理性的人，面对已经愤怒的美幸，他始终保持着冷静的语气，"电脑杂技集团现在已经到了危难时期，一边倒的急速发展时代已经一去不返了，我们必须要一边加强守护本行业，一边战胜过度竞争。即便如此，我们也应该沿袭公司规模尚小时的做事方法，凡是重大决定都要放在董事会上集体决定。现在，我们已经到了必须要摒弃独裁经营的时期了。"

"独裁？不是也开过董事会了吗？"美幸反驳道，"董事会只不过是个让人陈述反对意见的场所。户村，你在董事会上可是从来都没有发表过反对意见。这种事如果发生过几次那就姑且不论了，事到如今，你再来对做事程序说三道四，你不觉得很奇怪吗？"

"那是因为就我个人而言，在董事会之前，也有过很多阐述参考意见的机会。但是，这次的事情完全是属于事后报告，即使不是在董事会这样的正式场合，我只是说希望这样的事情能够提前拿出来和大家集体商量一下。"

"这么说你是反对喽？"美幸问道。

"是的，我反对。"户村的回答丝毫没有半点迟疑，"我认为应该取消收购东京 SPIRAL 的计划，回归本行业才是正道。"

"是吗？可这件事已经决定了。"美幸语气强硬地说道。

平山社长用手示意她不要继续往下说，同时他深深地吸了一口气，非常严肃地盯着营业部部长。

"这个收购案，无论如何都要进行下去。"他严肃地说着，同时扫视了一圈围坐在圆桌旁部长级别以上的人，"其他人要是还有什么反对意见的话，就在这儿给我说完。"

但是，再没有人出声反对。

"那么，同意这个收购案的人员，请举手示意。"

会议主持人的话音刚落，大家都举起了手，而户村只是抱着胳膊静静地注视着。美幸则狠狠地盯着没有举手的户村。

"很遗憾，并没有全员通过，但还是赞成的人占大多数，本案通过。要是没有其他问题的话，会议就到此结束。"

就这样，这个充满形式主义的会议就这么结束了。

* * *

"这个计划背后有东京中央银行顶着，根本轮不到我插嘴。"此时玉置说道，"等到我知道这事的时候，银行已经通过贷款，跟我们公司紧紧捆绑在一起了。"

"钱的话，退给他们不就行了。"户村懊恼地说道，"虽说已经支付了顾问定金，但是跟我们面临的风险相比，这真是小巫见大巫。关于这点，你的想法跟我一样吧。"

"我的想法根本没有任何意义。"玉置罕见地提高了音量说道，"归根结底，不管是社长还是副社长，他们自始至终就没有想过要听取我们的意见建议。我们的存在，充其量不过是拿着他们给的印章，为他们做出的决定盖章同意，仅此而已。说实话，我真是已经厌烦这样的状态了。"

户村忽然瞟了一眼玉置，因为他从玉置的语气中似乎读到了一些特别的含意。

"玉置，你没事吧？"

户村询问道，而玉置则再一次放下手中的杯子，神色变得庄重起来。

"我已经想好要辞职了。"

听到这个意想不到的回答，户村倒吸了一口气。

"辞职？我说玉置，你是认真的吗？"

"对，我很认真。"玉置说道。

"有猎头挖你了？"

"怎么可能。"玉置否定了户村的猜测，却也没有吐露更多。

"已经决定了吗？"户村目不转睛地盯着玉置问道。

"是啊，决定了。"玉置斩钉截铁地回答道，"我打算本周之内就跟社长提出辞职。"

"为什么啊？"户村心中一下子涌现一个不太合情理的想法，于是便脱口而出，"现在这个时候，你要是走了的话，电脑杂技集团怎么办？"

"什么怎么办？"玉置的视线越过户村的肩膀，投向了远处，"不管变成怎样，都是平山夫妇自己造成的，难道不是吗？"

"哎，玉置，你是打算对咱们公司见死不救吗？"户村说道。

玉置把酒杯轻轻靠着嘴唇，一动也不动，抬头注视着天花板。

"或许吧。"说完，他便像是要把自己灌醉一样，将杯中酒一股脑儿倒入口中，"不，我就是打算见死不救了。这个公司，已经彻底没救了。"

6

"百忙之中，还让你抽时间接待我们，真是非常抱歉。"

一边打着招呼，一边率先踏入东京 SPIRAL 会长办公室的，正是 FOX 的乡田社长。紧跟其后的是太洋证券营业部部长广重和二村。

"百忙之中，给您添麻烦了。上次说的那件事，不知道贵司内部协调结果如何？"广重首先开口问道。

"尚在研讨当中。"濑名神情冷淡地回答道。

听到这样的答案，广重的脸色瞬间阴沉下来。

"是针对哪一方面呢？"

"在进行法律层面的确认时，大家产生了不同意见。"濑名说道，"有人指出贵公司提出的方案可能会违反商法。"

广重瞬间变得面无表情："违反商法？"

"这是什么意思，濑名社长？"乡田问道，他的语气中隐隐透露出一丝震惊。

"商法规定，不允许以维持控股权为目的发行新股。从以往的案例来看，这次的新股预约权是否能被法律承认还是个疑问。"

"是吗？"乡田的疑问，是针对太洋证券的两个人的。

但是两个人都没有立刻给出答复，因为这个问题直戳他们的痛处。太洋证券的这个方案，不，确切来说，应该是东京中央银行的方案，确实存在这个漏洞。

濑名继续说道："也就是说，要是继续推行该方案的话，电脑杂技集团便很可能会根据商法规定，申请禁止我们发行新股预约权。那么，我们的防卫对策便是不充分的。"

"那应该怎么办？"

对于乡田的质问，广重终于开口了。

"这种可能性不是没有，但是对方到底会不会申请禁止我们发行新股预约权，不去试试的话，现在也说不准。"

"不去试试的话可说不准，你这么说话，这不是在为难我们吗？"濑名冷冷地盯着广重。

在场的这帮家伙来这儿就是为了骗自己的，一想到这儿，濑名便怒不可遏。

"商法规定也有例外。"此时，广重反驳道，"比如，如果电脑杂技集团的收购目的在于对东京 SPIRAL 进行焦土化经营的话，那么在这种情况下，以维持控股权为目的而发行新股也是法律所允许的。"

"焦土化经营？"乡田问道，"这是什么意思？"

"具体来说，电脑杂技集团的收购目的在于将东京 SPIRAL 经营所必需的经验技术、知识财产、客户等全部都转移到电脑杂技集团，最终东京 SPIRAL 什么都不剩，相当于变成一片废墟，这就是焦土化经营。"

"这次电脑杂技集团是打算进行焦土化经营吗？"濑名问道。

"我认为这种可能性极极高。"

这家伙还真是巧舌如簧，信口开河啊。濑名强压自己的怒气，盯着广重。

"我不想和你争论此事。万一事情真的闹到上法庭的地步，就没那么容易解决了。因此我希望避开法律程序，趁早解决此事。"濑名冷冷地说道。

"这是不可能的，社长。"广重断定地说道，"既然已经这样了，不管怎么做，事情都不能简单地得到解决。我觉得我们应该定下心来，坚定执行这一方案。"

"就没有其他办法了吗？"濑名问道，"比如说，我们可以对电脑杂技集团进行逆向收购，或者是把主要的经营资源转移到其他公司，把东京 SPIRAL 做成空壳子，等等。我认为这些方案也都是值得商讨的。你们研究过吗？"

太洋证券的两个人脸上顿时露出震惊的神色，他们不知道濑名什么时候竟然了解了这么多收购防卫对策的知识。

"当然，我们也研讨过，但是从研讨结果来看，这几种方案都存在很多问题。"广重回答道，"首先进行逆向收购的话，需要巨额资金。而且我们也考虑到，濑名社长您可能会觉得收购电脑杂技集团并没有什么好处，在这种事上砸上一大笔资金的话，简直是愚不可及。另外，关于把东京 SPIRAL 做成空壳子一方案，那么不仅会影响主要业务运营，同时还需要考虑其他公司资金来源的问题。我们也是反复斟酌过，最终还是认为乡田社长所领导的 FOX 是最为值得信赖的，因此才向您推荐选 FOX 作为白色骑士来共同对抗电脑杂技集团的收购，这也是我们认为最有效的方案。"

"虽说你们也做了很多调研，不过老实说，"濑名瞥了一眼坐在他面前的三人，有些随意地说道，"我完全不是这样想的。我认为即便是对于 FOX 来说，这个方案都称不上是个好方案，只会给 FOX 增加多余的负担而已。你认为我说得对吗？乡田社长。"

濑名又向乡田问道："在帮助我们公司之前，我想乡田先生还有别的要处理的事吧？"

濑名本来就是直来直往的性格，而且在将东京 SPIRAL 一步步发展壮大的过程中，他也掌握了谈判的技巧，在这个过程中培养出强大气场，也让他的直脾气更盛了。

"你这是什么意思啊，濑名社长？"乡田仍然比较绅士地、温和地问道，"就是那句，您说我还有别的应该处理的事，指的是什么呢？"

"你们的发展情况不是也不太好吗？"

濑名就这么直截了当地说出别人难以启齿的事实，"你说白水银行贷款给你们了，那么当时他们是怎么说的？"

"啊，那个嘛，"乡田有些含糊其词，"他们对这次的收购案表示认同。"

"是吗？"濑名提出了自己的疑问，"即使是认同这次的收购方案，但是也并不代表他们也了解了贵公司的经营现状了吧？"

乡田无言以对。

"濑名社长您似乎很是担心呢，但您的担心是多余的，FOX的业绩没有任何问题。"此时，广重插口说道。

"是吗？"濑名接着说出自己的疑问，"来我们公司拜访的各家银行，总是会对一些证券投资的话题喋喋不休，难道白水银行不是这样的吗？"

"说这话也许很失礼，但是贵司跟 FOX 之间，还是存在发展历史方面的差异。"广重谄媚地笑着，"对于乡田社长来说，其经营立场和经营者的姿态已经非常扎实稳固，而对于濑名社长您来说，您还很年轻，可能有时候也不能很清楚地了解银行的一些内部做法吧。相比此事，社长，"广重突然从沙发中直起身来，"关于手续的问题，请务必信任作为顾问的我们。我们打算趁着电脑杂技集团公开收购还没有任何进展的时候，尽快完成新股预约权的发行手续。"

"关于这一点，我们公司内部还在研讨当中。"

见到濑名并未点头首肯，广重有些焦急了："是有什么问题吗？"

"问题就是我刚才说的那些。"

"所以说……"

"这一点才是关键所在，慎重一点儿有什么问题吗？"濑名彻底厌倦了广重那种不负责任的态度，打断了他的话。

"社长，我们可是在跟时间赛跑啊。"二村也是纠缠不休。

"这一点我明白。"濑名说道，"但是比起这个，不经过慎重考虑，便匆匆忙忙采用有漏洞的方案才更容易引发问题，对吧？要是你们一开始就把法律层面上的问题统统讲清楚的话，现在就不会有这么多问题了。"

"我们的职责只是把必要的信息跟方案，严格筛选出来交给贵公司而已。"

"是不是必要的，该由我们来判断。"广重的这句话被濑名轻松地挡了回去。"总而言之，我现在没有办法给出结论，要是你们今天就想得到答案的话，那就不要做这个顾问了。"

广重的脸上充满沮丧，而旁边的乡田，则是陷入沉思。

"那么，您什么时候能决定呢，社长？请至少跟我透露一下大致时间吧。"一阵压抑的沉默过后，广重问道。

"具体什么时候我无法回答你。"随即，濑名便岔开了话题，"什么时候有结论了，我会跟你们联系的。到时候就拜托你了，乡田先生。"

乡田抬起头，仍旧是一副沉浸于自己思绪无法自拔的表情。

"既然濑名先生都这样说了，那也没办法。我既然已经决定会尽最大能力助你一臂之力，随时听候您的吩咐。"

"谢谢您的宽容和理解。"一边说着一边低头致歉的，并非濑名，而是广重。

之后，他又转向濑名，摆出一副教育不懂事的孩子的嘴脸，继续说道，"这次的收购案，承蒙乡田社长的仁厚，才愿意成为贵公司的白色骑士。请您务必理解这一点，还请认真商讨这一方案。"

"要说的就这些了吗？"

看着濑名有些失望的表情，广重不再说话，只是张着嘴巴，形成"啊"的造型。本次面谈就此结束。

* * *

"真是胡闹。"

濑名让秘书送他们离开，在电梯门关上的瞬间，二村率先开口吐槽道："濑名社长到底在想什么？！"

"他不会是嗅到什么了吧？"乡田忽然冒出这么一句。

"嗅到什么？"广重问道。

"此人即使不知道我们的真实目的，但是他有发现我们话里潜藏着谎言的灵敏嗅觉。"乡田回答道，"我总感觉他有着普通人所没有的一些东西。"

"他有那么厉害吗？"

广重长叹一口气说道："还有，他怎么能跟乡田社长那么说话，您毕竟比他年长，也太无礼了。很抱歉让你承受这些。"

广重深深地低头致歉，但表情则是若无其事，跟他话中的歉意截然相反。因为他知道，就乡田目前的处境而言，他不得不选择跟他们合作。

"不不，这次本来就是我请你们一起前来拜访的。另外，他还年轻嘛。"乡田大度地说道。

"这个人性格很强硬，接下来的事，我们就静观其变吧。"广重满含恶意地说道，"他早晚会哭着请我们赶快接受新股预约权的。结果还不是摆脱不了接受我们方案的命运？"

"真期待那一天的到来啊。"旁边一直听着他们对话的二村，赶紧附和道，"到时候也请乡田社长跟我们一起出席吧，也好给濑名社长一个道歉的机会。"说完，他的脸上也露出幸灾乐祸的笑意。

"我并不介意。"乡田突然之间神情变得严肃起来，目不转睛地盯着正前方，"不管怎么说，卷入这个案子里边的又不止他一个，我也一样。"

"这个方案可是坚不可摧啊，肯定没有问题。"广重从容不迫地判断道，"走到这一步，可以说东京中央银行功不可没。银行的证券部门也成长了很多啊。"

*   *   *

第二天下午两点多，广重接到二村打过来的紧急电话，他正在拜访客户。

"部长，真是抱歉，这边出了点儿问题，你能尽快赶回来吗？"

广重从位于新桥的客户办公大楼走出来，"什么问题？"他一边走着一边问道。

"FOX 的财务情报被泄露出去了。"

"什么？"正向车站赶去的广重，听到这不由得停下脚步，"怎么回事？"

"之前的基金投资造成的巨额亏空，上了《东京经济新闻》的独家报道。"

眼前那本来五彩斑斓的街景，瞬间被吹得烟消雾散。广重的脑中像是在"咕嘟咕嘟"煮着开水，一片混乱。

"我现在就回去。"

广重匆匆忙忙地赶回公司，此时一脸铁青的二村正在等着他。

"到底怎么回事？"一走进部长办公室，广重便问道。

二村急忙将网上的新闻速报指给他看。只瞥了一眼，广重便目瞪口呆，迟迟说不出话来。

因为那里详细地报道了 FOX 投资失败，并隐瞒巨额损失的全部事实。

"是谁把信息捅出去了？跟乡田社长联系过了吗？"

"我联系过，但是几乎没有说上话。那边好像也在忙着应对此事。"

"自主再建极为困难"，广重看到速报上的这句话时，不由得叹气。

"FOX 自己都还没有公布巨额损失的事情，却被其他人爆出来了，这下可麻烦了。"二村的话像是慢慢挤出来似的。

"一定是有人泄露情报，我只能想到这一点。"广重咬了咬嘴唇，肯定地说道，"跟濑名社长联系过吗？"

"还没有。我想着等部长您回来之后再联系。"

"帮我预约一下。"广重命令道，"我亲自去跟他解释。"

7

急着想见濑名的广重，比预定时间提前十分钟就到了。

"今天我来是想跟您说明一下这次的事件。首先我想申明一点，就算是发生这样的问题，也不会对我们的方案产生任何阻碍，还请您务必放心。"

"啊，你不是在骗人吧？"对于他的话，濑名有些吃惊地说道，"FOX 目前的财务状况都无法进行自主再建了，还有能力给我们公司投资一千亿日元吗？真的没有问题吗？你是不是没有搞清现状啊。"

"资金已经准备就绪，乡田社长也表示，会按照原定计划进行。"

广重正说着的时候，秘书走进来，说是有客来访。

"请他们进来吧。"

濑名刚说完，半泽跟森山两人便走进办公室。

"这两位是东京中央证券的半泽先生和森山先生。森山，是我的好朋友。"

濑名介绍完，广重的警惕之心就一下子扩散开来。事态尚不明朗之前，双方交换了名片。然后，广重皱着眉问道："东京中央证券？这是怎么回事？"

"我想听听第二方的意见。"

濑名说完，广重的表情转眼之间便变得僵硬起来。

"我首先想确认一点，"半泽开口说道，"白水银行会给FOX巨额贷款一事，是真的吗？FOX的主要往来银行是东京中央银行吧。我并不认为作为第二往来银行的白水银行，会同意给FOX这么一大笔贷款。"

"这种问题问我也没用啊。"广重不高兴地皱起鼻子，"这可是乡田社长本人说的，社长。"

广重转向濑名说道："您想要听第二方意见，这是摆明了不信任我们的意思吗？您擅自做出这样的举动，着实让我们很为难啊。"

从广重的话中，不难听出他对此很是生气。

"为难的是濑名先生吧。"没容濑名开口，半泽替他说道，"FOX明明业绩不振，你们还选择它作为收购新股的白色骑士，这么愚蠢的方案，亏你们能想得出来！"

"我又不是在问你。"广重异常愤怒，咬牙切齿地说道，"我是在跟濑名社长说话！"

"我同意半泽先生所说的。"濑名紧跟着说道，随即冷冷地看着广重。

"白水银行肯定不会同意这样的贷款的。"半泽再次强调道，"你们太洋证券，要是再这样胡说八道的话，可真让濑名社长为难了。"

"凭什么这么说，你有什么证据？"

广重气势汹汹地瞪着半泽。

半泽无动于衷，淡定地将广重他们苦苦隐瞒的真相就这样脱口而出。

"因为给FOX贷款的是东京中央银行，而不是白水银行。"

"社长，此人完全是在胡言乱语。东京中央证券是东京中央银行旗下的证券公司吧，他们的目的肯定是要妨碍我们实施防卫对策。"广重没有试图去反驳半泽，而是竭尽全力去说服濑名，"社长，您不要被他蛊惑了，您要是听信了他的话，这次的方案就真的要宣告破产了。即便如此，您也无所谓吗？"

"你也真敢说啊。"半泽轻蔑地笑了，"你先说说，这种旁门左道的方案，是谁替你们想出来的？"

"当然是我们自己想出来的！"广重极力反驳道，"你怎么说话呢！什么叫旁门左道？！"

"让FOX这种朝不保夕的公司作为白色骑士，来阻止电脑杂技集团的恶意收购，这种漏洞百出的方案，你非要说是你们自己想出来的，我也无话可说。"

半泽向广重投去了轻蔑的目光。

"你们到底想干什么？"广重厉声说道，"能不能不要再说些无凭无据的话来扰乱濑名社长了？"

"你是认真的吗？"发问的是之前一直保持沉默的森山，"你所说的一切，都是谎言吧。"

"你说什么？"

广重脸色变了又变，森山却步步紧逼。

"无论是白水银行给 FOX 贷款这件事，还是方案是你们自己想出来的这件事，身为顾问，却谎话连篇，你不觉得可耻吗？"

"你给我适可而止！"广重愤然说道，继而转向濑名，"濑名社长，我们公司正为了帮助贵司抵抗电脑杂技集团的恶意收购而殚精竭虑，却被别有用心的人当成了骗子。这两人的目的显而易见嘛，他们就是想通过这种方式，阻止贵司采取我们的方案，然后把我们从顾问的位子上拽下来，好方便他们爬上去，他们肯定就是这个目的。"

"你敢为你说的话埋单吗？"半泽言语之间突然带上了怒色，"你敢在这证明你没有说谎吗？"

"那是当然！"

话音刚落，半泽便从西装内侧口袋中掏出了一个什么东西放到了桌子上。原来是个小型录音机。

"之前的谈话内容，我都已经录下来了。"半泽说道，"那么，我再问一遍，广重先生，你敢保证你或者是太洋证券对濑名社长所说的一切句句属实，对吧。"

"不要老是让我重复说过的话！"

与话中的凌然气势截然相反，广重的嘴唇在微微颤抖。目光在录音机跟半泽之间不断徘徊。

"你这么做，到底打算干什么？"

"让 FOX 做白色骑士，最后会导致东京 SPIRAL 蒙受损失，你明知如此，却仍然不知悔改，坚持推进你的方案，那么你就是在犯罪。因为这是利用顾问地位实施诈骗的行为。我说，这里边是不是有什么内幕啊？"

"当然没有！"广重语气坚定地否认道。

"你确定是吧。"半泽确认道，"这种行为，在某些情况下是可以被起诉的。这点你了解吧。难道你是在了解这些的基础上在这侃侃而谈吗？"

"起、起诉？你到底在说什么！"广重明显有些动摇了。那种惴惴不安的神色从他脸上一闪而过。

"还真是不见棺材不掉泪啊，那算了吧。"

半泽一边说着，一边将一份文件递给广重。

广重一看到那份文件，神情立刻绷不住了，就像被破坏的拼图一样，"哗啦啦"地一片片掉落下来，变得七零八落。

"这是东京中央银行的一份文件，我们通过某种途径搞到的。"半泽说道，"文件的标题就是东京 SPIRAL 收购计划，里边涉及电脑杂技集团、银行，以及作为被收购对象的东京 SPIRAL。当然不仅仅如此。FOX 跟太洋证券也出现了。所有的资金调动以及你们每个人在这起收购案中担任什么角色，都一一记录在内。你说过你所说的句句属实，那么，能跟我们好好解释下这份文件是怎么一回事吗？现在，我可以立刻打电话给警察报案哦。"

广重张了张嘴，看上去像是在喃喃自语，但始终没有说出口。

一直虚张声势的广重，此刻的表情动摇起来，伴随着几不可闻的呼吸声，他颓然地低下头，视线凝聚在脚下，一动也不动。东京 SPIRAL 会长办公室，此时陷入持久的静默之中。

"你难道不想说点什么吗？"

"你们怎么会有这种资料？"广重惊慌失措地问道。

"银行内部有人向我们公司告发了。"对于半泽的回答，广重越发惊愕。

此刻的广重，已然被逼得走投无路，他的目光失去平静，左右飘忽不定，似乎是在挖空心思，拼死搜罗着用来反驳的话语。终于，他意识到自己已经无路可逃，于是，脸色变得苍白起来，眼神中也透露出深深的绝望。

"真是非常抱歉。"思虑良久，广重无可奈何地道歉道，毋庸置疑这也是他们方案破产的宣言。

濑名慢慢地掏出香烟点上，森山则凝视着广重的侧脸，像是要在他的脸上盯出个洞来似的。

"我们想听的不是道歉，而是解释。"半泽冷静地说道。

此刻的广重，脸上除了胆怯，再无其他的表情。

"所有的一切都是东京中央银行谋划的，我只不过是按照他们的指示，向您说明方案内容而已。"

"你们公司也参与谋划了吧，可不要把一切都怪罪到其他公司身上。"半泽批评道。

"不，不是的。"广重极力否定，"跟我没关系，这都是公司高层决定的事情。"

"你们所做的这些，明显都是犯罪。"半泽打断广重的话，说道，"我们会跟律师商量一下，进行受害申报，以渎职或者是诈骗罪起诉你们。"

"请等一下。"此时，广重已经彻底抛弃自尊，言语之间都已经染上哭腔，"这种事，我原本也不想做的，真的，请你相信我。"

面对着如此恳求的广重，半泽说道："那么，你就把这件事是怎么发生的，有什么样的内幕，毫无保留地全都交代一下吧。时间、地点，以及谁说过什么样的话，统统都说一遍。"

已经万念俱灰的广重，无力地垂下了肩膀。

不知沉默了多久，他开始一点点地道出事情原委。

也就在这一刻，东京中央银行的计划彻底崩盘。

8

"东京中央证券？不会吧。"

听完憔悴不堪的广重的汇报之后，野崎震惊不已，仰着脸一动也不动。脸上先是露出明显的惊愕，随即便被疑问所取代，继而演变成愤怒。

"这到底是怎么回事！"粗声厉喝的不是野崎，而是伊佐山，"为什么中央证券会跟 SPIRAL 扯上关系？为什么我们的计划会被对方知道？本应对外保密的资料就这样流出去了？为什么？"

"说是内部告发。"

听到广重的回答之后，伊佐山立刻闭口不语。野崎则带着一副戒备的神情盯着广重。

"这是不可能的。"野崎说道，他那充满审视的锐利目光，穿过银框眼镜，凝聚在广重身上，"我行的情报管理绝对无懈可击。

而且，我也非常了解我们的组员，他们当中绝对不会有人告发。你不会是被设了圈套吧？"

"但是，他们的确非常了解我们的计划。"

"这是不可能的。"野崎立刻斩钉截铁地说道，继而又指责广重，"当时为什么没有问他们的情报从何而来？"

"请不要推脱责任。"

此时此刻，广重像是突然想起自己的自尊心一样，语气中也渗出些许愤怒。但是，这到底是在生谁的气，估计就连广重本人也说不清楚。是对轻视自己的野崎，还是对自己呢？抑或是对目前突如其来的状况呢？

"另外，对方说会考虑进行诉讼。都这个时候了，我哪儿还有工夫去管人家从何处得到的情报？"

"起诉？"伊佐山投来隐晦的目光，"说这话的是东京中央证券的人吧？"

"的确如此。说是会以诈骗罪或者渎职罪对我们提起诉讼。这样一来，不光是我们公司，你们也逃不掉。你打算怎么办？"广重喊道，"你们也得负责啊！"

"东京中央证券那边，谁是负责人？"

此时，伊佐山问道："你问对方的名字了吗？"

广重从西装内侧口袋中掏出名片，放在桌子上。一看到名片，伊佐山一边咂舌一边仰起头，同时变了脸色。

"半泽？"

野崎则是一副极度厌恶的表情，死死盯着桌上的某处。

"你知道这个人？"

"是从我们银行外派到证券公司的。"

"你们银行？"广重吃惊地瞪大眼睛，"这么说，也是银行职员了？既然都是银行的人，他怎么会去对方那边当顾问呢？"

"他那种人向来不按常理出牌。"伊佐山恨恨地说道。

"这个半泽，到底是何方神圣？"

银行的两个人面面相觑，没有回答，一时间大家都沉默了。

"是个最可恶的对手。"伊佐山回答道，"此人可是个是麻烦精啊，要不怎么会被外派到证券公司呢。这家伙在我们这儿可谓声名狼藉啊。"

"的确是个难缠的家伙。"广重一边回想着跟半泽过招的场面，一边回答道，"原来是个问题银行职员啊。不管怎样，只要银行出面强制要求的话，至少不会走上打官司这条路吧。"

"就算你不说，我们也打算这么去做。"

伊佐山因过于气愤而丧失理智，这样的话脱口而出之后，下意识地回头看向野崎："只是，这样一来，我们的计划便不可能继续进行了。"

向来好强的野崎，此刻目光晦暗不明，带着些许懊恼，静静地凝视着正前方。严肃的侧脸似乎是在告诉大家目前事态确实非常棘手。

终于，他长叹了一声。

"看来这个计划只能终止了。"

"那么，我们该怎么办？"伊佐山尖锐地哑着嘴问道。

"只能进行公开收购了。只不过，现在我们的计划已经露出破绽，东京 SPIRAL 必定需要重新修正他们的防卫对策。"

"这么说，他们的防卫对策尚未成形，这对于已经完成资金调配的我们来说倒是十分有利。"伊佐山立即断定道。

"东京 SPIRAL 接下来会出什么牌，有没有防卫对策相关的情报？"野崎问道。

"非常遗憾，没有任何消息。"广重有些尴尬地回答道。

野崎摆出一副"你真没用"的嫌弃表情，没有再说什么。他知道当务之急是如何跟电脑杂技集团交代。

"部长，这件事还是需要跟平山社长说明一下。"

伊佐山皱起眉头。平山可不是那么容易就能打发得了的人。

"平山社长那边，就让诸田去解释吧。问题是……"

伊佐山开口说了一半，便没有继续说下去。他是想说当时评估这个计划的三笠副行长，他会有什么样的反应也是个问题，但是，广重还在呢，这种话绝对不能当着外人的面说出来。于是，突然转换话题，用比较官方的口吻对广重说道："总之，这个计划就到此为止吧。"

"实在是没有办法了。"广重也是满含苦涩地说道，然而随即而来的话，则无不显示出他作为商人重利的一面，"但是，计划的失败可不是我们公司造成的，贵司还是应该支付我们一部分手续费。"

"你开什么玩笑？"伊佐山严厉地拒绝道，"那可是成功报酬啊。你们不是已经拿到东京 SPIRAL 的顾问定金了吗，难道还不够吗？"

"这可跟之前约定的不一样。"广重不肯罢休，"我们会被说成渎职、诈骗，归根结底就是因为你们的计划本身存在问题。现在利用完我们公司了，就开始装聋作哑了，你觉得能行得通吗？"

"不要再说这些了！"伊佐山从容不迫地站起来，一边说道，"我们也不想被告上法庭。不要忘了是你们没有跟东京 SPIRAL 建立好信赖关系，进而才让半泽钻了空子。你们公司要是好好操作的话，还会发生这种事吗？"

就在广重想要反驳的时候，伊佐山又继续说道："无论如何，我们银行会试着给中央证券那边施加压力，这样可以吧？"

"那就拜托了。"广重刚回答完，伊佐山便拍了拍手示意结束本话题，"那么，贵司协助本计划的手续费，就跟摆平这件事的手续费两两相抵了吧。"

不愧是以手段强硬而著称的东京中央银行证券营业部部长，他说完，连对手的反应都不去看，便大步流星地走出了办公室。

9

"真是大快人心啊！但是我们真要告他们吗？"

那天晚上，半泽又跟营业企划部的几个年轻人一起去小酒馆吃饭，其间，森山笑着对半泽说道。

"不告。"半泽好像是想起了当时的场面，一时忍俊不禁，说道，"为了泄愤而上法庭，只会让事情变得更麻烦。这一点想必濑名先生也是知道的。我不过是在威胁他，估计这会儿，银行那帮家伙应该被气得脸色发青了吧。"

"那个广重慌慌张张的样子真是好笑。"森山嘴角露出满意的微笑，"当时谎言被拆穿的时候，你没看到那家伙的表情，就算现在回想起来，我都忍不住激动。"

"那家伙不过是个小人物，上不了台面。"半泽一脸严肃地说道。

"你的意思是他的背后还有大人物？"森山单手端着生啤杯，思考片刻之后，说道，"你指的是银行的证券营业部吗？"

"算是吧。"半泽点点头。

"我有一点不太明白，"森山将喝了一半的酒杯放到桌子上，"这个计划，是东京中央银行正式批准的吗？"

"当然是。"半泽回答道，"只不过，这应该不是中野渡行长的手笔，关于这个计划，最终应该是委托给三笠副行长或者证券营业部全权负责了。三笠副行长出身于证券部门，而且还是旧 T 的头头儿。如果是战略家中野渡行长的话，他即便对这个计划存在疑问，也会考虑到行内势力的平衡，而放任他们去做，他则静观其变。中野渡行长就是这么个清浊混同、雅俗共赏的类型。"

半泽抱着手臂，凝视着小酒馆的墙壁："这个时候，那帮家伙应该正在冥思苦想如何处理眼前的问题吧。这样无声无息地忍气吞声可不是他们的风格，他们肯定在暗中密谋着什么。"

"比如说呢？"

"最容易想到的，就是银行方面会对我们公司的高层施加压力了。"

"真是卑鄙。"森山咬着牙说道，"从我们这边抢走生意的明明是他们。"

"他们又不是通情达理的主儿。让自己的行为正当化，可是银行员的特有伎俩。"

"这又是组织逻辑吗？"森山皱了皱鼻子。

"你很讨厌这种理论吗？"

面对着半泽的询问，"很讨厌。"森山毫不掩饰地说道。

"因为我们这一代老是受这些事情摆布。"

"嗯，可能是吧。总是会受制于组织，或者是这个社会。"

半泽回答道："但是啊，我们有时候必须要跟他们抗争，总是被它们缠住手脚、任凭摆布的话，肯定会很无聊吧。组织逻辑，也没有什么大不了的。**世上没有不存在压力的工作，不光是工作，世上之事皆如此。既有狂风暴雨也有风和日丽。只有掌握克服困难的能力，才能做好工作。**森山，你要学会跟世上的矛盾还有不合道理的事情战斗。我也是一路战斗过来的。"

森山握着喝了一半的酒杯，呆呆地盯着半泽，久久没有说话。

过了许久，他说道："我明白了。"

说完，他便将握着的酒杯"啪"的一声放在了桌子上："部长都这么说了，那么我也要去战斗。"

"那就从明天开始吧。"半泽说道。

此时，一直默默地听着两人对话的尾西问道："明天是有什么事情发生吗？"

"明天我们要去一决胜负。"森山回答道。

"胜负？"

对着十分惊讶的尾西，森山说道："到了明天你就知道了。"说完，露出毅然决然的表情，仰起头凝视着前方。

10

　　"计划无法进行下去了？这是怎么回事？"

　　三笠洋一郎副行长，言辞仍旧不温不火，但盯着伊佐山的眼神则锐利无比。

　　一大早伊佐山便给三笠提交了备忘录，报告了此事。伊佐山本来以为三笠每天事务繁忙，应该到晚上才能得到回复。但是，没有料到，中午刚过，他便接到三笠的电话，看样子他是临时改变了行程安排，特地抽出时间来见他。从这一点也可以看出三笠非常关心这件事。

　　"真是非常抱歉。东京 SPIRAL 好像已经觉察到了我们的收购计划。当初制订的以 FOX 作为白色骑士的方案已经无法进行下去了。"

　　三笠催促伊佐山继续往下说，他没有发表任何评论。三笠性格沉稳，但绝不温和，长久以来作为他下属的伊佐山对此了解得非常透彻。

"察觉到我们的收购计划？怎么察觉的？"不出所料，三笠直接问道。

"东京SPIRAL重新选了一个顾问，就是那个顾问看穿的。即便我们也觉得就像是个晴天霹雳。"

"那个顾问是哪家公司的？"

面对三笠的询问，伊佐山含糊其词。——"这种事还是当面说的话比较好吧"——伊佐山当时抱着这样的想法，便没有写在备忘录上。虽然早就预料到三笠会问这个问题，但一看到他蕴含怒气的表情，伊佐山便有些难以启齿了。

"是东京中央证券。"

听到回答，三笠许久没有说话，他像一个人体模型似的站着，将目光投在站在桌前一动不动的伊佐山身上。这种眼神十分恐怖，让伊佐山不禁感到后背冷飕飕的。

"看来东京中央证券一直在偷偷摸摸地做着顾问的工作。"

"什么时候开始的？"三笠终于开口问道。

"不知道，昨天，太洋证券负责人去东京SPIRAL跟濑名社长面谈时，也是第一次知道这事。据他说，之前濑名社长从来都没有透露过要签下新顾问。"

"这种事情肯定不是突然冒出来的。"

三笠指出问题，一向都是很准确的。并且，一般来说，不会给其他人留下反驳的余地。伊佐山默默地用手指擦了下渗出冷汗的额头。

"我们之前跟太洋证券说过，务必要盯紧濑名社长，但是负责人还是太掉以轻心了。"

虽然伊佐山已经做出了暗示，要将此次计划的失败归咎于太洋证券，但是对于完美主义者的三笠来说，他的怒气绝不会就此平息。

为了促成这个收购案，一遍遍地在董事会上进行游说的，不是其他人，正是三笠。而且当时为了说服犹豫不决的中野渡，作为副行长的他自作主张地表明，这个案子将会给东京中央银行的证券业务带来巨大贡献，这也一定程度上成为大幅推进对电脑杂技集团巨额投资决议的原动力。

假如电脑杂技集团对东京 SPIRAL 收购失败的话，不但之前的巨额投资会化为泡影，而且还会给三笠的脸上抹黑，进而影响到东京中央银行的面子。

"东京中央证券是怎么看穿我们的计划的？"

伊佐山表情有些扭曲，满是苦涩。

"据太洋证券的人说，是内部告发。"

"内部告发？"三笠问道，目光中满含讶异，"真是笨蛋，向东京中央证券告发干什么？谁告发的？"

"顾问团队的成员我都了解，他们是不可能做出这种事的。"

"那就是有人把计划透露给团队之外的人了？"

对于三笠的问题，伊佐山脸上浮现出苦涩的表情。

"有这个可能。但是，我们的情报管理做得很严密，不应该会泄露给顾问团队之外的人啊。关于这件事，我会亲自去调查。"

"真是太不像话了。"三笠冷冷地说道。

"不过，据太洋证券的人说，对方态度强硬，甚至不惜跟我们打官司。"

预料到之后会发生的事情，伊佐山禁不住擦了擦额头上的冷汗。

"我不会给他们这个机会的。"三笠立刻给出了伊佐山所期待的答案，"我会提前跟冈社长打个招呼的。说出这话的人，你知道是谁吗？"

"是我们这边外派出去的。"伊佐山有些难以启齿。

"外派的？"三笠盯着伊佐山问道，"是谁？"

"半泽。以前是营业二部的次长。"

听到这里，三笠的眉头紧紧地皱了起来，同时厌恶感油然而生。

"这下子问题可大了。"三笠很罕见地流露出异样的情绪，"一个子公司，不但妨碍身为母公司的东京中央银行的案子，甚至还想提出诉讼，真是荒谬至极。"

"的确如您所说。只不过，我们必须得慎重对待这件事，要是传到行长那边可就糟了。"

"我知道。"三笠板着脸说道。

"还请您采取明智的措施，来处理此事。"

伊佐山深深地低头致意。就在这时，响起一阵"咚咚"的敲门声。

探进头来的是诸田。不知道为什么，他的表情显得很是僵硬。

"不好意思，打扰你们谈话了。"

诸田一边道歉，一边慌慌张张地走进来："我收到消息，东京SPIRAL 已经决定收购 FOX，好像要进行公开收购。"

"什么？"伊佐山不由得发出一阵怪异的尖叫。

"真是看不透他们的招数，他们到底是怎么想的？"诸田歪着头，脸上是一副迷惑不解的表情。

"你跟 FOX 的乡田社长联系过吗？"三笠冷静地问道。

"我尝试着联系过，但是至今没有联系上。"诸田困惑地说道。

虽然不知道到底是怎么一回事，但是，伊佐山总感觉似乎有种看不清道不明的神秘而恐怖的东西正在慢慢地向自己逼近着。

"接下来你要去跟平山社长面谈吧，到时我也一起去。"

伊佐山因极度愤怒而眼球充血，看向部下的目光满是焦虑。

"我知道了。"

诸田跟伊佐山一起离开了三笠办公室，刚关上门，伊佐山便破口大骂："半泽那个浑蛋家伙，到底在打什么算盘？！"

第六章　电脑人的忧伤

1

　　"我们一直以来都十分信任你们银行，现在这又是闹的哪一出啊？"电脑杂技集团的社长平山说道，这位一直以来都是以工薪族风格示人的总裁眼中，此刻却射出了十分严厉的目光。

　　"真是十分抱歉。"诸田和伊佐山两个人一齐道歉，然后用上了提前准备好的借口，"都是因为担任东京 SPIRAL 顾问的太洋证券办事不力——"

　　"恐怕不是这样吧？"歇斯底里地打断他们的不是社长平山，而是他身旁的副社长美幸，"让太洋证券加入进来的不正是你们吗？事到如今居然这样说话，你们还有没有点儿责任感啊？"

　　"非常抱歉。"诸田无言以对，只好再次道歉，"不过，既然事情已经发展到现在这个局面了，也就不得不放弃原先那个利用 FOX 的计划了。我觉得我们可以采取正统做法，堂堂正正地进行公开收购。"

"还有关于 FOX 那件事，平山社长。"伊佐山接过话来说道，"不久之前，东京 SPIRAL 发表公开声明说要收购 FOX，目标是在公开收购的过程中取得半数以上的股份。您听说这件事儿了吗？"

"刚在网上看到。"平山波澜不惊地说道，"只是我难以理解他们的目的。有收购成功的可能性吗？"

"FOX 的股价自从公司的巨额损失被报道出来以后，就一直在持续暴跌。"伊佐山说道，"根据成交价来看，他们取得过半数股份的可能性很高。如果要支援 FOX 的话，现在正是好时机，您怎么看？"

听到这话，平山像是看见了什么稀罕东西似的，盯着伊佐山问道："你这是什么意思呢？"

这个问题把伊佐山给问住了，他明显地为难起来。因为早在之前寻找能够支援 FOX 的企业时，电脑杂技集团可是积极地表现出过这个意愿的。

"我是说，如果要按照约定支援 FOX 的话，能否请您趁现在这个时机公开发表呢？ FOX 可是正在热切地渴望援助啊。"

"现在情况完全不同了吧？"

与伊佐山的期待相反，平山表现出来的态度十分冷淡。平山虽然看上去像个老老实实的工薪阶层，但剥下外表那层伪装，他实际上是个老奸巨猾、城府极深的冒险型经营者。而现在，他那合理主义者的本性正在透过面具往外窥探着。

"要是能对收购东京 SPIRAL 的计划有帮助那倒也罢了，但是这个计划既然已经破产，我们也不得不再慎重地考虑一下了。"

平山变脸之快，不禁让伊佐山渗出汗来。旁边的诸田也是一脸哑然地看着平山。

"您也知道，我们这个业界非常残酷啊。我虽然和乡田社长关系亲密，但还不至于天真到可以无私救济的地步。"

"但是社长——"伊佐山慌忙说道，"乡田社长是准备并入电脑杂技集团旗下的，您是否已经向对方传达了这样的想法？"

"没有。"平山像是根本不在意，"不过我想，乡田社长肯定会理解的。"

这下可糟了。

FOX那里还有东京中央银行三百亿日元左右的贷款，原本想着如果能把该公司并入电脑杂技集团旗下的话，这笔钱自然能够轻松回收。而现在，这样的美梦已经破碎了。

"向电脑杂技集团提供收购东京SPIRAL资金支援的前提是贵集团肯救济FOX，希望您能理解这一点。"

"恰恰相反，伊佐山部长。"平山目光冷静地看着伊佐山，"我们正式提出可以救济FOX，是因为你们说这有助于收购计划的成功，而我们也认同这个计划，所以才会同意这样做的，仅此而已。现在既然计划已经破产了，那么将FOX收入旗下又对敝公司有什么好处呢？我反正是想不出来。"

"社长，对我们来说这实在——"

诸田深深地皱起眉头，然而平山完全不为所动。

"实在什么？"

带着尖刻的语调发问的不是平山，而是副社长美幸。

"对我们来说，支援电脑杂技集团的收购计划，和电脑杂技集团会救济 FOX，这两件事是捆绑在一起的。"

伊佐山接过来回答，道出了苦衷："当初我们就是看中这一石三鸟的效果才批准了给电脑杂技集团的资金支援，现在还请您能够兑现计划中的承诺。"

实际情况是，如果脱离了本来的支援条件，就不得不重新写申请书交由董事会进行审批。而条件变更，表现出的就是证券营业部对事态预见的不足，董事会是不可能轻易让步的。

"我们也知道这些都是捆绑在一起的。"平山说道，"不过既然原本利用 FOX 进行收购的计划已经无法再进行下去了，那么我们也没有履行承诺的义务。"

"收购支援这件事已经在进行中了。"伊佐山低着头，时不时地抬起眼来看看平山，"能请您再考虑一下吗？毕竟 FOX 的事也不用花多少钱。"

平山夫妇却依旧不为所动，丝毫没有理会他这番话。

"你们为什么要这么执着于这一点呢？"美幸问道，"现在不是东京 SPIRAL 要买 FOX 吗？这样的话乡田先生也能得救了，银行握着他们的债权也能安心啊。"

"银行的交易并不是您想象的这样啊，副社长。"伊佐山耐住性子说道，"虽说钱都是一样的，但把这些钱分成'不同'的钱，正是银行的工作。一千五百亿日元的支援资金，既是收购用的资金，也是用来救济 FOX 的资金，既然都这么分好了，能否请您按照这个来做呢？"

"我拒绝。"平山道，"你要是这么说，那就得请你们辞去顾问一职了，伊佐山先生，反正你们这个顾问又不是我们求你当的。"

一直在旁边听着的诸田不由得脸色一变。

伊佐山悄悄咽了一下口水，看着平山的眼睛。

要是顾问的位子被撤，东京中央银行的声誉可就一落千丈了。同时，也意味着这两个人在银行内的评价一定会被打上大大的叉。

"社长，贵公司和我行的交情可以追溯到上市时，不，是上市之前，我行对贵公司的支援，不仅限于这次的合作，还有将来，您要知道事情可不会总是那样顺风顺水的啊。"

伊佐山的脸上笼罩了阴云，虽然目光无比锐利，不过措辞还算恭敬，态度中却带着傲慢，好像在说"你搞搞清楚，到底是谁在借钱给你啊"。

"请您的眼光不要局限于这个案子，还要从更长远的角度来看。"伊佐山继续说服他道，"我们之前曾经亲密合作过多次，正因为如此，我们不是更应该相互依存，困难的时候彼此伸一下援手吗？"

这番话甚至包含着威胁之意，而平山只是默默地听着。

"这次的收购也才刚刚开始呢，平山先生，要将东京 SPIRAL 收入旗下的话，肯定需要相应的周转资金吧。如果因为这种事起了纠纷，恐怕对贵公司来说也不是什么上策吧？"

"既然您都这么说了，那就容我再考虑一下吧。"

听了平山的这句话，两名银行职员都不由得微微松了口气。

"期待您的英明决断。"伊佐山的态度又变得谦恭起来。

"话又说回来，东京中央证券到底在想什么？"平山换了话题，表示了自己的不满。

"不仅破坏了和我公司的交情，居然还无视了你们银行的意志，这叫子公司失控吧？贵行控制能力是不是有些问题啊？"

看来平山对于东京中央证券成了东京 SPIRAL 的顾问这一事是相当愤怒的。

"关于这件事我们感到非常抱歉。"

伊佐山两手放在膝上，象征性地低下了头："您批评得是，这件事简直太荒唐了，我行也已经认识到了事态的严重性，会采取相应的措施。从全局的角度看，利益相反的行为是绝对不能原谅的。"

"真是的，希望你们两家能步调一致啊。"

平山一边发着牢骚，一边给这次面谈画上了句号。

2

　　公开东京 SPIRAL 对 FOX 的收购计划一周之后，东京中央证券的社长冈收到了副行长"紧急商谈"的命令。银行的副行长直接召见证券子公司的社长，这是没有先例的事。但想想也知道是为了什么事，所以半泽也理所当然地被要求一同前去。

　　此刻，正埋头处理桌上各类文件的三笠慢慢地站起身来，做了个手势让二人坐下，自己则坐在了沙发对面的椅子上。

　　作为敌对派系的领导，半泽从银行职员时代就久闻他的大名。

　　三笠属于喜怒不形于色、感情内敛的类型，但也并非少言寡语的人。然而从冈和半泽进来到现在，他还一个字都没有说过，明显心情很不愉快。这时传来了敲门声，进来的是证券营业部的伊佐山。

　　伊佐山焦躁地瞥了半泽一眼，坐在了对面空着的位子上。

"你给我解释一下吧，你们担任东京 SPIRAL 的战略顾问是出于什么意图啊？"三笠总算开口了，语气如冰块一般坚硬寒冷。

"这是我们正常营业业务的一环。"

从侧脸的表情就可以看出冈非常紧张。虽然冈一直对银行抱有强烈的对抗意识，但面对身为副行长的三笠却又是另一回事了。

"你们的营业业务不应该是以集团整体利益为前提进行的吗？"三笠说道。

"当然。"冈表情僵硬地说。

"那你们现在所做的事情不就自相矛盾了吗？"三笠目光转向一旁严阵以待的半泽，说道，"能请你们撤回顾问一职吗？你觉得怎么样啊，半泽？"

"恕我直言，"半泽开口说道，"就算是同一个资本集团，既然双方都设有开展相同业务的证券部门，我认为会出现这种情况也应该是预料之中的。"

"你是说这样也能实现集团利益？"

"我并没有说眼前的利益。"半泽回答道，"我们通过经手这样的大型收购案可以获得经验的积累，从长远来看能提高证券部门的业务能力，而这无疑能对将来整个集团的利益起到很大的贡献。"

"你这样说不觉得奇怪吗？"三笠用不带任何感情的目光看着半泽，"你所说的长期利益，究竟要过多久才能实现呢？五年，还是十年？在这个速度决定效益的快速营销时代，你的思路似乎有些问题啊。"

"我们公司还很年轻，缺乏经验和实际业绩，为了让这样的公司得到成长，我认为有必要偶尔舍弃眼前的利益，而用长远的目光来看，现阶段就要积累专业知识和经验。"半泽用沉着的语调反驳道，"至于您说的集体利益，当初和电脑杂技集团签订协议的本该是我们公司，是贵行让电脑杂技集团撕毁了合约，然后和你们签订了新合同。这样做又如何能和集体利益联系起来呢？能否请您说说您的理由呢？"

三笠的脸上浮现出不悦的表情，不过并没有反驳。

"这么对副行长说话太失礼了，半泽。"伊佐山斥责道。但是半泽没有理会他，只等着副行长回答。冈坐在一旁急得都快喘不上来气了。

"证券部门，是银行很重要的一个部分，这样的案子与其让证券子公司来做，难道不是更应该让银行来做吗？这是业务效率的问题。"

对于三笠的这个回答，半泽说道："副行长，我是东京中央证券的人，我的工作就是让东京中央证券得到成长，确保它的利益。因此，电脑杂技集团这一案子对我们来说是非常难得的机会。如果要由银行来判断的话，难道不应该在更换顾问时提前打个招呼吗？银行这次的行为，是不合规矩的。"

"更适合做电脑杂技集团收购顾问的不是你们而是我们吧。"伊佐山趾高气扬地断言道，"从实力方面来看也是我们证券部门更胜一筹，这样才能给客户提供更完备的服务。也正是因为了解了这一点，平山社长才会让我方担任顾问，这是顾客的判断，还有比这更合道理的解释吗？再说了，这种事哪用得着一件一件都和你报告商量？"

"既然如此，我们也是同样的立场。"半泽回敬道，"东京SPIRAL委托我们公司担任战略顾问，我们只不过是接下了这个案子。伊佐山部长，您能告诉我这有什么问题吗？"

"都说了不是嘛。"伊佐山显得非常焦躁，"你们这样做是违背集团利益的。"

"部长您既然说银行在实力方面比较强，那就算对手是我们不是也没什么值得担心的吗？"

伊佐山低下头搜肠刮肚地寻找反驳的话语。

"我们是在担心你们的状况，你们的做法说不定会让东京中央证券的市场声誉受损，这也会影响银行证券部门的战略。"

"我想伊佐山部长大概是忘记了一件重要的事。"半泽说道，"中野渡行长所倡导的是顾客至上，这就要求我们努力成为顾客心目中的最佳顾问，并把案子委托给我们。我们的使命不正是响应这一口号吗？就算是同一集团中的两个部门，但顾客不同，为了集团利益而不去满足顾客的需求，你不觉得这与行长的主张相违背吗？再者，行长平时就一直说，东京中央银行和东京中央证券是同行业的竞争对手。您能告诉我行长对这件事是怎么想的吗？"

伊佐山咽下了试图争辩的话语。三笠则十指交叉放在腹前，目不转睛地凝视着半泽。他对此也无法做出回答，因为银行证券部门插手从东京中央证券那里抢了顾问这件事并没有向行长进行报告。

"伊佐山部长，您觉得这样说得通吗？"半泽不留任何空隙继续进攻，"如果你还是要用'集团利益'这种理由让我们收手的话，那么不做任何商量就抢夺子公司的案件，难道不是从一开始就是错的吗？"

"我明白了。"伊佐山像是要反驳些什么，三笠拍了下手阻止了他，说道，"总而言之，你就是想说这个案子是双方各自通过努力独立所取得的，是这个意思吧？"

"正是如此。"半泽回答道。

"既然这样，伊佐山，你也就不必手下留情了。"三笠对着旁边一脸怅然的伊佐山说道，"只要双方的顾客都能接受的话，你们只要完成各自的任务就好。是这样吧，冈社长——"

在副行长的面前，冈平时的气焰顿时减了一半，此时只能短促地回答"是"。

"让你们百忙中抽时间跑一趟，真是不好意思啊。"三笠站起身来，"既然是这样的话，那就尽全力去做吧，可不要丢了自己的脸啊。也不要指望我们会留情面的。而且如果你们失败了，我可没空听你们解释。半泽先生，我想你已经有这个觉悟了吧？"

"那是自然，正合我意。"半泽斩钉截铁地回答道，然后和冈一起出了副行长的办公室。

3

　　"部长，这样不要紧吗？"森山听半泽说了在银行发生的事后，不禁有些后怕，"这么做的话，万一以后再也回不了银行可怎么办啊？"

　　"考虑这些干什么。"半泽一笑了之，"我现在要考虑的就是如何提高东京中央证券的利益，能不能回银行，这种无聊的事交给人事部去判断就好了。我就想竭尽全力做好本职工作，做个合格的公司职员，有什么奇怪吗？"看着摆着一张沉郁面孔的森山，半泽问道。

　　"话虽如此……"森山还是显得有些困惑，"从银行外派过来的人，好像脑子里面都只想着千方百计地要回到银行去，像诸田次长和三木先生，不都是这样吗？"

　　"觉得回到银行比较好，这只不过是错觉罢了。"

森山默默地看着半泽。

"对于公司职员——不，不仅仅是公司职员，对所有工作着的人，待在一个需要自己的地方，能在那里大显身手就是最幸福的事情了。跟公司规模大还是小、是否出名都没有关系，我们追求的不应该是门面，而是实质。"

"实质？"森山喃喃自语道。

"你总有一天也会明白的。话说回来——"半泽切回了主题，"我想请濑名社长和我们一起去找乡田社长谈谈。"

"乡田先生会答应吗？"

"不好说。但是收购成功后说不定就要一起工作了，先互相见个面好一些。"

半泽拿起桌上的电话，直接打给了濑名。

* * *

真心希望能见一面，也理应见一面——这是濑名的意思。他希望和乡田把该说的话说清楚。

就在几天前濑名刚刚扯下了那个假扮白色骑士、充当东京SPIRAL救世主的男人的伪装。并且直接把战书摔在了这个跟银行、证券公司等勾结在一起，合伙布下骗局的家伙面前，说不定当面质问也正是他所期盼的事呢。

他们当天下午就接到了乡田的回复，说他乐意接受会面。

"真是感到很意外啊，乡田社长居然会答应见面。"一起去

FOX 的路上，森山说出了自己的感想。

"我倒觉得可能性很大呢。因为即使继续逃避也无济于事，该道歉的事还是该好好道歉，乡田先生想必也是这么想的，这才是正确的嘛。"

他们和濑名约在位于品川的 FOX 总部碰头，然后一起走进了接待室，随即便看见神情紧张的乡田走了进来。

"百忙之中还让您抽出宝贵的时间，我们很是过意不去啊。"濑名半是讽刺地说道，可以看到他眼睛里的怒火。

"不不，本来应该是我登门谢罪的。"

随后乡田对濑名深深地低下了头，道歉道："这次的事，实在是非常抱歉。"

"为什么？"面对不住道歉的乡田，濑名问道，"为什么要说那种谎言？让我听听你的理由。"

东京中央银行的计划破产之后，乡田就一下子断了联系，无疑阴谋败露的事也传到了乡田的耳中。另外，濑名也没有再主动联系过乡田，很大程度上是因为半泽提出了收购 FOX 的新方案。

乡田的表情扭曲了。

"是我太软弱，都是因为我太软弱了。"

"我听不懂你在说什么。"濑名皱了皱鼻子，显露出对他的厌恶。

"我们公司由于投资失败导致了巨额损失，资金已经周转不灵了。"乡田说道，"自主再建已经不可能，只能找其他企业收购。如果电脑杂技集团的平山先生没有向我们伸出援手的话，我们就走投无路了。所以才没能拒绝平山先生的那个请求。"

"这些都只是借口。"面对濑名的责难，乡田只能低下头默默接受。

"乡田先生，你做的这些事，说白了就是诈骗！为了钱就什么都能做吗？你是无赖吗？"

"是我太懦弱。"这时候的乡田，流露出的是一个穷途末路经营者的心声，"是我害怕破产，害怕流落街头，害怕一旦被平山先生抛弃了，就再也没有人能帮我了。"

"可怜自己就去欺骗别人吗？"濑名的话里饱含着怒气，"你已经偏离正道了啊，不管是作为一个人或是一位经营者。嘴上一边说着要专注于本行，但只要业绩稍微出现点恶化就开始搞投机倒把，就是因为这样你才会失败。虽然借口一个接着一个，说到底还不是放不下现在的地位和名声？"

"也许您说得对。"

"不是也许，根本就是这样的。"濑名断言道，他向前探出了身子，说道，"我丑话说在前头，这次这件事，我是绝对不会原谅你的。"

乡田又一次小声道歉道："对不起。"

"乡田社长，今天我们来拜访，不是光来听您道歉的。"半泽见时机成熟，便切入正题，"这次，东京 SPIRAL 决定要公开收购 FOX，关于这件事，我们想听听乡田社长您的意见。如果可能的话，想请您答应下来。"

乡田认真思考着，视线一动也不动地聚焦在桌上的某个地方。过了半天，他再次开口："这个不可能。"

"正如我刚刚所说，平山先生已经答应过要救济我们公司。确实，假扮白色骑士来骗您真的非常抱歉，但我还是不能赞同这次的公开收购，因为我已经先答应平山先生了。"

"乡田社长，您觉得这是先来后到的问题吗？"半泽问他，"您有没有考虑过，对您，或是对 FOX 来说，谁才是真正合适的对象？还是说您觉得，并入电脑杂技集团才是更好的选择？"

"说实话，我也是一筹莫展。"乡田说，"但是，毕竟平山先生向我们伸出了援助之手，不管怎么说，我也不能背叛这份恩情。"

"恕我直言。"半泽说道，"没有比平山社长更信奉合理主义的人了，他不是那种会因为人情而决定救济的人，电脑杂技集团里只有利益得失。他们和您谈过这些吗？救济收购之后管理层怎么变化？经营方针如何？关于社员的聘用又该怎么办呢？被电脑杂技集团收购了的话，现在的 FOX 企业文化大概会全部被抹杀到体无完肤的地步吧？您最好现在就做好这个心理准备，您至今为止创建起来的公司将只留下一块招牌，其他将全部被电脑杂技所吞噬。不，说不定他们会只拿走想要的东西，贵公司的顾客、服务，还有经验技术，之后就把你们给一脚踢开。这样的救济，不过是徒有虚名罢了。"

乡田没有回答。他一边低着头，一边双手紧握，默默地思考着。但很快他说道："我相信平山先生。我们公司销售的是电脑和相关器械，虽然和电脑杂技集团算是同行，但电脑杂技集团有我们所没有的客户，和电脑杂技集团合并的话，总可以预期到一点成倍效果吧。这样一来，FOX 就有复活的可能。"

"如果贵公司是制造电脑和相关器械的公司的话，说不定确实可以如此期待。"半泽说道，"但是从制造商进货这一点来看，目前就能以很低价格进货的电脑杂技集团来说，为什么非要从贵公司这里进货呢？这其中根本无利可图。合作，对电脑杂技集团是没有好处的，这么说可能有些失礼，但是对于平山先生来说，贵公司不过是用来收购东京 SPIRAL 的道具而已，而这个道具现在已经失去了意义。"

　　旁边一直听着的森山抬起了头，听了半泽所指出的这些问题，他也意识到了电脑杂技集团的真正意图。

　　"平山先生到底是怎么想的，在这里光推想又有什么意义？"乡田的语调中掺杂着一些急躁，"总之，既然平山先生已经跟我打招呼了，那么我的决定是不会变的。想公开收购的话就请便吧，这取决于濑名先生您的判断。但是，我们公司是不可能同意的。虽然我做了对不起您的事，但在这件事上还请您多加谅解。"

　　"事到如今倒开始讲道理了吗？好的，我明白了。"濑名拍了一下膝盖，对乡田说道，"那么我公司就要开始进行公开收购了，请您做好心理准备。再说下去也不会有什么进展了，就此告辞。"

　　和乡田的面谈就这么无疾而终。

4

"接下来就要进入公开收购的环节了吗？"

听半泽讲完情况，渡真利一边说着，一边把薄薄的比目鱼片放入口中。这里是银座 Corridor 的地下商业街，这家寿司店是渡真利常来的地方。

"乡田先生太顽固了，没有办法。算了，反正我从一开始就没想过进展能顺利。"

"面对同一年代的平山先生也就算了，你觉得他可能会对三十左右的毛头小子举白旗投降吗？"

"也有这个原因。"半泽一边夹着鱼块一边说道，"现在的问题是，乡田先生作为经营者，一叶障目，明显判断错误。插手投资产生巨额损失的事也是同一个道理。这次的事对电脑杂技集团方面并没有什么值得一提的好处，这是一目了然的事，他却固执到底。从某种意义上说这也是在逃避现实吧。"

"另一方面，东京SPIRAL收购FOX却有可能会带来好处。如果乡田先生真是这种态度的话，你就和他大干一场吧——话虽这么说，但是银行也搅和在里面，形势很复杂啊。"渡真利皱了皱眉，换了话题，"话说回来，听说你被副行长叫去了？"

渡真利不愧是银行内一流的情报通，这么快就知道了。

"虽然我对你说教也只能算是班门弄斧，不过你最好不要刺激他们太过了啊，不然真的要变单程车票了。"

"我在证券待着挺舒服的。"

"你是真傻啊？"渡真利露出了一个生气的表情，"你要是真变成那样了，可是会有很多人失望的啊。你好像和伊佐山吵过了？"

"谁让他们净是说些歪理。"半泽嗤之以鼻，"没关系，又不是什么大不了的事。"

"现在还能这么豁达的也就只有你了。"

喝完一大杯啤酒又换了温酒的渡真利已经开始脸色发红："三笠副行长好像已经开始在和兵藤部长通关系了，闲聊的时候假装偶尔提到你，然后递了不少小话，说你很让他困扰之类的。在场的人都是这么告诉我的。"

兵藤裕人，是人事部部长。

"虽然据说兵藤也就当了耳旁风，不过实际上对东京中央证券签约成为东京SPIRAL战略顾问这件事上也是非常不赞同的呢。"

"去跟那些人讲讲银行都干过些什么吧。"半泽讽刺地回道，"那样的话所有人就都能接受了吧。"

"也有人说他们是强盗逻辑，只许州官放火不许百姓点灯。但是也有人明明知道内情还说都是你的错，到底是谁我就不说了。"

"然后呢？"半泽问。

"然后，他们为了让你再也回不了银行，开始策划各种阴谋诡计了。"渡真利深深地叹息着，说道，"也就是那么回事了。然后现在证券部门内部似乎正在寻找泄露计划信息的人，他们怀疑是有人故意把信息泄露给你的。我说，你到底是从哪里得到情报啊？"

"谁知道呢。"半泽装傻，"再说先偷走情报的是他们吧？"

"谁会相信你说的话呢？"渡真利吃惊地说道，然后表情严肃起来，继续说道，"现在银行内的'半泽包围圈'正在逐渐缩小收拢。在证券公司待得挺舒服的？你真那么觉得就好。但是半泽，你不应该待在子公司，你是应该在东京中央银行中枢工作的人才。你可不要忘了这一点啊。"

5

"哎呀，这次给您添了这么多麻烦，实在是太抱歉了。"乡田低下头致歉道。

"哪里哪里，您也很辛苦。"虽然嘴上这么说着，但是平山的态度却给人一种冷冰冰的感觉。

原本的利用 FOX 收购东京 SPIRAL 的计划受挫夭折，很明显平山正在为此事火大，但事实上他也不知道到底该向谁追究责任。

在乡田来这里之前，银行就跟他说，只要说计划破产的责任全都在太洋证券就好。话虽如此，毕竟 FOX 的巨额损失被媒体曝了光这件事无论如何都是乡田自己的过失，把所有责任都推给证券公司，自己一个人装傻是行不通的。

"让东京中央证券插了一脚确实是太洋证券的责任，但在那之前，我们公司资金操作失败一事不幸见报，这都是因为我的不察所引发的事态，现在我们正要追究这件事是怎么泄露出去的……"

"此事就到此为止吧，乡田先生。"平山打断道，看上去不太高兴，"事已至此再追究什么原因也没有意义了。不管东京SPIRAL 的顾问是谁，看到那种新闻都会觉得很诧异吧？报道出来的那一刻计划也就已经宣告破产了，那是绝对不应该泄露出去的情报。"

"您所言甚是。"乡田消沉地说道，"实在对不起。"

"话又说回来，这也真算是一着妙棋啊。"平山指的是东京SPIRAL 要收购 FOX 这件事，"老实说，我都没想到他们会出这一招儿。"

"关于这件事……"乡田如实道来，"昨天濑名社长前来拜访，正式表达了收购的意向。"

"事到如今才来吗？反正早晚要打声招呼的，按照礼节应该是在公开发表前去找你才对啊，这完全是本末倒置嘛。"平山完全是一副事不关己高高挂起的态度，随口评判着，"按照正常程序，应该是先来和乡田先生您谈一谈，如果意见无法一致的话再走公开收购的流程。最近这些年轻人的想法真是令人难以理解。"

"站在濑名先生的角度来看，既然已经知道了我和平山先生的关系，很可能就觉得不必顾及彼此的情面了吧。"

"那，乡田先生您又是怎么回答的呢？"副社长美幸问道。

"当然是拒绝了。"乡田答道。

平山保持着左手按摩太阳穴的姿势，只是眼珠子动了动看向乡田。而美幸则只是沉默地看着前方。

在这略带异样的气氛中，乡田继续说道："提议这件事是电脑杂技集团在先，我们公司也朝着这个方向完成了公司内部调整。今天登门拜访，是来商讨有关具体实施日程的。"

平山的回答却让他吃了一惊。

"是这样啊。我们也很理解您的心情，不过事已至此，对象换成东京 SPIRAL 又有什么不好呢？"

乡田定定地看着平山，半晌没有出声。他半带着疑惑地问道："这是什么意思呢？"

"我也知道有些事说出来很残酷，之前，我们很赞赏计划中通过收购 FOX 就能促进收购东京 SPIRAL 成功的这一部分，但是如果没有这一前提，事情也就另当别论了。如果东京 SPIRAL 有收购贵公司的意向，那您不如就顺水推舟，也未尝不是一件好事呢。"

"请等一等，平山先生。"乡田慌了，"我们公司已经在为并入电脑杂技集团进行各种准备工作了，这一点贵公司应该也是一样啊。"

现在的情况是，两家公司的企划部人员已经组成了联合小组，正在摸索今后的商业推进计划。

"我也明白，其实我也非常苦恼，没想到事态会急转直下到这种地步。"平山说道，"而且，重要的是，假设贵公司被东京 SPIRAL 收购了，而东京 SPIRAL 又被我公司所收购，那也就是说，绕来绕去到最后结局都是一样的嘛。这样对我们公司比较划算。"

"划算？"

乡田吃惊地睁大了眼睛，他完全没想到平山会说出这样一番话。

"就是说烦琐的收购手续可以一次性解决，实惠吧？"

美幸接过话来，但说出来的话总感觉带着点主妇的味道。

"您的意思是要让我们公司被东京 SPIRAL 收购吗？"乡田的脸孔扭曲了，"平山先生，企业收购可没有您想的那么简单，就算贵公司说要收购东京 SPIRAL，但是也不知道什么时候才能成功，能否成功也是个问题，这样的话，按照原计划和我公司构建起新的蓝图难道对电脑杂技集团不是更有确实的好处吗？"

"好处吗？"平山厌烦地说道，"刚才不是说了吗，我不认为现下投资贵公司对我公司有什么好处，虽然很抱歉。"

"这和原本说好的不一样啊。"乡田一下子脸色苍白，不由得向前探出了上身，"您之前不是还说将我公司收入旗下会产生出协同效果吗？怎么东京 SPIRAL 收购的事一遇到障碍您就把之前的话都给否认了呢？我可是一直坚信着您说过的话的啊。"

"那真是非常抱歉了。"平山无动于衷，"我只能说，做生意就是这样的。确实，如果收购了贵公司的话，应该多少能产生些协同效果，准确来说，也不是没有好处。然而仅仅只有这些还是不够有吸引力，我是觉得，如果只有贵公司的话，就没必要特意收购了。"

"银行应该不是这么考虑的吧？伊佐山先生没跟我说过这些。"

乡田感觉自己像是被愚弄了，怎么都想不通。然而，此时平山却笑了，脸上带着一种看似颇为怜悯的表情。

"银行的确对我说过，希望我能按照当初的计划去救济贵公司。从银行的角度来看，他们当然也是想避免贵公司的前途变得难以预测，这也是理所当然的事。但是，最终出钱的却是我们公司。就算被人说我无情，但是为了公司，我也应该彻底贯彻做生意的根本原则，这才是我的工作。"

平山的态度非常决绝，让乡田感到想要说服他几乎是不可能的。

"这算是正式决定了吗，平山先生？"面对这个意想不到的事态发展，乡田很受打击，从嗓子眼里挤出这么一句话。

"当然。"

"贵公司董事会成员的意见呢？"对乡田来说，这已经是最后的希望了，"财务部的玉置先生怎么说呢？"

从这件事一开始，玉置就一直跟乡田走得很近，虽然隐藏在领袖人物平山超凡能力的阴影下看上去不怎么显眼，但却是个值得信赖的男人。

"这事和他没关系。"美幸若无其事的回答不禁让乡田哑然。

"没有关系？"

"这事儿还没有正式发表，不过玉置已经辞职了。"

这简直就是晴天霹雳。

"为什么？"乡田惊愕地问道。像玉置这样级别的高层管理人员，想要找到能够代替他的人应该不是简单的事。这样的人辞职的话，对电脑杂技集团来说肯定是重大事件。

"他一定是有他自己的想法吧，要走的总归是留不住的。不过我们公司能代替他的人也是要多少有多少。"

美幸的语气太过冷淡了。乡田不由得暗暗揣测，她说的到底是真心话，还是为了掩饰而说的强作镇定的话。

"能代替他的人也是要多少有多少"这句话深深地刺痛了乡田。

对于这对夫妇来说，不仅是玉置，乡田自己也是如此吧，都只不过是枚用完就可以舍弃的棋子罢了。

"真是令人遗憾。"乡田强按下内心的波澜，再一次看向平山，"我之前一直觉得如果要被救济的话，最好的对象肯定是先跟我们打招呼的贵公司。现在，我想再问一遍，您不可能再回心转意了吗？"

平山只是叹了口气。

"如果有什么能让我回心转意的事那倒另当别论，不过遗憾的是现在看不出来。"

这个本该成为救世主的人，此刻展示给乡田的却只是一个事不关己的侧脸。

* * *

结束了和平山的会谈，在回品川本部的路上，乡田被这突如其来的绝望击垮了。

自四十岁创业以来已经十五年了，老实说，虽然也经历过多次危机，但没有一次是像现在这么绝望的。

在公司业绩持续上升时发生的危机，总会有解决的办法。只要业绩还在上升，利益还在扩大，公司的危机一般都是可以解决的。

但是现在，情况却大不一样。

迎来创业十五周年的FOX，已经过了鼎盛时期，明显地呈现出了走下坡路的趋势。在和其他公司的竞争中磕碰得伤痕累累，实力已经衰微，过去曾经给公司带来过繁荣的商业模式不再收效，其中的问题也开始被明显地暴露出来了。

除非想出点什么新的商业策划，否则很难预见新的成长，但为了达成这一目标，既没有时间也没有金钱。曾被誉为 IT 企业家之雄而备受欢迎，有着精密计算机之称的乡田，不知从何时起，其 CPU 已经落伍生锈了，已经远远落后于时代了。

本来电脑杂技集团想要施予的援手，是如同漂泊于茫茫大海中，孤立无援的乡田唯一的希望。

"我都在做些什么啊？"乡田的视线呆呆地注视着车窗外掠过的急速变化的风景，一边自嘲着。

刚创业的时候，乡田的心思全集中在怎么挺过月底的结算上了。在银行不把你放眼里、在客户那里也还没有积累起信用的情况下，又该怎么筹措这些资金呢？那时候总觉得只要公司做大了，这些烦恼也会一并消失，但现在偌大一家公司，销售额已经达七百亿日元，却还是在考虑这些同样的问题。

然而又何止这些？现在让乡田倍感烦恼的问题是前所未有的严峻。

什么都不做就等于坐以待毙，是不可能打开局面的，现在乡田需要做的是赶紧行动起来，而不是一味地沉浸于无意义的感伤之中。

"送我去一下银行吧。"乡田对司机说。

这时候车已经开到了品川附近，本应该右转的汽车在下一个十字路口继续直行，沿着国道朝丸之内开去。

6

"电脑杂技集团拒绝了？"听了诸田的报告，伊佐山尖锐地咂了一下嘴，说道，"而且事先根本没打过招呼啊。"

"乡田社长刚刚来过了，他说这是平山社长亲口说的。"

这里是伊佐山的办公室，诸田正站在办公桌前，他的神情因为这突发事件而笼罩着一层阴云，额头上隐隐地渗出了汗水。

"平山难道觉得他就可以这么自作主张吗？他到底在想着什么啊，你跟他谈过了吗？"

"我刚才赶紧登门拜访，和平山社长谈过了。"诸田回答道，"我试着在表明我行立场的基础上说服他，可他只是一味地强调他难以给出违反经济合理性的决断。"

伊佐山额头上的血管在突突直跳。

"开什么玩笑！"伊佐山怒道，"违反经济合理性？以后他还要和我们长期合作，这难道不是要多合理就有多合理吗？他以为自己业绩永远会这么好吗？你去给我告诉他，不要只在自己需要钱的时候来求银行！"

诸田脸色苍白，表情痛苦地扭曲着。

"我当然也表达出了这个意思，然后就惹火了副社长。"

伊佐山的脸色阴沉下来。

"她说我们要是再喋喋不休的话就要换合作银行了。"

"她以为她是谁啊！"伊佐山终于忍不住让怒气爆发了出来，他把手里的笔啪的一下摔在了桌子上，"是我们一路忍耐着支持着电脑杂技集团发展了到今天的地步，他们难道忘了吗？"

诸田一副恭顺的样子听着，仿佛伊佐山在骂的是自己一样。

"平山先生好像完全没能理解这一点，或者说根本就没有听我说话的意思……他只说这是最终决定了，让我向部长您传达。"

"什么最终决定让他给我撤回！"伊佐山一副居高临下的态度命令道。

"我也很努力地和他交涉过了——"诸田像是在艰难地选择着措辞，"非常抱歉。"

"太不像话了。"

伊佐山虽然非常愤怒，但另一方面，他更急躁。可以说，这是他就任证券营业部部长以来所遭遇过的最大危机。

截止到成为电脑杂技集团顾问的那一刻，一切还都是顺风顺水地进行着的，对于那些反对他强硬做法的异议，也都通过三笠副行长的斡旋以收益第一的理由给压制下去了。

通过场外交易的方式一口气取得大量股份，因而让世间惊叹、业界瞩目，这些都是预料之中的。先做出要公开收购的样子，然后转手去收购扮演东京 SPIRAL 白色骑士的 FOX，这样就能取得过半数的股份，使出如此惊艳的一记大逆转绝招，原本想必定会给整个业界都留下强烈震撼的印象。

然而，现在这个计划就这么被无情地粉碎了，只留下一个残破的空壳而已。

成功完成收购的同时还能一起救济了 FOX，此外更将在企业收购领域提高东京中央银行的地位——多么完美的一箭三雕的计划啊！然而现在怎么样呢？不得不靠公开收购击败东京 SPIRAL，救济 FOX 的计划成了空中楼阁，甚至跟电脑杂技集团之间也发生了摩擦。

这一切的一切，都怪那个半泽。

伊佐山一想起对方那张可憎的面孔，不由得咂了咂舌。

痛苦至极的伊佐山拿起了桌上的电话，打给了人事部的室冈和人。

室冈正好在，他一听伊佐山说"有要事和你相商"，便心领神会地说道："我马上就过去。"数年前在证券部门工作时，室冈曾经是伊佐山的部下。

"前段时间还是营业二部次长的半泽你认识吗？"

"当然认识，以前偶尔一起开过次长会议。"室冈说到这里便停住了，等伊佐山继续说下去。

"我就在这里说说，证券部现在有个案子，正在秘密进行。"

"是和电脑杂技集团有关的吗？"室冈立刻就猜到了，他的第六感还是一如既往地那么敏锐。

伊佐山点点头，继续说道，"东京中央证券居然担任了东京SPIRAL顾问的位子，把我们原本的计划都给破坏了。他可真是个会添乱的人啊，三笠副行长都看不过去了，把他叫过来询问详情，他居然满不在乎地跟副行长顶撞、强词夺理，真是的，就拿他那种人没办法了吗？"

"其实，三笠副行长私下里也跟我们部长说过同样的话。"

"真的吗？"

室冈说出来的消息不禁让伊佐山感到很意外，他不由得向前探了探身子，问道："副行长他说什么了？"

"这话我就偷偷跟您说一下，副行长他提出，是不是把半泽从证券调到别的子公司去比较好呢？"

"部长怎么说？"

"只是表示他知道了。"

看着伊佐山那副期待落空的没精打采的样子，室冈又添了一句，"您也知道，兵藤部长还是比较欣赏半泽的嘛。"

其中的原因伊佐山很清楚，半泽以前曾经在兵藤手下工作过。

"旧S余孽之间的互相包庇吗？"伊佐山不假思索地说道。

"我觉得倒也不是。因为事实上也的确师出无名。"室冈解释道，"就算是兵藤部长，也不太会违背三笠副行长的意思。不过话又说回来，半泽才刚被调到证券公司不久，再怎么说也不可能这么快又把他调到别的地方去。"

"都什么时候了还管这些？"伊佐山一脸不悦，烦躁地说道，"这种事放任不管的话，只会给公司利益带来损失，何止啊，已经造成很大损失了。"

"不过毕竟对方比较占理啊。"

室冈的话里夹杂着些难以明说的意思，伊佐山听了，不由得怅然若失。他听出了室冈话里所包含的对银行横抢顾问合同这一行为的内疚之情。不得不说，室冈确实是那种不偏不倚的人。

但伊佐山就是看不惯他这一点。

"室冈，你再想想，一开始和电脑杂技集团签合同的的确是证券，可是证券根本不具备完成这种大型收购案件的经验和能力，我们只是在他们失败丢脸之前接过来了而已，这才是最理想最现实的选择。"

"我也这么觉得。"室冈随声附和道，"证券的确只适合小打小闹。我还不太清楚这里面的来龙去脉，但他们想要担任东京SPIRAL顾问恐怕也是很难的事吧。只要部长您正在进行的收购有了结果，半泽那事儿也就能解决了吧。在副行长面前兴风作浪大放厥词，半泽是不会有将来的。"

"到时候你可不要心慈手软啊，室冈。"伊佐山眼里放出了光。

"当然。"室冈严肃地回道，"到那时候，谁都庇护不了半泽，部长您现在就放下心来，全心全意地推进收购案就好。"

听室冈这么一说，伊佐山的脸色才好不容易转了晴。

7

　　此时，乡田正一个人待在房间里，心不在焉地对着窗外的夜景发呆。

　　本来晚上是有饭局的，乡田让秘书去回绝了那个承包商。饭局是在巨额损失曝光之前答应的，现在取消的话，想必对方也能松一口气了。

　　现在乡田应该做的，就是考虑怎样才能起死回生这个最大的难题。

　　先是拜托电脑杂技集团而被拒绝，然后把和其谈话的内容告知了银行之后又过了两天，却音信全无。不是银行说服平山失败，就是还在艰难交涉中。

　　不管是哪一种情况，对方表现得如此不情愿，即使接受了救济，之后的合作想必也是不会顺利的。是时候该放弃电脑杂技集团这个选择了。

过度竞争和倾销战导致了收益下降，紧接着，在主行业中又出现赤字。现在FOX所背负的问题是结构性的，就算接受了贷款，如果没有本质改变的话，也不可能打开未来的新局面。

要打开新局面就必须有新战略。但年轻时灵感如泉涌的脑袋到了现在却空空如也，什么都想不出来，不知从何时起，他的思维失去了灵活性，像渐渐干掉的奶酪一样，已经僵化了。

"老了，脑袋不中用了啊。"乡田喃喃自语着，声音嘶哑得像干裂的土地一样干巴巴的。

自己到底是从什么时候开始已经这么老了呢？现在的乡田，感觉自己本来是一直目不斜视地朝着一个方向全力奔跑，然而回过神来时，却发现自己跑错了路，离最初设定的目标已经越来越远了。

乡田慢慢地环视了一下自己的社长室。

宽敞的房间里摆放着各种奢侈的家具。然而现在，这些东西在公司负债比资产还多的乡田眼里，看起来就像是一堆堆的债务。

现在的乡田已经一无所有。

"不就是回到白手起家的时候了嘛。"

乡田努力让自己这么想，嘴里却还是不自觉地发出了一声无奈的叹息。

不，不一样，那时的我还年轻。而现在——

怎么才能起死回生？乡田又回到了这个命题上来。他不得不承认，留给他的选择基本都被排除了，剩下的只有一个。

等到拿出手机，拨出某个号码时，乡田已经不再踌躇犹豫。他一边看着玻璃窗中映出的自己那张衰老的面孔，一边等着对方接起电话。

"喂，你好。"耳边传来了熟悉的声音。

"前几天是我失礼了。现在我想接受您的收购提案。"

在等濑名回答的短暂时间里，空气仿佛凝固了，乡田能听到的，只有自己的心跳声。

第七章　生死一搏

1

在电脑杂技集团开始公开收购近一个月后的某个周六，乡田前往东京 SPIRAL 本部拜访了濑名。

"百忙之中还请您抽出时间，真是不好意思。"乡田一走进会议室就赶紧道歉，一边说着一边深深地低下了头。

"哪里哪里，您言重了。"濑名一边冷淡地回应道，一边说了句"请"，让乡田坐在会议室靠里的位子上，而自己则坐到了对面。这个圆桌一般是用来开董事会的，可以坐十个人左右，接到濑名的消息赶来的半泽和森山坐在下首，屏息关注着接下来的事态发展。

"那天我实在是太失礼了，濑名先生，关于那件事我郑重向您道歉。"乡田坐下来第一句话就是致歉，"今天来是想重新了解一下有关贵公司的收购提案。"

"那还真是谢谢了。"濑名轻飘飘地说道，"是什么让您回心转意的呢？"

"我现在说什么听上去都会像是借口的。"乡田低着头，勉强从喉咙里挤出了略带苦涩的声音，"我先是骗了濑名社长，之后又拒绝了收购提案，事到如今我再怎么辩解也只会让我自己更加内疚不安。在那之后我和平山社长见过面了，说了贵公司的收购提案一事，我原是希望能按照本来的计划接受电脑杂技集团的救济，但是，平山社长却似乎不是这么想的——到头来还是被你说中了啊，半泽先生。"

乡田悔恨地咬紧牙根，再度看向濑名："老实说，现在的我只有一条路可走了。东京中央银行的支援已经指望不上了，也没有什么公司会代替电脑杂技集团来救济我们，我想了很久，拯救公司唯一的方法就是接受贵公司的收购提案。"

森山看了半泽一眼，正如他们所预料的一样。半泽微微领首，但濑名却板起脸来。

"我知道了。不过我还是要说一句，乡田先生，你还是没明白啊。"濑名的态度意外地冷淡，"我理解你因为公司已经无法自主再建而到处找出路的苦心，至于被平山先生的花言巧语所骗而迷失了自己，我也不是不能理解。但正如你刚才所说的，似乎是因为没有公司代替电脑杂技集团救济你们，所以你才想到了接受我们的收购提案，你不觉得有点太天真了吗？"

感受到了濑名沉静中的愤怒，乡田却无言以对。

"再说了，"濑名继续说道，"'别无选择了所以接受收购'，这样的说法行得通吗？乡田先生，你大刀阔斧的经营究竟去哪儿了？你的信条不应该是积极经营吗？"

乡田表情僵硬地呆坐着，依旧什么也说不出来。濑名仍继续说道："我是不知道你是怎么想的，但我却相信，如果我们收购了 FOX 的话，会和我们的门户网站产生非常好的协同效果。我们根本没有什么要利用 FOX 的念头。收购之后，我公司和贵公司都可以得到新的发展和成长——所以我才下决心要收购的。在这个意义上，我也和平山先生一样，都是计较得失的人。要是只是因为走投无路才接受了收购，那还不如干脆不同意的好。"

濑名明确了自己的态度："无论发生什么，我都会在公开收购中取得贵公司过半数的股份，到那时候，如果你已经没有了继续战斗的意志的话，那就得请您离开了。"

"濑名先生，能请教一下吗？"乡田两手紧紧地抓着膝盖，问道，"贵公司为什么要收购我们？对于贵公司而言，我们公司真的有被收购的价值吗？"

"有。"濑名直视着乡田的眼睛说道。

"是怎样的价值呢？"

"这怎么能说出来呢？这是商业机密啊。"濑名还是那副爱搭不理的样子，"况且我还没到能完全信任你的地步。"

"我之前的种种行为真的很对不起您。"乡田道歉道，"但是作为 FOX 的社长，我只想知道，对于贵公司来说我们公司究竟在哪方面有吸引力。要是想在董事会上得到赞成的决议，连这些都不知道可就太不像样了。"

"这是事关我们公司战略的事。要想知道的话，就签个

NDA[①]。"

"当然没问题。"有了乡田这句话，协议书很快就被送过来了。

乡田毫不犹豫地签了字，然后重新问道："现在能请您告诉我了吗？"

"好吧。简单来说，就是通过我们的门户网站优先销售 FOX 的商品，单单这一点我觉得就有很大的收购价值。再者，我们感兴趣的是你们的一家子公司——Copernicus。"

"什么？"

听濑名这么一说，乡田不由得愣了，"Copernicus？旧金山的那家吗？"

"对，就是那家 Copernicus。"

"那就是学生闹着玩一样的小型在线购物公司而已啊……"

"但发展得很好。"濑名说着，和森山对视了一眼。

第一个注意到 Copernicus 成长性的，是森山。

"如果加上我们公司门户网站的销售经验，那家公司就有可能实现飞跃性的发展。而且和这个在线购物网站配合起来，可以预期，我们能顺利打入美国市场。"

"原来是这样。"

乡田仿佛一口气松下来一般，怅然地靠在了椅背上。

"我们进入正题吧。"这时候半泽说话了。

"贵公司的股价在之前那次巨额损失曝光以后就崩盘了，这

---

① NDA 是 Non-disclosure Agreement 的缩写，即保密协议。

对我们倒是件好事，所以我们想尽快收购下来。"半泽一边说着，一边让森山取出了一份资料放在了桌子上，"在进入公开收购之后的一周里，东京 SPIRAL 已经取得了贵公司百分之三十五的股份，能否请您在贵公司的董事会上进行赞成收购的决议呢？这样就可以进一步加快这一进程。"

"如果乡田先生诚心想和我公司合作的话就拜托了。"濑名本来是面朝着窗的，现在他把椅子转回来，看着乡田，说道，"希望您能帮助我们击溃电脑杂技集团和东京中央银行的收购计划。"

2

尊敬的各位股东：

本公司在 11 月 25 日召开的董事会上，通过了东京 SPIRAL 股份有限公司的收购提案。同时也通过了希望我公司的各位股东响应该公司举行的公开收购的意见，谨此告知。

收购之后，我公司将隶属于东京 SPIRAL，我公司承诺，会竭力发挥和该公司商业资源合作所产生的相辅相成效应，谋求今后的进一步共同发展。

谨希望各位能赞同我公司所做出的决议。

FOX 股份有限公司

董事长 乡田行成

3

　　"这算什么意思？"伊佐山把 FOX 送过来的通知摔到桌子上，不快地皱起了鼻子，说道，"乖乖地被收购不就好了吗？我们这边只不过态度稍微冷淡了一点而已，话音还没落呢，他就跑到敌人那边鞍前马后去了。乡田社长怎么是这么个人啊，到底在想些什么啊？！"

　　"大概是已经失去了正常的判断能力了吧。"和感情用事的伊佐山正好相反，野崎非常仍静地分析道，"他估计心里在想，只要能救自己公司就行，不管对方是谁都可以吧。所谓钱断缘尽啊。"

　　"不觉得可耻吗？到头来还开了董事会来赞成收购。"

　　"那倒是正中我们下怀啊。"野崎一副胸有成竹的样子，"现在东京 SPIRAL 还能勉强维持住股价，那都是因为外界对这次收购的意义还抱有不切实际的幻想。他们觉得濑名说不定会给他们变个魔术给个惊喜什么的，但那也只是幻想罢了。只要他们明白过来那不过是在诓他们，股价马上就会暴跌的。"

现在的情况是市场价超出了电脑杂技集团的公开收购价，令人瞩目的收购进行得似乎不够顺利，但野崎似乎并不担心。

"到那时候，真想看看他们的表情。"伊佐山冷笑道，"眼看着就要跌进深渊了，这时候居然还能悠然自得地玩收购啊？真有闲情逸致啊。平山社长说什么了吗？"

伊佐山没有朝向野崎，而是问诸田道。

"他说暂时观望一下。看样子平山社长还挺冷静的……"

诸田不知为何有点吞吞吐吐的，这让伊佐山挑了挑眉头。

诸田继续说道："啊，有件事跟这个可能也没什么关系，是平山社长跟我谈起了人员变动的事，说财务部部长玉置先生辞职了。"

"为什么？"

伊佐山不得不关心起来，财务部部长不仅是公司和银行的交易窗口，同时更是经营的关键所在，一旦辞职，事态必然不稳定。

"平山社长也没有细说，只说是玉置先生自己主动提出辞职的。"诸田说道，"说不定是因为意见不统一。"

"哪有什么意见不统一？"

伊佐山脸上稍稍带出了有点不耐烦的表情，说道："平山先生本来就是听不进去部下意见的人吧？银行的意见也一样。"

伊佐山还对电脑杂技集团反悔不去收购 FOX 的事怀恨在心。

"也是，平山先生看上去虽然像个工薪族，但其实是非常独裁的。"

诸田已经对平山这点死心了，而伊佐山却难以压抑胸中的怒气，显得很焦躁。

"就算这样也不能想辞职就让他辞职吧，好歹也应该跟我们商量一下啊？什么时候正式公布？"

"据说预备在下周召开的董事会上做出决定后再正式公开。继任基本上已经确定了，由多田副部长顶替上去。多田副部长你认识吗？"诸田看着伊佐山问道。

"啊，我认识，就是个无能的人。"伊佐山毫无顾忌地评价道，"不具备作为财务部部长的经验，也没有玉置先生的敏锐。拍马屁倒是一流，平山社长只是又多了一个马屁精而已。"

伊佐山突然想到，说不定这才是这次人事变动的目的。他又说道："不过话说回来，玉置先生估计也是忍了很久吧，居然在这样大型收购案件进行的过程中辞职……"

"就算玉置部长辞职了，也不会有什么改变。"野崎的语调仍然波澜不惊，"这就是我们顾问的存在价值。这次少了玉置先生这个提意见的，反倒可以成为让平山先生重新认识到银行价值的绝好机会。收购，一定会成功的。"

野崎的声音里充满了自信。

4

半泽走进东京中央证券的接待室，等在那里的男人站起身。这是个脸色略显苍白，目光锐利的年轻人。

"好久不见。新环境怎么样啊？"

"超乎想象。不提这些了，快请坐。"

男子坐在沙发上，略带撒娇般的眼神透过眼镜看向半泽。

"本来我想联系你来着，不过还是稍微有点儿顾虑。"

他和半泽是旧识。

"那是因为你们这种有名的杂志一般看不上外调的人嘛。"半泽说道。

"你说什么啊。"对方伸出手来在面前使劲地摇摆着。他叫田中纪夫，是《白金周刊》的记者，做事很干练，出生于茨城县，外表给人一种悠闲自得的感觉，思路却相当清晰。

"我是担心你可能正忙着呢，所以才没联系你的。不管怎么说，现在这份不得了的'工作'可是正在进行之中呢。"

他说的是东京 SPIRAL 的事。"设局的是半泽先生你吧？"

"为什么这么说？"

"证券子公司向母公司银行发难，能做出这么有趣的事的人，据我所知也就只能是半泽先生你了。今天也是为了这件事？"田中嗅觉敏锐地问道。

"想必你已经知道了。由我公司担任顾问的东京 SPIRAL 决定收购乡田行成的 FOX。这话也就对你说说，我们真正的目的是 FOX 旗下的 Copernicus。"

"Copernicus？"田中惊讶地问道，"那是什么？"

"是一家位于旧金山的在线购物公司。你看看这个。"

半泽拿出了关于 Copernicus 的详细资料，从地址、法人代表、资金等基本数据，再到从创立起直到上个月的新增顾客趋势及销售量，其收益也一目了然。

"原来如此，是一家快速成长的 IT 子公司呢。"

面对田中投来的询问的目光，半泽默不作声地又递上了第二份资料。

半泽静静地看着田中的表情随着翻页渐渐发生变化。没过多久，田中惊愕地抬起头。

"真是一个惊人的计划啊！"

田中手里拿着的是东京 SPIRAL 的商业计划案，右上角上盖着"对外绝密"的红色文字的印记。这份绝密文件中记录着东京

SPIRAL 和 Copernicus 即将展开的新业务的详细计划。

进行了全面革新的东京 SPIRAL 搜索引擎 "SPIRAL" 美国版，并导入新开发的搜索技术，给人一种耳目一新的感觉。然后使之与 Copernicus 联动起来，描绘出了一幅以全美最大购物网站为目标的雄伟蓝图。而给这份看起来宛如空中楼阁般的大胆计划增加了可信性的，则是世界最大软件公司 Micro Device 给予的三亿美元的出资与合作。是通过濑名与这家公司的创始人约翰·霍华德之间的个人关系而诞生的国际性商业计划。

"半泽先生，这件事，你对别人——"

田中从裤子的屁股口袋里掏出手帕擦了擦额头上的汗，由于过度兴奋说话声音都在微微颤抖。如果这份计划能推行下去，IT界就可能会诞生一个巨人，一个名为 Copernicus 的巨人。

"我没有对任何人说起过。"半泽回答道，"就连这份资料也是第一次让第三方知晓。"

"那么，就真的让我们周刊这么发表出来吗？"

"当然。"

一定是特大新闻。《白金周刊》上登载的文章是得到公众好评的。虽然在周刊这种媒体上刊登比不过报纸的时效性，但如果要占用大幅版面刊登详细准确内容的话却是再合适不过了。

"不好意思，我要先取得编辑部的同意。"

田中慌忙从口袋里拿出手机，向接电话的人传达了刚才谈话的概略。从谈话内容上可以听出电话的另一端是主编池田尚史。池田有着业界第一铁腕主编的名声，据说他有着瞬间就能看穿新闻价值的准确判断力。

"刚才和池田说过了。"通话结束后，田中带着紧张的神情看着半泽，"编辑部说决定用它来替换原定下周发行的一部分版面的内容，因此，不在明天之前完稿就来不及了。除了和半泽先生详细讨论这份战略，能否也让我和濑名社长谈谈呢？我想尽可能获取更多独家情报，做一个别的媒体无法企及的报道出来。"

"濑名社长已经答应了。"在请田中来之前，半泽就已经提前跟濑名谈妥了，"选一个田中先生方便的时间段，濑名社长那里会配合的。"

"太好了。"

田中打开记事本，选了当天下午四点之后的时间段。然后半泽立即与濑名取得了联络，做好了预约。在临近发稿之前的独家报道，是以速度制胜的。

"可以了吗？"田中打了声招呼，然后从包里拿出录音器放在了桌子上。

半泽看着录音器闪烁着的红光，开始徐徐地讲述这项伟大的商业计划。

5

诸田结束和伊佐山、野崎的三个人会议，一回到自己的位子，就赶紧问道："今天东京 SPIRAL 的股价怎么样？"

"比昨天涨了一百日元，现在是两万四千三百日元。"毛冢回答道。

诸田的脸阴沉下来。这比电脑杂技集团的公开收购价格高出了三百日元左右。东京 SPIRAL 发表了要收购 FOX 的消息之后，人们都在期待所谓的"濑名魔术"，于是股价一口气涨了数百日元，到现在还是不见要跌的样子。

面对愁眉苦脸叹气的诸田，毛冢问道："是否考虑提高公开收购价？"

"暂时不用，野崎说，股价马上就会下跌的。"

毛冢没有马上回答。不过看他的表情就知道，他对野崎的话不置可否。果不其然，他稍作思考之后，慎重地说出了自己的想法。

"我觉得，应该把野崎次长的看法当成一种思路，同时也要事先多方讨论其他的可能性啊。至少也要探讨一下我们到底能支援电脑杂技集团到什么地步吧，平山社长似乎也对这不太顺利的开头有点担心。"

确实，正如毛冢所说的，不管野崎分析得多么在理，也不过纸上谈兵，都是他的一厢情愿而已，还要考虑对方。平山也有他自己的看法，他要是说想提高收购价格的话，那就不可能不进行讨论。话虽如此，这也不是讨论讨论就能简单得出结论的事情。想想也让人觉得头疼。

"计划受挫一事也多多少少伤到了平山社长对我们的信任啊。"

诸田的胃部一阵抽搐地疼痛起来。要不是半泽多管闲事，说不定这时候东京SPIRAL已经被电脑杂技集团牢牢地掌控在旗下了呢。不过话又说回来，诸田的心底里还是很费解，到底是谁把计划泄露出去的呢？不过他非常肯定一点，绝对不是组里的人干的。

"关于这件事，我觉得有些情况还是应该跟您说一声比较好。"毛冢故意压低了声音说道，"关于这次我们的内部情报泄露出去，我觉得有一个人非常可疑——"

诸田不由得挑起了眉头，催他继续说下去。

"是三木。"

"三木？"这个名字让诸田觉得很意外，不解地反问道，"但他又不是我们组里的成员，怎么泄露出去的呢？"

"是复印的时候。"毛冢这话大出诸田意料之外。

"那是怎么回事？"

"有人让三木帮忙复印资料，刚好这次的计划蓝图就在那份资料里面。"

诸田咂了咂嘴，皱起了眉头。

三木在总务组备受冷遇的事，诸田都只当没看见，他自己心里对三木的实力也是抱有疑问的，但是他无论如何也想不到这家伙居然在这种时候给他下绊子。

"三木心里非常不满。"毛冢断言道，"他对现在的工作岗位非常不满。"

"作为一个银行职员，居然敢对人事调动不满吗？"诸田装模作样地唱起高调来，"让我们做什么我们就只管服从命令就对了。"

"您所言极是。"毛冢恭顺地附和道，接着说，"不过三木肯定不是这么想的，我觉得应该去好好地问他一下。"

诸田根本没这个念头。就算三木是泄露情报的真凶，但如果这事被曝光出来的话，很可能连带着把自己和伊佐山私下做了交易的事也要一起曝光出来。一定要避免变成这种局面。

但是这时诸田突然抬起头来。

突然，诸田的脑子里浮现出了一个想法。

如果真是三木和半泽暗中勾结的话，能不能反过来利用这一点呢？

6

　　眼看着这一天就要过去的时候，一个电话似乎是掐准了时间打了进来。

　　此时已经是晚上十点多了，乡田正准备走出位于五反田的办公室，看到电话液晶屏幕上显示出的名字，他立刻止住了脚步，是电脑杂技集团的原财务部部长玉置。

　　"哎呀，好久不见啦，后来一切进展如何啊？"

　　"很抱歉这么晚才跟您报告，我想您应该也有所耳闻，我已经辞职了。"玉置客气道。

　　"我听说的时候也是吓了一跳啊。"

　　乡田把手机贴在耳边，慢慢地踱到房间的另一边，在办公桌前坐下来，从那里眺望着窗外的夜景。

　　玉置向乡田汇报着，自那日之后自己的工作已经全部交接给了后任，然后他再次郑重地道谢说："非常感谢您一直以来的关照。"

在电脑杂技集团与 FOX 合并项目的工作组里，玉置曾发挥了非凡的能力，让乡田也青眼有加。

"这样啊，我知道你可能也有不便说与他人的苦衷。不过我有些事想征求下你的意见，你看什么时候有空，一起吃个饭如何啊？"

"从明天开始我有的是时间。"电话那边传来半是自嘲的声音，"选个乡田社长您方便的时间就好。"

乡田看了看桌上的日程表。

"后天晚上怎么样？八点之后，订好地方之后，让秘书跟你联系。"

"我很期待。"

挂断电话之后，乡田又出神地看了手机一阵子，然后松了口气般地把手机放进了裤子口袋里。

* * *

乡田预约的是一家乡田偶尔光顾的位于银座的寿司店。他比约定时间早到了五分钟，走进去一看，玉置已经坐在里面边喝茶边等他了。

"今天要谢谢您招待了。"玉置站起来和乡田打招呼。

"不要这么拘束嘛。"乡田一边坦率地说着，一边在摆好餐具的吧台边的位子上坐下来。

"话说回来，我是真的很吃惊，你之前就有这个念头了吗？"干杯后，乡田问道。

"不好意思，真是给您添麻烦了。"玉置郑重道歉，"把做了一半的工作扔下不管，实在是太抱歉了。不过，我也真的是忍耐到了极限了。"

玉置所说的工作，是指制定 FOX 和电脑杂技集团合并后的未来经营发展战略。但是，与电脑杂技集团合并这件事本身已经作废，制定战略什么的自然也无从谈起。

"什么事情进展不顺利吗，为什么要辞职呢？"乡田给自己倒上了啤酒，问道。

"我想抱怨的事儿其实挺多的，不过最让我不能接受的还是决定要收购东京 SPIRAL 这件事。"

这个回答很出乎意料。

这长长的 L 形吧台座上，除他们外还有两对客人，不过都离得比较远，两人说话也不用担心会被听到。厨师也是二十几年的老相识了，不用害怕话被外传。

"与其花那么多钱去收购别的公司，还不如老老实实地投资在本来的业务上呢。但是平山先生根本听不进去，就这么独断专行地决定要收购东京 SPIRAL 了。"

"原来如此，不过你为什么觉得这个不可行呢？"乡田又问道，"收购东京 SPIRAL 这个决定有那么糟糕吗？"

"要收购的话，东京 SPIRAL 的规模还是太大了。"玉置直言不讳地说出了自己的意见，"不，不仅仅是大的问题。最关键的是，平山先生根本没想好收购之后的路该怎么走。甚至连收购之后怎么和电脑杂技集团的各项既存业务顺利接轨这一点都没有搞清楚，就在这种情况下开始收购，他实在是操之过急了。"

"那他为什么这么急呢？"乡田问道。

"因为在本来的经营上有了危机感。我并不是恭维您，我是真的觉得收购 FOX 这个决定不错。确实 FOX 在本行业上因为过度竞争等原因，现状也很不容乐观，但如果把子公司也一起考虑进去的话，那么非常有希望发挥相辅相成效果的资产就大幅增多了。"

"相辅相成的效果吗？你是说收购东京 SPIRAL 就不能取得这样的效果，对吗？"

玉置点了点头："我不是说一定没有，只是还不能肯定地说到底能有什么效果。所以我觉得在这种还不甚明了的情况下就贸然投入大量资金的做法本身就是错的。公司处于这么个重要的节点上，社长却根本听不进我的劝告，这让我觉得继续待在这个公司里也没有什么意义了。"

"原来如此，是这么个情况啊。"乡田貌似很理解，他接着说道，"现在形势倒反转了，变成我们要加入东京 SPIRAL 旗下了。"

"我也听说了。"玉置看着前方，手里装着啤酒的杯子略微倾斜着。

"你一定觉得我们这是叛徒行为吧？"乡田自嘲道。

"不，我并不这么觉得，"玉置直视着乡田，斩钉截铁地说道，"这是正确的选择。如果是东京 SPIRAL 的话，一定可以很好地培养贵公司集团里优秀部分的，比如说——子公司 Copernicus 等。"

乡田瞪大了眼睛，说道："你也这么想吗？"

"虽然合并委员会把所有的注意力都放在了有关本来业务部分上面，但从我个人的角度而言，我还是比较关注 Copernicus 的。公司虽然小，但是发展得却很快，您难道不感兴趣吗？"

乡田不禁在心底里暗自叹服，不愧是玉置。"其实我跟平山先生也说了这家子公司的事，告诉他只要利用得当，说不定就能取得奇效。可是平山先生完全没有听进去我说的这些话，想必是由于公司在美国，他对那边的事情也不了解的缘故吧。"

乡田一边回忆着，一边深有感慨地点着头。平山根本没有认可 FOX 的价值，这一点在平山反悔的那一刻他就知道了。

"所以就算并入电脑杂技集团，对乡田先生您来说也未必是个好结果。"玉置说道。

听了玉置的这番话，乡田不由得怅然若失。

"听你这么一说，我倒也觉得心里没那么憋闷了。那你呢，接下来准备怎么办呢？已经找好去处了吗？"

"还没有。"玉置摇了摇头，"不过我倒觉得这也是个好机会，可以好好考虑一下今后的人生。"

"嗯，这样也不错。不过万一找不到合适的去处的话，可否考虑一下我们公司呢？"

听到乡田的邀请，玉置不禁惊讶地抬起了头。

"谢谢您的邀请。怎么说呢，我刚刚辞职，还没想清楚以后到底该怎么走，能否允许我考虑一段时间呢？"

"不太想来我们这种自主再建都困难的公司吗？"

"不，不是这样的，"玉置连忙否定，"只是，我在电脑杂技集团一直负责财务这一块，从立场上讲，我知道很多不宜外传的机密，就算现在辞了职，从道义上来说我还是应当遵守财务人员的规矩的。"

"你真是太正直啦，真是你的风格。"乡田赞赏道，"还有，要不要和濑名先生见一面？去亲眼看看他到底是个怎么样的人吧。"

"谢谢您这么为我着想。"玉置不好意思道，"反正我闲得很，有机会的话请务必叫上我。"

"一定一定。唉，我本不想说这些严肃话题的，先把工作的事放放，聊点别的开心的事吧。"

于是两个人的话题从经济环境这个宏观性的话题，渐渐地聊到了哪里的哪家公司的谁做了什么等业界传闻，两个人本来就性情相投，这次敞开心扉聊得非常开心。寿司也快吃完了的时候，话题转来转去又回到了电脑杂技集团的事上来。

"这事我就跟你说说，平山先生一开始是请了东京中央证券当顾问的，你听说过这件事吗？"

玉置把啤酒换成了热烧酒，举起杯来刚要喝，听了这么一句，把送向嘴边的杯子又放下了，惊讶地说道："第一次听说呢。平山先生在收购这件事上也是极端的保密，我们知道的时候，都快要进行收购的公开发表了，那时候顾问就已经是东京中央银行了。"

"平山夫妇的独断专行吗？"乡田惊呆了。

"所以说这家公司已经不行了啊。"玉置已经有些醉了。平时就算心里再不舒服，玉置也一直没有对平山加以责难，如今是趁着醉意，一不小心就说出了真心话。

"似乎是东京中央银行横插一脚进来抢走了顾问的位子。"乡田说道，"但是东京中央证券负责这个案子的部长却对这一点抱有疑问，说了些意味深长的话。"

玉置也很好奇，问道："什么疑问？"

"他说：'为什么平山先生一开始去找的是东京中央证券？'"

玉置神色一下变了，像是被打了个措手不及。

"我想大概你最清楚了，在此之前电脑杂技集团都没怎么把东京中央证券当回事，那为什么还要把这么重要的案子交给他们呢？东京中央证券那个叫半泽的部长说，他一直很在意这件事。"

"很有趣的想法呢。"

玉置从乡田那里收回了视线，转而看向寿司盘，然而他的双眼还是找不到焦距，不断地游移着，在那么几秒的时间里，玉置的思绪不知飞到什么地方去了。

乡田终于察觉到玉置的异样，他收起了笑意，问道："你有什么头绪吗？"

"现在的我还不能随便说什么，只是——"

玉置终于回过神来，表情变得很认真："那位部长，是叫半泽吗？我只能说，他的眼光很不错。"

7

　　诸田被平山叫去的时候就有一种不祥的预感。到现在公开收购依然没有什么很大的进展，而公开收购的期限在一天一天地逼近。

　　"是不是该提高一下收购价格？"果然，平山单刀直入地说道，"像现在这样袖手旁观，怎么可能有进展呢？"

　　"我能理解您的心情。但时间还很充裕，就请您再等一等吧。毕竟抬高收购价就意味着成本的上升。"

　　平山审视般地端详了诸田一阵，再次问道："你已经知道东京SPIRAL 今天的股价了吧。"

　　股价为两万四千三百日元。

　　电脑杂技集团的收购价两万四千日元，现在高出了三百日元。"电脑杂技集团收购东京 SPIRAL 的计划进入苦战"，今天早晨的经济新闻如此报道。平山之所以如此焦躁，也是因为他介意这种社会评价吧。

"股价总是会变动的。"诸田耐心地说服平山，"现在人们对收购 FOX 一事正处于充满期待的时候，但这种情况绝不会维持很久，FOX 一定会成为东京 SPIRAL 的沉重负担。就算 FOX 像是在讽刺贵公司似的选择被东京 SPIRAL 收购，到头来该怎么样还是怎么样，没用的公司是翻不了身的，不久股价就会回落到正常的价位上来的，现在只需耐心等待。"

平山没有马上回答，两手抱在胸前，靠在椅背上。

腋下已经渗出了冷汗，让诸田觉得很难受，他强忍着没有皱眉头。到底是该提高收购价，还是保持现状呢？这个一副工薪阶层外表内里却手段非凡的经营者接下来究竟会怎么说呢？老实说，诸田有点战战兢兢的。

一旦提高了收购价格就需要追加支援，但这样的决议一定很难通过。对于银行来说，改变一度决定下来的投资额上限绝对不是什么好事。

这世上哪有取之不尽的钱呢？

但是他怀疑平山是否能察觉到这一点呢？这事很不好说。

"诸田先生，我一直相信速度是胜负的关键。就算成本多少会上涨一些，但比起像现在这样拖拖拉拉，我还是更希望用速度一决胜负。越早行动机会越多，这次的事也是一样。我希望能把收购价格提高一千日元左右。"

"一千日元吗……"

这下诸田实在忍不住了，愁眉苦脸起来。就算知道平山现在很是不满，但既然行内还有着这样那样的情况，那就容不得诸田轻易地说出一句"好的，我明白了"。要提高一千日元的话，就必然追加支援数十亿日元的资金。对于电脑杂技集团这样的企业来说，本来的贷款额就已经高得过分了，现在不可能再继续追加，最好避免本来就不相符的融资额进一步膨胀。

"社长，我们也想促使收购成功。不，不如说比起社长，我们更是在博这一次机会。"诸田说道，"我行的证券部门内有很多行情交易的专家，他们认为现在提高收购价还为时尚早。就让我们再等一等吧。"

"要是专家的意见靠得住，那你们自己买进卖出不早赚翻了吗？"平山说道，"事实上并不是这样的吧，也就是说，那些人说的也不能太当真，对吗？"

"话虽如此，现在就提高价格也实在太早，绝不应该急急忙忙、毫无准备地就增加成本。"

诸田耐着性子道："公开收购的期限还有三个星期，至少再等一个星期看看情况吧。"

诸田抬起头，看到的却是平山那根本不为所动的眼神。

他感觉自己的胃刺痛了一下。

"等？光等有什么意义。"平山道，"能不能请你即刻回去，探讨一下这件事呢？我希望在今天，最迟明天之前就能听到结论。我接下来有事要出去，告辞。"

平山没有给诸田任何辩驳的机会，便单方面结束了会谈。

＊　＊　＊

　　“这样一来的话，大概还需要多少？”

　　诸田报告完情况，挨过了那漫长得令人窒息的沉默，终于听到伊佐山这句问话。他指的是伴随着收购价格变更所需要追加的资金。

　　“按照收购过半数的股份来推算的话，还需要大概四十亿日元。”

　　诸田把数字说出来的瞬间，伊佐山双手抱胸，抬头望天，眉间那纵向的沟壑则在叙述着这绝非易事。

　　本来，给这次收购准备的金额总共就有一千五百亿日元，再加四十亿不就是个零头吗——虽然伊佐山个人很想这样来思考，但一旦想到在这之前先要经过层层审批，而这审批又多么艰难，伊佐山就知道这不是金额多少的问题。

　　“这点儿钱他自己出不就好了吗？”伊佐山鼻子里喷了一口气出来，怅然问道，“虽说我们是顾问，但全部都靠银行的支援算怎么回事啊，平山先生究竟怎么想的？”

　　“平山先生似乎没有自己出钱的意思。”诸田道。

　　“你说服他了没？”伊佐山随即问。

　　“没有。”

　　伊佐山咂了咂舌，道：“你也知道我们有我们的苦衷，既然这样就该去好好交涉啊。”

　　他像是会听人说服的人吗？……诸田好不容易把这句咽了回

去：“十分抱歉。”总之先低头道了歉，然后委婉地说道，“您也知道，他是那种一旦下定决心就很难改变主意的人。”

“他为什么要慌啊，就不能再等一下吗？”野崎不高兴地说道，“东京SPIRAL的股价马上就会跌的啊。”

“我也说了，但是他不相信。”

“那个社长就是个蠢蛋。”野崎下结论道，“心血来潮要搞收购，到头来他却根本搞不懂市场的战略策略。既然已经聘请了我们当顾问，老老实实听话照做不就好了，就是因为身为一个门外汉还想插手才会让问题变得如此棘手。”

“平山社长说今明天之内一定要拿出结论。”诸田道。

“什么居高临下的态度啊，他以为他是谁啊。”野崎恶狠狠地说道，转而问伊佐山道，“部长，怎么办？”

伊佐山神经质地把圆珠笔尖在资料上戳来戳去，然后为难地开口说道：“一会儿我给平山社长打个电话吧。”然后又问道，“现在收购情况怎么样了？”

野崎把抱在胸前的文件夹翻开，读出了今日的收购情况：“现在取得了百分之三十三的股份，相信只要股价一下跌，收购起来就很快了。”

他接着说道：“东京SPIRAL玩的那些小伎俩说白了根本没有意义，证券帮他们做的那些，能称得上是在好好提供建议吗？他们现出原形也只是时间的问题罢了。”他恨恨地笑了。

然而——

星期一，结束了早上八点开始的例行联络会议，野崎回到自己位子上，先是看了看屏幕上显示出来的股票行情。

最近几周，关注东京 SPIRAL 的开盘价已经成为野崎每天早上必做的功课。

此时正好是九点过几分钟，应该已经更新了开盘价。

但这时，野崎还没有意识到自己正看着的东西意味着什么。

一开始野崎以为数字还没更新上去，刚开盘，这是常有的事。

但然后，野崎便目睹了惊异的一幕：报价涨了近五百日元。

野崎不禁怀疑起自己的眼睛来。

"这是、什么……"

东京 SPIRAL 的股价正在发生着某种变化。

8

"诸田，你过来看一下。"

一边叫着诸田，野崎一边还是死死地盯着屏幕上的走势图。诸田正准备参加部里的会议，听到野崎叫他，便顺着他手指的方向看了过去。

他也瞠目结舌了。

"为什么会这样？"

野崎调出新闻网页，目光扫过新闻概要。

"是因为这个吗？"

野崎指了指一条十分钟前更新的新闻速报。

——东京 SPIRAL 收购 FOX 计划中所隐藏的重要战略。《白金周刊》独家报道。

"有谁买了今天的《白金周刊》吗？"野崎喊了声。

"我买了。"一个年轻行员回答道。

"给我看看。"

这个年轻行员从桌子旁边的包里面抽出一本杂志，正要递给野崎，余光扫过封面上的大字，动作不由得停顿了一下。

濑名魔法。

"你这浑蛋！"野崎一看到封面就开了骂，"你知道我们现在做的是什么案子吧。看到这种东西就应该研究一下内容然后马上报告嘛！真是的，脑子里都在想什么啊！"

野崎本来就性情急躁，被这么一刺激就直接发了火，那个年轻行员一下像被浇了盆冷水一样蔫了下去。

野崎粗暴地翻起手里的杂志特辑，眼看着他的脸越来越涨红，等到把最后一页看完，他直接把整本杂志狠狠地摔在了桌子上。

"Copernicus？"诸田接着读完了报道，注意到了这个公司的名字，不由得感到很迷惑，他问野崎，"是 FOX 的子公司，你知道吗？"

"那种小公司，根本不知道啊。"

野崎恶狠狠地说完，扭曲的脸上不知是愤怒还是焦虑。

报道中写到，东京 SPIRAL 注意到了野崎他们银行顾问组所没有注意到的子公司，并已经将这家子公司定位为他们进入美国市场的经营战略之核心。至于这事并非纸上空谈，Micro Device 三亿美元的投资可以很好地证明这一点。

东京 SPIRAL 的股价会因为收购了 FOX 而下降——

野崎的这个主张已经作为证券营业部全体的意见呈报给了董事会，被问起来的话，可不是简单一句"我不清楚"就可以交代过去的。

对于自尊心极高的野崎而言，让他承认他了解情况不到位就等于承认自己的失败。

切换回股票窗口，东京 SPIRAL 的竞买价行情 ① 已经上涨了将近一千日元，并仍在持续跳动中。

"不妙啊。"诸田不由得叹了口气。

"周刊报道的也不一定都是真的！"野崎气哼哼地脱口而出，"Copernicus 就算营业额上涨，也不过就是个小公司吧？这种微小公司怎么可能成为 IT 战略的核心？《白金周刊》绝对是被濑名给骗了，那群投资家也是，现在正兴冲冲地买进东京 SPIRAL 股票的人也一样，他们都被骗了！"

野崎自己心里应该很清楚才是。

是不是假新闻，根本没有任何关系。现在不断上涨着的股价才是问题的关键所在。

野崎愤愤地瞥了一眼东京 SPIRAL 那还在不断上跳的盘口 ②，转过身，快速地朝楼层深处的办公室走去。

---

① 竞买价行情，投资者以现有卖价的价位申报买入，此为主动性买单，此价格为竞买价。与此相对，投资者以现有买价的价位申报卖出，此为主动性卖单，此价格为竞卖价。

② 所谓盘口就是股票的走势、买卖等交易信息。

"部长，电脑杂技集团那件事……"

野崎连组织语言和措辞的时间都没有，赶紧把眼下的状况告诉了伊佐山，并把那本《白金周刊》翻到报道那一页给伊佐山看。

伊佐山眉头紧锁，锐利的眼神掺杂着怒意和焦躁穿过银框眼镜直直地盯着野崎。

"是东京SPIRAL提供的情报吗？"

"恐怕正是如此。"

读完了报道伊佐山也大概已经猜到了，这绝对是半泽设的局。

伊佐山重新看向电脑屏幕，调出了东京SPIRAL的股价实时行情。

刚好刚刚又有股票成交，而显示的成交价比前一天高出了一千日元，且竞买价行情继续以压倒性的优势持续攀高。

此时的东京SPIRAL股票价格简直就像是在嘲讽电脑杂技集团所设定的收购价一样，不断持续走高，在此期间买进的订单像潮水般涌来，股价眼看着就要超过收购价一千二百日元了。

"快，把此事写进备忘录，呈报三笠副行长。"伊佐山吩咐道，"附上这份杂志再加上你的意见。你之前不是说过东京SPIRAL会因为收购FOX而下跌吗？如果这样的话，这种情形只是暂时的，股价不久就会下降的，对不对？"

面对伊佐山连珠炮般的质问，平素精明强干的野崎此刻却什么都答不上来。

* * *

野崎写完备忘录递交上去才不过二十来分钟，三笠那边就通知让他们马上过去。

"野崎，我先问你，你所做的调查中覆盖到这家叫作Copernicus 的公司了吗？"

这个问题一针见血地戳中了问题的核心，一旁的伊佐山紧绷着面孔一言不发。

野崎只微微踌躇了几秒钟——然而，他却感觉漫长得如同过了几个世纪，最终他只能简短地回答道："没有。"

伊佐山屏气凝神在一旁观望的时候，三笠就这么身子向后仰望天花板，待到他的视线再次转回时，目光却看向了伊佐山，"伊佐山，这和你之前所说的可大不相同啊。"

"非常抱歉。"伊佐山低下了头，"只是，《白金周刊》这么写了也不一定都是对的，上面写得好像东京 SPIRAL 已经掌握了霸权一样，可关于这个蓝图究竟什么时候可以实现却一点儿都没有涉及，说白了，就是一篇煽动性的文章，目的就是吹捧东京 SPIRAL。"

"但是事实上股价的确涨了，对此我们也不得不想办法应对了。"

三笠摆出事实，没有给伊佐山继续找借口的机会："你怎么看？"

"只有两个选择。"伊佐山答道，"一是等待股价回落，二是提高收购价。"

"太天真了。"三笠一句话就否定了他，"我倒问你，股价什么时候才会开始回落？"

伊佐山朝站在一旁的野崎使了个眼神，催他接话。

于是野崎说道："虽说一开始没有预料到 Copernicus 一事会对股价产生这么大的影响，但是除此之外收购 FOX 一事再没有什么因素可以把股价推得这么高了，我觉得今后的股价不会这么一味持续攀升。"

野崎的说法似乎完全没能让三笠信服。

"我已经不知道到底能相信几分你说的话。"

这一句就足以撕裂野崎的自尊心。

"万一公开收购期间里股价没有下降呢？你的意思是让我们把巨额投资都交给概率，听天由命吗？"

三笠的质疑合情合理，野崎涨红了脸默不作声。

"我想通过大幅提高收购价格来渡过眼下的难关。"伊佐山不得已，开口说出了这么一个选择。

"可是部长——"野崎下意识地想反驳。

"够了，你给我闭嘴。"伊佐山制止了他，然后继续说道，"提高到两万七千日元吧，我去跟电脑杂技集团建议一下。"

虽然注意到了野崎吃惊得睁大了眼睛，但是伊佐山没有理会他。现在需要的不是理论，而是结果。

这个价格比一开始设定的收购价格高了三千日元，大概需要追加支援一百二十亿日元。虽然知道这个决议不是简简单单就能通过的，但是伊佐山在此基础之上又跨了一步："请准备追加支援两百亿日元，以防万一。后面到底会发生什么目前还都是未知，但是只要这两百亿日元能批下来，就肯定能决出胜负来了。"

三笠用顾长的手指神经质一般地敲着椅子扶手，他思考了一会儿，然后拿起桌上电脑杂技集团的信用档案，翻看起来。

要是真的通过了追加支援两百亿日元的决议，那么花在这件案子上的资金总额累计就达到了一千七百亿日元。结合电脑杂技集团的营业额来看的话，确实超出常规了。

"去准备提交申请文件吧。"沉思良久，三笠终于开口说道，"还有，这篇报告必须向行长报告，就算你们什么都不说，行长也迟早会知道的。另外，我们有必要用我们的见解去说服行长接受这一权宜之计。我话就说到这里。"

9

"很好！这势头不错！"

东京 SPIRAL 的社长室里，森山看着屏幕上的股价，不禁双手握拳喊了出来。然后和濑名对视一眼，竖了竖大拇指。半泽看着这两个曾经的同班同学兴奋的神情，不由得笑了出来。

"情况比预想的还要好啊。但是，这篇报道的效果也不会持续那么长久，接下来才是决出胜负的关键。"

虽说电脑杂技集团的公开收购进展并不顺利，但是也已经买进了百分之三十以上的股份。濑名心里也很清楚，这边只要稍微出一点纰漏，电脑杂技集团很容易就能达成收购过半数股份的目标。

尽管现在是东京 SPIRAL 占了上风，但形势逆转也只是一瞬间的事，绝对不能掉以轻心。

半泽看了看表，对濑名说："差不多该出发了吧。"

配合《白金周刊》的报道，半泽接下来准备的是一场收购说明会，并邀请了五十名主流证券公司的分析师参加。

在作为会场的东京 SPIRAL 的大会议室里，除了受邀前来的各位分析专家，更有许多听到风声后蜂拥而来的各大媒体的经济记者。

"现在这个时候，东京中央银行的那帮家伙恐怕正惊慌得要死吧。"森山不禁露出了满足的笑容，像是自言自语似的说道，"怎么能让你们轻易得逞呢？"

"这是智慧的胜利。"濑名感叹地说道，"不是依靠资金或是既存的方案，而是一心一意地去发挥已有之物的最大作用，总觉得这和经营的学问有着相通之处呢。半泽先生，谢谢你。"

"现在道谢还为时过早。"半泽收起了笑容，检查了下手上一会儿要在会上分发的资料，说道，"接下来，我们要让大家知道这几张纸上写的收购计划不是单纯虚构的纸上谈兵，而是伴随着实体的踏踏实实的商业蓝图。而这，就是濑名社长，你的工作。"

"我明白。"

电脑杂技集团 VS 东京 SPIRAL。这场重要的说明会可能会决定整场对决的胜负，而濑名却还是一身 T 恤加牛仔裤的休闲装扮，一副胸有成竹的样子。

他也是至今为止在商界闯过了无数次难关的人物，全靠着他那总能颠覆人们预想的经营手法，不断逆转，最终取得成功，才让他和他的企业能存活至今。

这个人的运气很好，半泽这么想着。

当然也具备作为一介明星经营者的才华。

"走吧！"随着濑名这句轻快的招呼，他率先一步走出了房间。乘上电梯，很快到达了会场。推开会场的大门，里面已经近乎满座，所有人的视线一下子集中到他们身上来。

人们对这场瞩目的企业收购战都有着异常的热情。

会议主持人进行了简单的寒暄和介绍之后，濑名登上台，灯光霎时暗下，同时，位于中央的大屏幕亮起来，映出的画面以蓝天为背景，中央是橙色的公司大楼，并给了设计精美的公司LOGO 和印有公司注册商标的地球仪一个特写。

"今天，我要向各位报告。我们东京 SPIRAL，将要和 Copernicus 这家小小的公司一起踏上新的征程。"

濑名开口说的第一句话，就让整个会场充满了难以名状的期待。

10

部内的联欢酒会于晚上八点在距离八重洲很近的一栋大楼地下的饭店里举行。因为大家都已经疲惫不堪了，糊里糊涂地一起干了杯，敷衍地总结了一下便草草地结束了。

"再去一家吧。"

乘着电梯升上地面的时候，诸田的一句话搅动了电梯里沉闷的空气，几个人用眼神无声地附和着，就像是提前商量好了一样，不约而同地一起朝着下一家店走去。

周围看看，大多数是电脑杂技集团顾问组里的成员。三木本想着自己就不去二次会了，刚准备回家，耳边听得一句"三木也一起来吧"，他没料到诸田居然出声邀请他，于是也就半推半就地跟他们一起走了。目的地是诸田常去的一家银座的酒吧。

诸田在店内最靠里的位子坐了下来，一脸不愉快地点了兑水的威士忌，然后摘下眼镜，取出放在口袋里的眼镜布，一丝不苟地擦拭了起来。从表情上还是能很明显地看出他的极度疲劳和巨大的压力。

《白金周刊》爆出了独家新闻的那一天，东京 SPIRAL 的股票最终刷新了年初以来的最高价，虽然也遭遇了一部分人的获利抛售①而出现过短暂回落，但是最终买盘②还是压倒性地强劲，股价被申买价③牵着一路走高，最后以高价收盘。对于策划收购东京 SPIRAL 的顾问组而言，那简直是噩梦般的一天。

让事情进一步复杂化的，是在不知股价究竟会涨到什么程度的状况下，他们还必须探讨向电脑杂技集团追加支援。三笠批准了伊佐山关于提高收购价的提议，这事儿已经在证券营业部里流传开来，甚至连三木都略有耳闻。

"部长虽然说是这么说，但只要股价一天不稳定下来，决议就一天没办法通过。唉，这事儿没那么简单。"诸田举起手中的杯子在大家面前虚晃了一圈，象征性地碰了碰杯，说道。

"但是为了使这次收购成功，不管提高收购价要多砸多少钱，

---

① 获利抛售指交易商在股价急升时出售股票，换取现金。这个行为会导致股价短暂下跌。

② "买盘"表示以比市价高的价格进行委托买入，并已经"主动成交"，代表外盘；"卖盘"表示以比市价低的价格进行委托卖出，并已经"主动成交"，代表内盘。

③ 股票二级市场交易的时候申请买入股票的价格，就是买方报价去买股票的价格。

我们也只能认命砸进去。要是追加支援的决议通不过，我们就彻底输了。"顾问组组长毛冢说道。

"输"这个字眼一出来，整个店里的空气突然变得凝重起来，压得人几乎透不过气来。

"话又说回来，东京 SPIRAL 的表现可真是特立独行啊。"

桌子旁边的一群人里有一个人甩出了这么一句话。

"还不都因为半泽嘛。"有人回答他，"现在感觉'证券'就等于是'半泽'一样，要不是那个人，事情也不会变得像现在这么麻烦啊。"

三木虽然一直沉默不语，但他心里也是这么想的。

现在和东京中央银行死磕的其实可能并不是东京中央证券这家公司，而只是半泽直树这一个人而已。

"那家伙已经快完蛋了。"

诸田满含怒气吐出一句。三木举起杯子佯装要喝，透过酒杯窥视着诸田，想从他脸上探寻点话中深意。

在东京证券公司时，诸田的职位在半泽之下，现在换了立场，称呼马上就变成了"那家伙"。对于好不容易才回到银行的诸田来说，现在的半泽不过是挡在自己眼前的碍眼家伙罢了。

"快完蛋了？为什么？"毛冢问道。

诸田抿了一口酒，从椅背上徐徐地直起身子来。

"悄悄告诉你们，现在董事们都对半泽很不满。"

三木屏息凝神，等待诸田的后话。

"身为子公司却敢揭竿而起，跟母公司唱反调，这也就不提了。之后他们还像是为了嘲讽电脑杂技集团和我们一样去收购FOX，接着又挑唆周刊大肆报道把股价炒高，中野渡行长也对这种做法非常不满。虽然嘴上没说什么，但其实确实有把证券从这个案子里强行撤下的意思，如果证券还这么阻挠我们的话，就准备直接让兵藤人事部部长把半泽再次远调了。也就是说，半泽马上就要被停职留待发配了。"

三木感觉到大家都屏住了呼吸，一齐把兴趣集中到这一点上来了。

对于银行员来说，人事永远是他们最关心的问题。

停职到人事待命就意味着要从子公司再调到别的公司，不管怎么说，肯定是一张单程车票。

"那是不是表现好了就可以不用被停职？"一个年轻银行职员问道。

"那要看他是否迷途知返了。"诸田瞥了眼三木，如此说道。

"光知道横冲直撞顶着干未必就是真本事，凡事中庸一点才是最好的。"诸田缓缓地喝着酒，"别看他现在一副春风得意的样子，但别忘了，人事权捏在我们的手里。"

11

　　《白金周刊》发售后的第三天，星期三,三木破天荒地向半泽发出了邀请,"能见个面吗?"

　　继周刊独家报道之后，紧接着举行的由许多专业分析家出席的说明会也取得了超出预想的成功，因此东京 SPIRAL 的股价一口气上涨到了一万日元以上，而这已经大幅度超出了电脑杂技集团设定下的股票收购价格，很大程度上击垮了电脑杂技集团的收购计划的关键部分。

　　半泽和三木约在了新宿站西出口的小酒馆里碰头。

　　"为了确保资金跟得上设定新收购价格，电脑杂技集团的顾问队伍已经被逼得快拼命了。"

　　三木说起了部里的情况。在刊载消息后没多久，伊佐山向三笠提案的支援金额甚至连准备申请文件都没来得及做，就被残酷的现实吞没了。

"因为以现在的股价为前提，如果要设定有吸引力的收购价格的话，就必须至少追加支援近五百亿日元。"

"那你们提交申请了吗？"半泽问道。

"听说，今天证券营业部已经提交上去了。"

"你觉得能通过吗？"半泽问道，心中断定一定不会那么简单地就通过审批的。

"不知道。"果然，三木答道。

"话虽如此，收购也是有期限的。他们应该想着速战速决吧。还有——"三木说着，仿佛叹了口气似的继续道，"这种话大概不应该从我的嘴里说出来，其实昨天部里举行了联欢酒会，喝酒的时候，听说了一些事，因为涉及半泽先生你，所以有点儿在意。"

"和我有关？"

半泽的目光动了动，看着三木。

"说是因为这件事中野渡行长很是恼火，再这样下去就要让你停职，人事待命。我觉得这件事还是跟部长打声招呼比较好。"

森山的视线急速地转过来，然后像是急刹车一样地停在了半泽脸上。

"我们成为东京 SPIRAL 顾问这件事就这么让他们不愉快吗？"半泽并没有一丝慌张，仍旧淡淡地说。

"简直毫无道理。"森山面带怒色说道，"这种手段要怎么防呢？脑子比不过就用人事来扯后腿，这就是银行的做法吗？"

"别说了，森山。"半泽丝毫不为所动，干掉了杯中的啤酒后打开菜单仔细地看了起来。

"谁叫银行就是这样的组织呢？现在再说这些没有意义。"

"但是也太荒唐了吧？"森山一副不能接受的样子，侧过身来，"太过分了。所以说嘛，公司组织这种东西根本不值得相信。"

"说什么不值得相信，你不还是信任着吗？"半泽招呼走过的店员，又点了一杯烧酒之后说道。

"我才没有呢。"森山固执地说道。

"如果不存在信任也就不会发火了。你就想反正公司就是那么个东西就好了。"

看半泽还是那么平静，森山激动地回敬道："那么，部长就不生气吗？"

"当然生气。"半泽一脸理所当然的表情，回答道："但是，生气又不能解决问题。"

"可是再这样下去的话，部长就会有被降职外派的危险了啊。"

"到那个时候你就接着把工作继续下去。"

听到半泽这么说，森山屏住了呼吸。这回答实在是太过出乎意料，本来预备反击的话语也一下子飞到九霄云外去了。

"我吗？"

"你能做到的。和濑名先生齐心协力，去把你口中那些'既得利益者'打个落花流水吧。"半泽说着，端起刚送来的烧酒一口饮尽。

"部长觉得这样就可以了吗？即使知道可能会被从现在的职位拉下来，然后被踢到一个不知道什么地方去。"

"那又怎么样呢？"半泽问道，"与那些无关。我们现在应该做的是，不管东京中央银行准备跟进多少资金，用人事权使出什么手段，我们都要尽全力阻止收购。**整天担心被降职还怎么做这份工作？**"

第八章　伏兵一击

1

营业二部的部长内藤宽，在听完了伊佐山的话之后表现得无动于衷。

"铁面这个绰号还真是名副其实啊。"伊佐山脑子里掠过这么一个没什么必然联系的想法，腋下立刻渗出一股冷汗。在公司董事当中，内藤备受推崇，他的意见极有可能会左右向电脑杂技集团追加投资这一决议是否能够通过。今天，伊佐山前来拜访内藤，就是为此事探探口风。

伊佐山从屁股口袋里掏出手帕，轻轻地擦了擦额头冒出的冷汗，对难以捉摸的内藤继续说道："虽说是追加五百亿日元资金，但实际上只是因为他们收购了 FOX，因而带来了更高的附加价值而已，并不是说我们花高价了。这一点还请您务必理解。"

内藤仍旧是一副陷入沉思的模样。无奈之下，伊佐山只好又继续说道:"到目前为止,虽说我们已经投资了一千五百亿日元,但重点是通过此案,我行在企业收购领域将会得到业界瞩目。这可是关乎我行的形象宣传,因此决不允许失败。而且,这也是我们今后成为该领域佼佼者的大好机会。因此,在董事会的决议上,务必请您给予理解和支持。"

"追加五百亿日元资金的话,收购就一定能成功吗?依据是什么呢?"

内藤终于开口问话了,视线不断在伊佐山和资料之间来回扫视。他的问题可谓直戳伊佐山的痛处,内藤又继续问道:"本来的预期是 FOX 收购会让东京 SPIRAL 股价跌至低谷,那么现在又是怎么一回事?"

此时此刻,伊佐山突然想起来,内藤可是那个半泽的老领导,一想到这,他的胃开始一抽一抽地疼起来。

"这次情况有些特殊。"伊佐山开始找借口,"即便如此,东京 SPIRAL 的股价感觉已经是强弩之末,不会再有上升空间了。"

"如果你的判断是错的,对方的股价又上升了呢,那时候怎么办?"内藤问道,"股市行情没有绝对。这一点我相信伊佐山先生你是最了解的。如果股价继续上升,难道还要接着追加投资吗?"

"在成功收购之前,我们已经做好继续追加投资的准备。"伊佐山强调道。

"那不成了无底洞了吗。这样一来,做贷款的授信判断还有什么意义呢?"内藤像是自言自语般地、平静地说着。

虽然他的评判听上去若无其事,却包含着从贷款授信判断的根本观点所引申出的沉重与锐利。

伊佐山一时说不出话来。他又换了个说法："我们是经过慎重研讨之后，才做出投资的决定的。"

他暗自较劲，无论如何，都要得到内藤的支持。

然而——

"话又说回来了，电脑杂技集团真的有资格获得那么一大笔贷款吗？"

内藤扔出一个否定性的疑问，他其实是想说这里边是否存在过度授信的问题。

"要是收购了东京 SPIRAL 的话，电脑杂技集团的业务规模将会变成现在的两倍。"伊佐山回答道，"这笔收购资金若是单单放在电脑杂技集团身上的确数额比较大，但是如果能将 SPIRAL 收到其麾下的话，便不存在这个问题了。"

内藤似乎并没有任何打算接受的意思。他抿着嘴唇，徐徐说道："我问个最基本问题，要是不追加五百亿日元的话，那么之前投进去的一千五百亿日元便会化为泡影，你是这样想的吗？"

内藤眯着眼睛，眼神中满含怀疑，静静地审视着伊佐山。

"请不要问这种经营学最基本的问题。"伊佐山假意笑着，"要是成功可能性低的话，我们不会追加没必要的投资，第一次投资之后便会收手，然后会着手进行资金回收。现在正是因为成功的可能性很大，我们才接着追加投资的。这可是一场事关银行尊严的战争啊。"

"话说回来，这次的竞争对手可是东京中央证券，可不能输给子公司啊。"

内藤有些意兴阑珊，但眼角却透露着愉快，连皱纹都挤出来了。这家伙，是感觉这件事很有趣吗？伊佐山有些生气，但嘴上又不能说出来，只能暗暗腹诽着。

"不管对手是谁，我们要做的事情都一样。"伊佐山说道，"现在我们正在全力以赴准备此次的战争，还请你务必理解。"

伊佐山一边说，一边低下了头，态度如此诚恳。而他得到的不过是内藤投射而来的内容莫辨的眼神。

＊　＊　＊

"真是的，内藤这个家伙，真不知道他到底在想什么？"

从营业本部出来，伊佐山又来到资金债券部部长——乾的办公室，一边叹气一边发着牢骚。

按照入职年限来看，乾比伊佐山要晚一年，但因隶属于旧东京第一银行"强硬派"，他的存在感不容小觑，跟合并前同在东京第一银行工作的伊佐山关系很是亲密。

"跟那种土老帽儿说证券这种高大上的话题，不是对牛弹琴吗？"乾毫不吝啬地表现出自己的厌恶之情，鼻子也随着抽动了一下。

"即使知道我们是对的，他也会因为看我们不顺眼而唱反调，真难对付。"

对于乾一如既往的过激言论，伊佐山极为赞同地点点头道：

"就是就是。"

"现在不是决议能不能通过的问题了，而是这样一个引人注目的案子，我们要是拿不下来的话，我行可就没有未来了。因此，就算是竭尽全力我们也要继续投资。"乾鼻息加重有些激动地说道。

虽说是一场为了银行尊严而战的战争，但其实说到底，赌上尊严的，只是伊佐山跟乾所在的资金债券部而已。对于对方派系所主导的信贷部门来说，他们只需袖手旁观，轻描淡写地说句但凭您英明决断，全权处理罢了。如果伊佐山他们失败了的话，那么便有可能借此得到势力重新洗牌的契机，从这一点来说，他们也决不能后退。

"那么，其他董事都是什么态度呢？"

乾皱了皱眉，探身向前，距离近得似乎连他的呼吸声都能听见，压低着声音问道。他是个将近一百公斤重的壮汉，肚子一圈的衬衫仿佛都要被撑破了。

"三笠副行长会尽力帮我们的，旧 T 的意见基本达成一致。现在问题出在中野渡行长跟内藤那样的家伙身上。说实话，情况不容乐观。肯定有人在虎视眈眈地盯着我们，等着看我们失败的笑话呢。"

"比起公司利益，他们竟然优先考虑旧银行派系的利益，真是岂有此理。"因气愤而脸色涨红的乾站起身，用强硬派惯有的军人般的口气说道，"就是因为这样的想法，我们银行内部才不管过了多久都没有办法真正融合起来。"

"的确如此。从这个意义上来说，这次的事情会不会成为促进行内关系融洽的好机会呢？"

伊佐山一边说着，一边在内心深处为自己的好点子拍案叫绝——原来如此，可算是找到说服他们的切入点了。

"要是这样的话，我也会尽力去协助你。"

在得到乾的强烈赞同之后，伊佐山终于感觉自己找到了一个促成决议通过的最佳途径。

＊　＊　＊

"辛苦了。"

伊佐山刚从资金债券部回到自己办公室，诸田就赶紧来问候，好像一直在翘首期盼他归来似的。

"内藤那边情况比较棘手，姑且得到了乾的支持。如果乾那边从行内关系融合这一点作为突破口去帮忙游说的话，我想应该会拿下不少董事吧。对了，你那边怎么样？"伊佐山问道。

"前几天联欢会之后，我跟三木说过了。"

诸田脸上露出满意的微笑。

"现在这个时候，想必半泽应该寝食难安了吧。"

伊佐山嘴角浮现出满含恶意的笑容。

诸田推测半泽的情报可能来源于三木，因而制定出动摇半泽的作战策略——将董事会将对半泽做出人事处理的虚假情报透露给三木，再借三木之口传入半泽耳朵里。

不管半泽多么有能耐，一旦涉及自己处境，也不可能再像以前一样随心所欲了。

"这样一来，那家伙应该会老实一段时间吧。"伊佐山说道。

"半泽部长应该也会好好爱惜一下自己了吧。"诸田对此表示非常赞同，想到老上司的窘境，便忍不住窃笑起来，"没了牙齿的老虎，不足为惧。"

2

　　"到目前为止姑且一切顺利。"在跟濑名一起召开的对抗收购讨论会上，森山说道。

　　半泽，以及 FOX 的社长乡田也一起出席了。

　　"现在的问题在于，东京中央银行是否会同意追加投资。"森山说完，将探询的目光投向了坐在旁边的半泽，想听听他的看法。

　　"我以为没那么容易。"半泽说着，向大家展示了一份关于电脑杂技集团财务信息的文件，"从电脑杂技集团的财务数据来看，追加五百亿日元资金并没那么容易。岂止是不容易，应该说是相当严峻。但是，银行也有所谓的政治决断。"

　　听到这里，濑名跟森山很认真地看向半泽。

　　"即使授信判断是错的，但要是银行觉得就该这样处理的话，则会选择睁一只眼闭一只眼。而判断是应该还是不应该，可是中野渡行长最擅长的。当然，他做出判断时，还需要看看证券部门提供的依据是否有足够的说服力。比如说，如果三笠副行长说'出了事的话，我全权负责，就让他们放手去做吧'，那么行长还会说 NO 吗？"

"要是追加投资的事情决定下来的话，可真是不妙。"森山的表情有些凝重，"我们目前能做的，也只剩下收集对方的情报了。"

"的确如此。"半泽点头表示同意。

就在这时，乡田说道："我想给大家引荐一个对电脑杂技集团非常熟悉的人。他是电脑杂技集团的前财务主管——玉置克夫，在那份电脑杂技集团的有价证券报告书上也有他的名字，是作为董事被写进去的。"

打开电脑杂技集团的有价证券报告书首页，确认了一下名字之后，半泽一下子想起来了："这么一说，我想起来了，报纸上刊登过他的人事决定。你认识玉置先生吗？"

"在决定进行企业合并之后，他曾经是战略重组项目组的一员，是个非常有能力的人呢。"

"那样的一个人为什么会辞职呢？"濑名觉得有些意外。

"据说是受不了平山夫妇独断专行的做法。"

濑名听到这话，脸上突然浮现出百无聊赖的神色，如此相似的理由，之前他在前战略主管以及财务主管辞职时就听过了。那两个人将自己持有的所有股份，都通过场外交易——那场所谓的奇袭作战全部卖给了电脑杂技集团，而这也正是这出收购闹剧的开端。

"一定要介绍给我们认识认识啊。"半泽说道,"如果是电脑杂技集团内部的人,可能会对接下来我们应该如何出招提供一些参考意见。玉置先生要是觉得可以跟我们这些收购敌对方的人聊聊的话……"

"已经辞职了,应该没有什么问题吧。"乡田回答道,"濑名社长也想见见吗?"

"当然。"

听到濑名的回答后,乡田立刻跟玉置取得了联系。

"姑且不管电脑杂技集团内部情况如何,一旦东京中央银行决定贷款的话,我们必须要做出新的股价对策。要是属于政治决断的话,那可真是个无底洞了。"

濑名有些不安地说。正所谓"计划不如变化快"。

"首先,我们先向外界披露 Copernicus 新战略的启动吧。"半泽提议道,"向外界展示下跟 Micro Device 签署协议的情景,以及濑名跟霍华德会长进行会谈的情况,等等,这也会吸引一些投资机构,不是吗?"

"那就立即开始行动吧。"

说完,濑名便开始打内线电话向外传达指示。而坐在他旁边的森山,则有些担心地看着半泽,因为新的收购防卫对策对于半泽的人事考核来说是很不利的。

"还有二十天了。"森山喃喃自语着。距离电脑杂技集团公开收购期限的日子还有二十天,他们并没有一决胜负的绝招,只能踏踏实实地努力。说服股东,对他们来说便是胜利,而这也是一场简单而激烈的战争。

"现在最大的威胁仍然是东京中央银行。"濑名说道，"电脑杂技集团，似乎握着万宝槌啊。"

"没有的事。"半泽说道，"银行的支援没有那么容易就拿到手，而且，他们一直认为只需通过提高收购价格这一点，便能买得到股票。我们已经描绘出 FOX 收购之后的新事业版图，而电脑杂技集团却没有向东京 SPIRAL 的股东展示任何具体的商业计划。为了说服股东，他们进行动员时，需要的不是钱，而是智慧。智慧胜于资金实力——相信这点很重要。"

"我也深有同感。"濑名一本正经地点头表示赞同，"不管是东京 SPIRAL 还是电脑杂技集团，哪一个对股东们来说更有吸引力，这才是问题所在。"

"的确如此。"半泽点头赞同，"就算银行会进行政治决断，我们需要的不是但凭表面现象的判断，也不是投机主义，而是要选择直指事物本质的战略，这才是通往胜利的捷径。"

3

听完诸田的话，平山神情莫辨，坐在扶手椅中询问道："那么，追加投资的决定什么时候能下达呢？"

"我认为在下周三董事会上就能知晓了。"

诸田刚说完这句话，就有人说道："那样的话，就太晚了。"

这位态度傲慢、口吻严厉的人，正是坐在平山旁边的副社长美幸，"距离收购期限可就剩下不到三周了。如果可以的话，至少本周之内就要发表提高收购价格的声明。"

这是不可能的。

诸田瞬间便做出判断，可他没有犯傻到直接说出来。因为，非常情绪化的美幸，此刻正愤怒地盯着他。

"对于我行来说，也正在竭尽全力，以最快捷最妥善的方式竭力促成此事。即使是下周不行的话，我们也会为了尽快发表提高收购价格而倾尽全力，还请副社长能再等等。"

"因为银行规模庞大，所以决策需要花费时间，这可不是理由啊。"美幸极其冷漠地说道。

"您所言甚是。"

对着认可自己观点的诸田，美幸继续说道："越是一流企业，即便是组织规模庞大，决策的时间就应该越短。银行难道对这一点也不理解吗？"

"真是非常抱歉。"

这种场合也由不得他去反驳，诸田只好继续道歉。美幸继续说道："不能迅速做出决断的组织，至少要有被社会淘汰的危机感。我说的话，你听明白了吗？"

"当然听懂了。我也深有同感，我要是有权力的话，我肯定会立即做出决断。"诸田附和着。

"你吗？"美幸露出轻蔑的笑容，"你得什么时候才能有那种权力呢？与其说这个，还不如将我的话完完整整地传达给伊佐山。"

"我明白了。"诸田说道，然后又做出一副为难的表情，"但是，这次不管怎么说毕竟是涉及五百亿日元的巨额投资，考虑到金融厅等方面的问题，董事会的决议无论如何都需要等到下周才能出来。请您务必理解。"

"那就配合你们决议出来的时间，准备公布提高收购价格吧。具体星期几可以公布？"

对于美幸的意见，诸田有些语塞，只能"哎呀""这个嘛"地敷衍着。

事实上，在来这边之前，伊佐山跟他说过，"要说明我们的情况，尽量多争取一些时间"。因为追加的投资金额是否能在董事会上得到满额批准尚不能保证。不，应该是说，这个追加投资的提案本身是否能通过尚且不得而知。

公开收购迟迟没有进展，平山夫妇的焦虑诸田当然明白，但是行内的审议流程还是不得不遵守。

"总之，在决议还没有出来之前，请您先不要进行下一步好吗？"诸田说道。

"我一分钟都不想浪费。"美幸目光冷峻地说道，随后看向身为社长的丈夫，想得到他的支持。

"决议通过为什么会有困难，有什么理由吗？"平山冷静地问道。

"还有些手续上的问题。"

实际上，决议通过肯定会出现困难，说是存在手续上的问题，只不过是诸田的搪塞手段罢了。

"我想确认一点，东京中央银行对于此次的收购案，到底是采取积极方针，还是消极方针呢？"

平山的眼中透露出不信任感，"我从刚才开始一直在听你讲话，但是真是没有感觉出来你们想要积极应对啊。"

"当然，我们一直都在非常积极地准备支援。"诸田斩钉截铁地回答道，"这个案子，对于我行也有相当重大的意义。因此，我们必定会研究出尽善尽美的方案汇报给你们。"

"那么，就请你们尽快通过决议。"平山说道。此刻的他，仿佛已经将自己所有的感情都隐藏了起来，让人捉摸不透。

"我知道了。"诸田低头答道。

就在这时，美幸冷不丁地对诸田说道："是不是换个顾问公司比较好呢？"

"副社长，您一定是在开玩笑吧。"

诸田强迫自己摆出一副谄媚的笑容，但是一看见美幸一本正经的表情，脸色立刻变了。

"不会是什么人跟您打过招呼了吧？"

诸田一边慌慌张张地问着，一边将电脑杂技集团交易银行的名字在脑子里全部过了一遍。东京中央银行身为电脑杂技集团交易银行的主力，要说谁想要把它从顾问的宝座上拉下来，应该也只有竞争对手白水银行了吧。

诸田咽了咽口水，声音因过度紧张而有些发颤，他向美幸询问道："莫非是白水银行？或者是同一系统内的白水证券？"

"那又怎样呢？"美幸含糊其词，"不管是哪一家，事到如今和你也没什么关系吧。你们银行若是能够充分发挥顾问的作用，我们是不会换顾问的，你说是吧？"

"那个，副社长，"诸田的狼狈显而易见，"我行身为贵公司的主要往来银行，请务必让我们提供相应的支援。您可能对我们有些不满，但我们也算是交情匪浅了不是吗？对于本次的收购案，我行已经支援了一千五百亿日元，还请您考虑下不要换顾问银行可以吗？也请您理解下我们的立场。"

"跟你们的立场没什么关系吧。"对于美幸的回答，诸田感到无所适从。

"明哲保身之前，能请你为客户着想一下吗？你从刚才就只是在说你们的情况如何如何。在所有的服务业当中，拿自己的得失当借口的可只有你们银行啊。"

"总之，下周我们会尽早给出结论。"诸田将两手放在膝盖上，低着头，诚恳地说道，"事到如今，要是更换顾问的话，肯定弊大于利。结果就是，没有资金无法完成收购，副社长。目前，能够在最短时间内拿出那么大笔资金的，除了我行别无二选。"

"不是这么回事吧。"美幸的反驳，无疑是在暗示还有竞争银行的存在，"你们的竞争对手可是说过，无论何时都可以为我们提供需要的资金支持。那，要不这样吧，下周要是你们不能尽早给出结论，我们便修改顾问合约。毕竟我们也不能等太久。这样如何？没有异议吧？"

诸田咬唇深思。

"这件事我决定不了，容我回去请示一下吧。"

说完诸田便拖着沉重的脚步离开了电脑杂技集团本部。

* * *

"让其他银行参与？开什么玩笑！"

回到证券本部的诸田，没有立刻回自己的办公室，而是直接去了伊佐山那里。在向他汇报完跟平山夫妇的谈话内容之后，伊佐山立刻勃然大怒。

"到现在这个地步了竟然说出那种混账话！我们可是已经投了一千五百亿日元进去了。他们在想什么呢？事到如今想把顾问公司换成白水银行，少说蠢话了！"

"真是对不起。"诸田对着义愤填膺的伊佐山道歉道，"我试着去说服他们了，但是你也知道美幸副社长是相当强势的一个人……"

伊佐山深深地叹了口气，然后两手抱起头。今天他肯定也是为了说服各位董事而奔波了一整天，脸上尽显疲惫之色。

"真是的，怎么会有这种想法呢？"伊佐山一边使劲地咂巴着着嘴，一边说道。

"因为他们这种经营者对主要往来银行的含义认识浅薄吧。"

"我当然知道这一点！"诸田刚说完，伊佐山便激烈地反驳回去，"所以，你就把这一点给他解释清楚不就好了吗？"伊佐山的话里，透露着怎么也无法掩饰的焦躁。

"到现在这种时候了，真让人抢走顾问位子试试看，还谈什么跟证券公司一决胜负，脸都丢尽了！"伊佐山眼球充血，又冲着诸田说道，"到那个时候，我们就都没有明天了。"

"无论如何，下周的董事会上，必须要拿到投资决议。"

听完诸田的话，伊佐山的表情变得更加沉重。

"你那边有什么进展，部长？"

"总算是有希望得到过半数的支持了。现在这件事已经不单单涉及电脑杂技集团，而是上升到对我行证券部门投资的问题了。三笠副行长也会站在我们这一边，有了他的帮助，最终董事会决定投资的可能性很大。"

听到这个好消息，诸田不由得抚了抚胸口。

"这样一来，问题就只剩下中野渡行长吗？"

"行长应该会同意的。"伊佐山的话里，充满着超乎寻常的自信，"这个案子要是失败的话，我行证券部门的发展便会落后十年。这样一来，中期经营计划的实现也会变得艰难。行长可是一个善于把握时机的人呢。"

因此追加五百亿日元投资这件事，行长应该会赞成的。

"至于对电脑杂技集团的授信判断是否正确，现在来说也不是问题。"伊佐山断言道，"只要尽力促成这件事，以证券部门今后的收益为承诺。这样一来，董事们也就没有必要拘泥于眼前的授信判断而做出有损未来利益的蠢事了。从银行收益的经济合理性来看，决议会通过也是必然的。另外，还有一件事。"

说到这儿，自顾自开始长篇大论的伊佐山，嘴角浮现出一抹邪恶的笑意："董事会上，应该还会讨论半泽的处置问题。"

"半泽部长吗？"诸田吃惊地问道，"这是怎么一回事？"

"半泽那个人，要是再这么放任他随意胡闹的话，不光是对我行，就算是对于证券公司来说也不是什么好事，那种有可能损害组织利益的萌芽要趁早掐掉。我之前略有耳闻，好像是人事部已经开始着手研讨这件事了。半泽不过是个普通的银行职员，无论说得再怎么来劲儿，也抵不过一纸调令。不用过多久，那家伙就能体会到了。"

"这下子是弄假成真了啊。"诸田说道。就在前两天，他刚刚将与半泽有关的虚假人事信息透露给三木。

虽然亲眼见识到组织的可怕之处，但是诸田仍无法抑制内心蜂拥而出的幸灾乐祸。"活该！"他一边回想着半泽离开证券公司时那愤怒的眼神，一边在心里喃喃自语着。

最终，还是善于玩弄权力的人会胜利。此时此刻，诸田便是那个胜利者，而半泽则是他的手下败将。

"所以，"伊佐山瞪大了眼睛，使劲盯着诸田说道，"不要再让平山夫妇说出替换顾问这种蠢话了，知道了吧。"

4

玉置是一位浑身散发着温和仁厚气息的高个子绅士。这的确是一位非常值得信任的财务专业人员——彼此介绍过，相处了不过十来分钟的光景，半泽便得出了如此确信的结论。

"真是讽刺啊，"听完了玉置简单的自我介绍之后，濑名说道，"在我们公司，主张多角化经营①的董事辞职离开了，而在电脑杂技集团，却是否定多角化经营的像玉置先生这样的人离开了。"

---

① 多角化经营：多角化是企业一种经营方式和成长模式，多角化是企业能力与市场机会的一种组合。并且多角化有静态和动态两种含义，前者指一种企业经营业务分布于多个产业的状态，强调的是一种经营方式；后者指一种进入新的产业的行为，即成长行为。公司多角化战略是公司在现有经营状态下增加市场或行业差异性的产品或产业的一种经营战略和成长方式。多角化经营属于公司层的战略，是公司成长到一定阶段的必然产物。

濑名皱起眉头："即便如此，我也从来没有想过他们会把股份卖给电脑杂技集团。如果方便的话，您能跟我说一下吗，电脑杂技集团到底是如何从那两个人手中拿到股份的？"

电脑杂技集团利用场外交易的那次突然袭击，先发制人，必定是给濑名留下了极其的深刻印象。

玉置稍作迟疑了一下，在正式回答之前，问了句："你们真的不知道吗？"他问的对象，直指半泽。

"怎么一回事？"半泽问道，没想到却从玉置那里听到了意想不到的事情。

"为那两个人和电脑杂技集团之间牵线搭桥的是东京中央银行的野崎。"

仰着脸倾听的森山瞬间睁大了眼睛。玉置继续说道："我听说负责财务的清田和野崎在10月时一起作为讲师参加过某个创业讲座，以此为契机就认识了。之后，野崎对清田的经营计划提出过一些建议，于是两人间便产生了信任关系。"

"原来是这么回事啊。"濑名皱起了鼻子。

"玉置先生，您是在什么时候知道东京SPIRAL的收购计划的呢？"半泽问道。

"记者见面会的三天前。"玉置面带懊恼地叹息道，"要是再早点儿知道就好了。"

"您会反对吗？"半泽凝视着玉置的眼睛问道。

"当然会反对。"玉置回答道，"不过，我知道得太晚了。不过也不能这么说，就算我在计划开始的初期阶段就已经知道了，平山夫妇应该也不会听我的意见吧。电脑杂技集团就是那样的公司，我不过是一个摆设而已。"

"在电脑杂技集团，财务部部长的待遇应该相当不错吧，您就这样辞职啦？"

正因为自己亲身经历过找工作的艰苦，森山无论如何都不能理解玉置会因为这个原因而辞职。

"因为工作的质量，直接关系到我们人生的质量。"

玉置的回答，让森山大吃了一惊。濑名抬起头："的确如此啊。"仿佛自言自语似的嘟囔了一句。

"我能跟您打听一件事吗？"半泽问道，"也许听起来无关紧要，如果您方便的话还请告诉我。平山为什么一开始会去找东京中央证券商量收购的事呢？"

"您很在意吗？"玉置极其认真地问道。

"是的，因为怎么都感觉不符合常理。"

半泽直直地看着玉置："老实说，对于电脑杂技集团来说，我们公司并不是很重要的存在。他为什么会选择我们呢？"

玉置沉默了片刻，说了句："平山社长不是那种无缘无故就会改变主意的人。"

"请恕我冒昧，平山之所以会向之前没有合作过的证券公司委托如此重要的事情，我想肯定是有他的理由。请您朝这个方面考虑这事情。"

"他的理由？"半泽重复道，"是什么呢？那个理由。"

"总而言之，这因为涉及内部信息，我无法直截了当地告诉你们。但是，可以给你们一点提示，当初，银行的人跟社长提及顾问一事的时候，我觉得社长并不是很积极。我认为银行跟你们证券公司的差异，实际上可以说就是彼此掌握的电脑杂技集团相关信息的差异。"

玉置的话里，充满了谜团。

"信息的差异？"半泽重复着，稍微思考过后，问道，"这么说，是我们公司掌握了电脑杂技集团相关信息，而银行却没有。是这样的吗？"

"不不，恰恰相反。"

玉置的回答出乎意料，而且有点意味深长。

森山表情严肃，陷入了沉思。

"您的意思是说关于此次收购案件，银行掌握了一些不为人知的内幕，是这样吗？"森山问道。

而对此，玉置含糊其词，只是说了句："差不多吧。真是抱歉，因为涉及内部信息，请恕我无法再透露更多，还请谅解。"

"什么样的内部信息呢？不用说得很具体，稍微给我们点提示也好。"森山不肯罢休，继续刨根问底，"那个信息肯定很重要吧。"

玉置稍微犹豫了一会儿，最终叹了口气说道："那么，我就简单提示一点。"

"银行应该掌握了电脑杂技集团子公司的一些信息，但是——"说到关键处，玉置稍微停顿了片刻，看着森山说道，"东京中央银行还没有充分利用那个信息。"

"子公司？"

半泽注意到森山的表情中有什么东西一闪而过。

* * *

森山象征性地敲了敲门就推门走了进来，这时已经过了午夜零点。

已经不知道自己到底埋头处理了多少文件了，半泽用手指一边揉着疲惫的双眼，一边抬起头。肩膀酸疼，脖颈也仿佛僵住了一般，传来一阵阵刺痛。

狭窄的办公桌被散落的文件堆满了，这对于平常总是把桌子收拾得像飞机跑道一样整洁的半泽来说，还真是非常罕见的光景。

"怎么样了？"半泽一边转着肩膀，一边呻吟似的问道。

森山将一份文件递到了半泽面前。

"终于找到了。"

半泽将文件拿到手里之后，问："这是什么啊？"因为文件左上角写着"东京中央银行公启 ①"，而右上边用红色字体写着"对外保密"。

---

① 公启：旧时书札的一种写作格式。给机关、团体、学校等的书札，其封皮可写某单位公启；多人联名写信，其落款亦可用公启。因亦借指这种书信。

"这是以前从电脑杂技集团的三杉那里拿到的。"森山答道，"当时我听说他们成立了一个子公司，就问他能不能给我一些相关资料，他就悄悄地复印了一份给我。因此，当听到玉置说的话，我才恍然大悟。但是，这个文件跟本案有没有关系我就不清楚了。"

看来找到这份文件可是花费了他不少力气，都快入冬了，森山的额头上却淌着汗珠。他肯定是在保管旧资料的文件库里奋斗了好一阵子。

这份资料显示，子公司是在两年前设立的。这是一家叫"电脑电气设备"的承包公司内部网络构建等周边业务的公司。

"他们这也是循例进军新领域了？"

对于电脑杂技集团来说，这不是什么稀奇事。

从企业网络构建业务成长起来并实现上市的电脑杂技集团，是专攻一个领域发展壮大的企业典型。但是公司上市之后，便开始介入各种领域，成立了各种子公司。"电脑电气设备"应该就是其中的一家。

"这家公司有什么问题吗？"半泽提出疑问。

森山回答道："难道你不认为这家公司跟其他公司相比，规模要格外大吗？"

"这个公司，是电脑杂技集团购买了其他公司的经营权而成立的，连员工都照旧雇佣。"

森山翻到文件中的某一页，将上面记载着的原公司名字指给半泽看。

GENERAL 电脑电气设备。以 GENERAL 产业为中心，是

GENERAL 集团的一员——文件中还有这样的附加说明。

"GENERAL 电脑电气设备？"

半泽瞥了一眼，脸上顿时露出惊讶的表情。

"你知道这家公司吗？"森山问道。

"之前我在银行的时候，曾经接触过一个与 GENERAL 产业相关的企划案，虽然我不是直接负责人，但据我了解，当时 GENERAL 产业因业绩不景气，正在为了缩减成本而努力实现事业集约化①。"

"正因如此，GENERAL 产业才将子公司整个儿卖给了电脑杂技集团吗？"

"GENERAL 产业跟电脑杂技集团之间存在业务往来吗？"

半泽问完，森山便将电脑杂技集团主要客户的清单打开，展示给他看。

"有的，电脑杂技集团对 GENERAL 产业的销售额，在去年一年间就有七十亿日元，可以说是他们的大客户啊。"

从电脑杂技集团的资料看来，电气设备的成立费用大约是三百亿日元。

---

① 集约化：原是经济领域中的一句术语，本意是指在最充分利用一切资源的基础上，更集中合理地运用现代管理与技术，充分发挥人力资源的积极效应，以提高工作效益和效率的一种形式。

"这三百亿日元里面，应该有二十亿日元是属于营业转让 ① 的商誉 ②。"听完森山的解说，半泽微微侧了侧头，说道："为什么要搞得这么麻烦呢？"

　　"麻烦吗？"

　　"单纯去收购不就好了。和先成立公司，再进行营业转让相比，你不认为那样做才更简单吗？"

　　半泽虽然是在问森山，感觉他更是在问自己。

　　"会不会是因为尽职调查 ③ 很麻烦啊。要是成立新公司的话，就没必要担心隐形债务了。"

　　"原来如此，也有可能啊。"半泽说道。

　　森山所说的尽职调查，即 Due diligence，也就是企业收购前所进行的彻底调查，需要一定的成本和时间。而且成立新公司的

---

　　① 营业转让：是指转移作为组织统一体的营业财产，是指把为了公司的营业目的而已被组织化并作为一个有机体来作用的全部财产整体有偿转移的同时，完成营业活动承继的契约。营业转让是以概括转移营业财产为目的的债权契约行为。作为转移对象的企业财产，不仅仅包括物及权利，它是附带有所有事实关系的组织化了的财产。

　　② 商誉：是指能在未来期间为企业经营带来超额利润的潜在经济价值，或一家企业预期的获利能力超过可辨认资产正常获利能力（如社会平均投资回报率）的资本化价值。商誉是企业整体价值的组成部分。在企业合并时，它是购买企业投资成本超过被合并企业净资产公允价值的差额。

　　③ 尽职调查亦译"审慎调查"。指在收购过程中收购者对目标公司的资产和负债情况、经营和财务情况、法律关系以及目标企业所面临的机会与潜在的风险进行的一系列调查。

话，就不用担心存在连带担保债务等没有在财务报表中体现出来的债务。

"还会有其他原因吗？"森山问道。

半泽将身体靠在椅背上，沉思片刻说道："会不会是他们想要向外界隐瞒收购了 GENERAL 产业旗下子公司这件事呢？"

森山盯着半泽，一边回味着半泽所说这句话的深意，一边继续问道："为什么这么说呢？有什么隐瞒的必要吗？"

"我了解 GENERAL 电气设备，"半泽回答道，"它的销售额最多也就是一百五十亿日元左右，资产价值应该也不超过一百几十亿日元，根本不值三百亿日元。"

森山无声地瞪大了双眼。

"玉置所说的子公司的事情，恐怕就是指这家电脑电气设备。"

半泽做出自己的判断。这里边，必定有什么不为人知的秘密。

5

"这几天到处奔波疏通关系，辛苦你了，伊佐山。这样一来，董事会这一关我们肯定能顺利度过。"

即将召开董事会的两天前的晚上，三笠邀请伊佐山一起吃饭。

"谢谢。"

虽然脸上的疲惫之色难以掩饰，但伊佐山的笑意中还是透露出些许安心。因为他也感觉到至今所做的各种准备工作都显出成效了。

"通过这次的案子，我感觉证券部门地位下降这一危机感实在是非常强烈啊。"伊佐山坦率地说出自己的感想，"我不希望因为拘泥于授信判断而做出损害银行整体利益的错误判断，董事们也不希望看到这种结果吧。正义肯定是站在我们这边的。"

"只要表决时能得到过半数的支持，我们就可以安心了。当然支持我们的人也是越多越好，这样在讨论的时候也会朝着有利于我们的方向进行。"

三笠一脸满足地说道。想象着董事会表决时的场景，他的眼睛也不禁愉快地眯了起来。两人都没有说话，周围流淌的静谧氛围，仿佛在诉说他们志在必得的决心。

"感觉谁会持反对意见呢？"

"最麻烦的可能就是内藤了。"伊佐山回答道，一想起跟内藤交谈时的情景，他便禁不住皱起了眉头。

那个时候，内藤态度冷淡，任你费尽口舌，说得天花乱坠，他就是稳如磐石，无动于衷。越是拼命想要笼络他，就越会感觉自己很凄惨。一想起当时的情景，伊佐山便觉得浑身都不自在。

"这个人可是相当善于争辩啊，但是总归他在人数上不占优势。"

"不过，今后手续上可不能出一丁点儿纰漏，拜托你了。"伊佐山表情立刻变得严肃起来。

"我明白了。"

后天就要进行董事会裁决。如果一口气提高收购价格的话，在期限内达到收购股票目标是非常有可能的。

可谓胜券在握。

对此已充分确信的伊佐山，瞬间感觉自己精力充沛、精神百倍。

而这种心情也在伊佐山大脑内引发了化学反应，化成对东京中央证券，哦不，是对于半泽的一种扭曲的优越感。

伊佐山冷笑连连，而三笠则像是看懂了他内心所想一样，继续说道："关于证券公司那边的人事问题，人事部正在调整，半泽可能会被再次外调。"

"再次外调的话，会调到哪里呢？"

对伊佐山的提问，三笠只是说了一个跟银行没有关系，听都没听过的公司名字。

"是个没上市的公司吗？"

"就是个三百人左右的小公司。半泽几乎是定下来了要过去当财务部部长。这可是个很有前途的公司啊。"

最后的一句话充满讽刺意味，两个人相视而笑。

"那个半泽可是个为达目的而不择手段的人啊。只不过这一次他有点儿太过得意忘形了。"

"最近发生了很多事，承蒙您的鼎力支持，真是太感谢了，副行长。"伊佐山一边说着一边郑重其事地低头致意，"电脑杂技集团收购东京 SPIRAL 这件事，到目前为止总算是步入正轨了。"

"今天叫你来可不是专程听你说感谢的啊。"三笠爽朗地说道，"能促成这个案子本来就是你的本事。所有的事情都是这样，就算是中间会经历很多挫折，最终还是会走向它命定的归宿。而我只不过是让中间经历的那段时间多少缩短了一些而已。"

"您说得太好了。"

伊佐山又重新添酒，敬了三笠一杯。

6

"阿雅，真是太谢谢你啦。"

濑名郑重地向森山致以谢意，这是他们去的第二家酒吧。先是森山邀请他："一起去吃个饭吧。"于是两人便去了元麻布的一家意大利餐厅，随后又到了这家位于饭仓片町、濑名经常去的一家酒吧。

"谢什么啊！还没有结束呢啊。"

"我知道，我只是对迄今为止你为我所做的，表示感谢。"

第一家店禁烟，看来他是忍得够呛了，此刻濑名像是要把前面落下的份都抽回来似的，不停地吸着，从侧面看上去，他的脸上洋溢企业掌权者特有的精悍。

由于是一周的刚开始，柜台边稀稀拉拉的没有几个人。濑名和森山在这种异常冷清的气氛中，握着酒杯。

"这可是现代侵略战争啊。"濑名看着柜台正面摆得满满的酒瓶，补充道，"而且还是合法的、在众目睽睽之下发动的侵略战争。或者也可以说是在名为证券市场的现代罗马竞技场中进行的拳击比赛。这可是真刀实枪的比赛啊，一定要拼个你死我活才罢休。"

"我可不希望你输。"森山低声说道。听到这儿，濑名静静地偏转了一下头，看着自己的好朋友，如今已经成为自己生意伙伴的这个人。

"我才不会输呢。"

"我说的话可是有其他意思。"

本来正在盯着酒杯说话的濑名听到森山这句话后，转脸看着他。

"其他的意思？"

"我们这一代一直都是被虐待的。在我周围，直到现在还有在做自由职业者的大学同学，我们整天总是被一些不合道理的事情逼迫着，我一直都在想，什么时候一定要反击回去。"

濑名沉默了。

他端起酒杯，喝了一口，然后再次将视线凝聚在面前的酒瓶上，静静地思考着什么。

"原来如此啊。但是我的想法跟你稍微有点儿不同。不管在哪个时代，都是既有胜者也有败者，把自己现在的境遇归咎于这个时代，其结果毫无意义。但是，我所说的胜者，并非指成为大公司员工的那些人，而是对自己的工作怀有自豪感的人。"

森山沉默着，脑子里反复地回味着濑名的话。

"不管是多么小的公司，或者哪怕只是个个体营业者，我认为是否对自己的工作怀有自豪感才是最重要的。说到底，能为喜欢的工作而努力而充满自豪感，我认为我很幸福。"

"我又是怎样的呢？"森山扪心自问。

就在不久之前，森山心中所想的，还是身为失败者的卑躬屈膝的窘态。就职东京中央债券已经将近八年了，但自己还深深地陷在刚刚大学毕业时连续面试几十家公司名落孙山后的痛苦经历中。他感觉自己就是一直带着这种剪不断、理还乱的挫折感跟精神性的消化不良，在不温不火地工作着。

"该说感谢的应该是我啊。"森山说道，"你能给我这次工作的机会，真是太谢谢了。事到如今再说这种话虽说有点儿不好意思，但我还是想说能让我做这么充实的工作，我感觉很幸福。我为了这份工作，已经赌上了一切，可以说我是带着自豪感工作的。真的是从心底里感到很开心。"

濑名轻轻地举起手中的杯子，森山也学他举起了杯子，心里充满了干劲和喜悦。马上就要迎来最终决战了，自己的心情也不由得激动起来。

* * *

门被敲响之后，秘书走了进来。

"部长，东京中央证券的半泽先生来访。"

此时，东京中央银行的内藤正在办公室里批阅文件。

"半泽？"

他没有事前预约。墙上的时钟显示已经是晚上八点多。

"让他进来。"

内藤刚说完，秘书转身出去了。随后这个原来是自己部下的男人大摇大摆地走进办公室。

"好久不见。"

"你的工作作风还真是夸张啊。"对着行礼的半泽，内藤一边挖苦着，一边示意他坐在沙发上。

"其实呢，我是听说明天会召开董事会。"

正准备坐在扶手椅上的内藤听到这，一瞬间不由得停了一下。

"你知道得还挺清楚。"

说完，内藤一如既往地，有点散漫地坐在椅子上，跷起了二郎腿。他们一直是知心好友，彼此也没有什么拘束的。

"顺便提一句，你的人事调动估计也是董事会的一个议题。你是为这而来的吗？"内藤揣度着半泽的来意。

"不，不是。"内藤没想到得到的是这样一句直截了当的回答，"是关于向电脑杂技集团追加投资的事情。"

"你是来拉关系的吗？"内藤的表情变得严肃起来，"要是想让我在董事会提出反对意见的话，那就没必要单独找我，我本来也是这样打算的。但是，据我了解，貌似董事会过半数都会同意追加投资。就算我一个人再怎么努力，估计也撼动不了他们的决定。"

内藤窥视着突然造访的半泽的脸，想要猜测出他内心的真实想法："要是追加投资的提案通过的话，收购也许就会成功。那么，身为东京 SPIRAL 顾问的你，为此事烦恼的话也是理所当然。"

"不，该烦恼的不是我，而是贵行。"

听到这意想不到的回答，内藤不禁目不转睛地盯着半泽，"刚才，我本来是想找伊佐山谈谈的，但是他不愿意听，把我赶了出来。"

"所以，你就跑到我这找碴儿吵架来了吗，半泽？"内藤有些吃惊。

"怎么可能呢，我只不过是想来说明为什么贵行会有麻烦。"

半泽说着，便将带来的资料一股脑儿摊开在桌子上，开始娓娓道来。

第九章　迷失一代的逆袭

1

东京中央银行的董事会上，有着把疑难案件留到最后进行决议的惯例。从早上九点开始的董事会，一共有六个议题，等到前五个结束，轮到第六个的时候，已经过去了一个半小时。

伊佐山一站起来，会场气氛就突然变得紧张起来。

"证券营业部提出的议案，是之前有关对电脑杂技集团进行追加支援一事。"

伊佐山带着一副自信满满的表情。因为通过他的提前斡旋，基本已经确定掌握了过半数的赞成票，所以现在他是相当从容不迫。

"大概两个月前，该公司开始计划收购与其并称为 IT 双雄的东京 SPIRAL。在这之后，我们证券营业部集思广益，并凭借出类拔萃的情报收集能力与东京 SPIRAL 的原董事取得了接触，成功在场外交易中获得近三成的股份，这一操作也让我们在整个业界获得了极高的评价。我可以骄傲地说，这次大型收购案的巨大成果，也必将成为我们部门，乃至我行今后在证券商业领域里占据有利地位，获得长期收益的一个绝好机会。"

鼓吹完自己的功绩之后，伊佐山又把话拉回到议题上来。

"之后的东京SPIRAL收购案件，进入了公开收购阶段，本想速战速决取得过半数股份，然而，却节外生枝，出现了些许障碍，因此现在不得不再报告到董事会上来请求进一步裁决。"

然后，伊佐山开始讲述起东京中央证券成为东京SPIRAL的顾问的来龙去脉。

"根据一般常识来看，既然我行身为母公司已经就任电脑杂技集团的顾问，证券子公司又怎么能够去当对方公司的顾问呢？这是一种违背利益的行为。同时，这样的行为肯定会损害业界的信誉并扰乱秩序，作为证券营业部，如前所述，我们对东京中央证券做出这样的行为表示非常遗憾。另外，对于明知证券与我行同属一个资本体系，仍然雇佣东京中央证券做顾问的东京SPIRAL，是否拥有正常的认知也实在令人怀疑。再有就是——"

伊佐山提高了声音，"再有就是该证券公司不仅主导了东京SPIRAL收购电脑杂技集团的亲密企业——FOX的全过程，还煽动媒体，大张旗鼓地宣传实现可能性极低的事业计划，意图抬高股票价格，使用了绝不能说是正当的手段，甚至采用了迷惑投资者的战略。其结果是，东京SPIRAL的股价背离预期，大幅急速上涨，以至于当初设定的公开收购价根本没有市场。原本，根据我部的判断，这样的股价上涨不会持续多久，随着时间推移，会慢慢下跌。但是如果要赶在公开收购期限来临之前成功实现收购，就没有时间静待其下降，而是应该配合实时价位，提高收购价格，从而尽早达成收购目标。为此，我们请求能够对该公司实施五百亿日元的追加融资作为收购支援。有关详情的资料，已经分发到各位手中——"

在座的每个人一边听着伊佐山说，一边翻看那份厚厚的会签文件的复印件。

"或许，对于电脑杂技集团这样的公司来说总额两千亿日元的支援听起来确实有些夸张，但是如果考虑到这个案件的成功将会巩固我行在大型企业收购领域的地位，那么这两千亿日元就绝对不算多。这个案件，将会成为确保我证券部门——不，是整个银行将来长期收益的桥头堡。还请各位从大局的角度来看待这次的支援，希望能够得到大家的理解与支持，谢谢。"

伊佐山结束了这场近乎政治演说的说明，他微微地鞠了个躬，坐下来的同时，他感到自己和整个会议室都被一阵热烈的气氛所包围了。

"听了他这场出色的说明，大家有什么看法？"中野渡环视了下会议室。

"我也想说一句。"用安静温和的声音请求发言的是副行长三笠，"就如同伊佐山刚才所说的一样，这样的大型收购案不仅会获得许多手续费，还会带来额外的收益机会。今后，对于那些想要实行收购的客户来说，他们会怎么选择合适的银行或者是证券公司呢？他们期待的会是那种满口空谈不切实际的金融机关吗？

恐怕并非如此吧。在他们眼里，能够完美完成这种收购案又有着丰富经验的金融机关才合适吧。这次的收购案件对我行来说是绝好的宣传机会。要想成为拥有真正竞争力的综合性金融机关，必须经过这块试金石的检验。"

继三笠之后，又有几个董事也开始陈述赞成支援的意见。

"赞成的意见我大致了解了。"中野渡听了一会儿说道，然后又环视一圈，"有反对意见吗？"

"我想说几句。"

全员的视线都朝声音来源集中了过去。

只见营业二部部长内藤举手示意。伊佐山暗暗皱了皱眉。

"您刚才说，这是整个银行的收益机会，您真的能这么断言吗？"

内藤的问题就像是在对整个董事会的赞成趋势发出了挑战。

"内藤，你想说什么？"三笠问道，语气平稳，然而盯着内藤的眼睛深处却闪烁着敌视的光芒。

"我是想说，促使电脑杂技集团成功收购东京 SPIRAL，真的可以成为我们银行的收益机会吗？"

"那你说成功和失败，哪个跟收益相关呢？"三笠把问题简化了问道，"要想推进企业收购的顾问业务，我觉得当然是做出成绩会比较好，难道你不这么认为吗？"

"关于这一点，我和您意见一致。如果是'正面成绩'的话。"

"正面成绩？"三笠皱起了眉，"你是觉得这次收购不会受到好评，算不上正面成绩吗？是什么理由呢？"

"关于这一点请允许我进行详细说明。只是，与其让我来说，不如让对这件事更清楚的人来进行说明更好。"

内藤话音刚落，坐在门边的调查员就站起身来，打开了身后会议室的门。

一个人走了进来，三笠看见他的身影，脸色顿时变了。伊佐山更是瞠目结舌。

"我知道，这稍稍有些破例了，不过我还是把他请来了。这位是东京中央证券营业企划部的半泽部长。"

"这是怎么回事，内藤？"三笠不高兴地说，"他是外人，而且不正是跟我行有利益矛盾的当事人吗？"

"请恕我指出，并没有所谓利益矛盾。"半泽代为答道，"现在敝公司所处的立场是阻止电脑杂技集团收购东京 SPIRAL，而这件事，同时也正是东京中央银行的利益所在。"

"行长，能否让他继续下去呢？"内藤问道。

中野渡面无表情地往后靠在椅背上说了句："不要太浪费时间就好。"

"非常感谢。"内藤很平静地答道。

这时候伊佐山急忙说道："等等！把敌对的东京中央证券的人放进来，不就等于把董事会的内容泄露出去吗？站在作为电脑杂技集团顾问的我行的立场上，这样真的合适吗？"

"请就把他当作我的代言人，"内藤说道，"而且，即便他身在东京中央证券，理论上他还是隶属于我行的。再者，根据接下来还要讨论与他相关的人事问题，会变成什么局面我也不清楚。

也就是说，不管他在这里得到了多少情报，凭我们的意愿，很容易就能釜底抽薪，所以我倒是觉得没有任何问题。"

"内藤先生，这些话你敢说给电脑杂技集团的平山社长听吗？"伊佐山挑衅道，"你怎么知道收购对象的顾问是怀着什么意图而来的。"

然后他又摆出挑拨的架势冲着半泽道："就算不是如此，这个人来到这里这件事本身也有很大问题啊。我怀疑你到底有没有常识。"

"刚刚行长似乎批准我发言了，还请让我继续。"半泽若无其事地说，然后朝向伊佐山问，"对银行员来说，常识是什么？为了让收购成功就胡乱决定追加支援，这也能说是常识吗？伊佐山部长，你提议对电脑杂技集团进行总额两千亿日元的支援，就电脑杂技集团这家企业而言，这真的妥当吗？"

"是否妥当轮不到你来插嘴。"伊佐山高声说道。

"没错，的确如此。但在对该公司只进行了粗略的财务状况分析的情况下，仅凭着这种盲目追求成功的态度，不但可能失去收益机会，更可能让整个银行的信誉受损并且承受巨额损失。"

"粗略分析？你在说些什么？"

不仅伊佐山咬住这点向半泽逼问，他背后的副部长诸田也向半泽投去挑衅的眼神。

半泽对抗证券营业部。在此之前一直在市场上对抗角力的双方，现在就像登上了董事会这一拳击台一样，你来我往地针锋相对起来。

"我大概知道你想要说什么，我先说清楚，"伊佐山继续说道，"赋予电脑杂技集团的信用额度表面看上去确实可能有些过大，但是，站在长期战略的角度上来看，这对该公司的发展和我行的证券事业都有着极大的意义，不能像你那样一概而论，你只是注目于眼前的一棵树，而没有看见它身后的整片森林。这个案子，决不能在微观的角度上来讨论。并且我相信，在座的所有董事都是明白这一点的。"

伊佐山说完，就有几个人赞同地点了点头，每张脸上都对这个意料之外的局面眉头紧蹙，对这个从证券子公司来的不速之客表现出愤怒与不满。

半泽说道："我的意思是，关于这个叫作电脑杂技集团的公司，证券营业部真的好好调查过吗？"

"你把银行当傻子吗？！"伊佐山怒火中烧，高声喊道。

副行长三笠也冷冷地看着半泽。

"如果你们还打算围绕这个基本问题兜圈子的话，就不要再说了。"三笠插话道，"现在这些暂不讨论，财务分析正如各位手中文件上写明的那样，毫无偏差。我们是在此认识的基础之上，对于是否支援进行讨论的，董事会不是交换各种意见的场所。你是不是有些理解错误的地方？"

"那我说得更明白些，证券营业部所呈交的会签文件中存在着重大瑕疵。"半泽的话音落下，整个会议室都喧哗起来，"基于这份文件来展开讨论，只能得出错误的结论，就像垃圾桶里面只能出垃圾一样。"

"你是把我们的会签文件当垃圾吗？！"

伊佐山神情激昂地唾沫横飞，半泽非常平静地看着他。

"不是我把它当垃圾，而是它本来就是垃圾。"

"你说什么？！"

伊佐山怒发冲冠，看起来就像随时会把椅子踢飞一样。同样，支持三笠和伊佐山的旧T派系的所有人都被激怒了，会议室里紧张的气氛一触即发。

"这么重要的会议，你怎么把这种人给放进来了。内藤先生，你到底在想什么啊？！"伊佐山将怒气转向内藤，但是内藤视而不见。

"能听人把话说完吗？"内藤没接他的茬儿，转而催半泽继续说下去，"你继续。"

半泽点了点头，继续说了下去。

"证券营业部所呈交的会签文件，是预设收购成功这个目的而做成的，使负责信贷审核的部门在原本应该进行的基本判断上有所放松。结果，在对电脑杂技集团的评估上出现重大疏漏，导出了错误的结论。"

"半泽先生，你这话说得恐怕有些不妥吧，你连这份会签文件都没看过，又凭什么这么说？"三笠语气虽然平和，眼神却像令人胆寒的冰刃。

"如果你们注意到了的话，应该就不会主张对电脑杂技集团进行支援了。"

"说清楚点儿！"伊佐山挑衅道，"你看上去对自己的分析能力很有自信啊，但是你们和电脑杂技集团只不过是平常的业务接触关系，并没有直接地深入参与，你又有什么资格来说我们证券营业部集众人之力完成的会签文件是垃圾呢？事实究竟如何，不如自己看看吧。"

伊佐山站起来，特地绕过圆桌走到半泽那里，把文件摔在他面前。

半泽接过文件，大致扫了一下内容，会议室又陷入了令人窒息的安静。

终于，半泽放下文件，看着两眼充血的伊佐山，问道："就这点儿吗？"

"你什么意思？"伊佐山气得脸都歪了。

"这份文件中，一点都没有谈及 GENERAL 电气设备的营业转让和资金流动的问题，能告诉我这是为什么吗？"

伊佐山脸上第一次出现了困惑，他转过身来看诸田，诸田也是同样的一脸困惑。

"你到底在说什么？"

"看来你还没有明白过来，那么请允许我来做说明。"随着半泽的发言，新的资料被分发到大家手里。

"两年前，电脑杂技集团新设立了一家叫作'电脑电气设备'的公司，其实是从某家公司那里做了营业转让而来的，而那家公司就是由于业绩不佳正在重组中的 GENERAL 产业旗下的子公司——GENERAL 电气设备。根据当时的资料，GENERAL 电气设备的评估总额是一百二十亿日元。另外，在营业转让之际，电脑杂技集团向 GENERAL 产业支付的金额，达到了三百亿日元。"

伊佐山眼中透着戒备，凝视着他们，一言不发。而听到"三百亿日元"的瞬间，整个会议室中都充满了讶异。

"这是怎么回事？"坐在中央的中野渡发话问道，"这和估价未免差得有些多吧？"

"您说得不错，我正要说明这一点。"半泽继续说道，"电脑杂技集团在这两年里一共从 GENERAL 产业那里拿到了总额超过一百五十亿日元的订单。顺便说一下，在这之前，他们和这家公司完全没有任何交易往来。同时，GENERAL 产业因为两年前这笔转让子公司的交易回避了赤字的出现，成功争取到了第二主力银行白水银行的贷款。"

半泽的说明让整个会议室仿佛被摁到了地底下，所有人都感觉要窒息了似的。

"前年电脑杂技集团的利润为二十五亿日元左右，而去年是七十亿日元。近年来由于过度竞争使业绩低下，但这两年电脑杂技集团总算还是保住了少许盈利。然而事实真的是这样吗？电脑杂技集团真的在这样的困境之中保住了这些盈利吗？伊佐山部长，您怎么看？"

被诘问的伊佐山向半泽投去了极度戒备的目光。

"这、这是当然了。"

"原来如此。"半泽平静地说道，"确实，在证券营业部所呈交的文件中，把这些表面上的盈利照单全收了。但是，事实上，这是错的。评估价和最终的收购价中间相差的一百八十亿日元，不过是通过营业额的形式回流到了电脑杂技集团罢了。"

"这不可能！"伊佐山吼道，"我根本没听说过这些。再说了，这些资料的出处是哪里？你从哪里拿到了这些？如果是通过不正当的手段的话，这可是大问题！"

"这份资料，是从两年前电脑杂技集团为了设立新公司所提交的说明资料当中找出来的。"

这就是那份森山保管着的资料。

"上面不是写着'东京中央银行公启'吗？"三笠指出，"你为什么会有我们银行的资料，请你好好说明一下。"

"电脑杂技集团的负责人把这份给银行的资料也复印了一份给了我的部下，也就是说，这份资料，也是提交给了贵行的。"

伊佐山的脸逐渐变得惨白。

"当初，电脑杂技集团的平山社长一开始是找了敝公司做顾问的。在那之后，由于诸田泄露情报，最终被贵行抢走了，不过这么大一笔生意电脑杂技集团为什么会先来找敝公司呢？原因就在这份资料之中。"

半泽环视一周，停顿了一下。

"那是因为东京中央银行是 GENERAL 产业集团的主要合作银行，也就是说，只要掌握了这份资料的银行对他们进行详查的话，就会暴露出对他们不利的事实。而这不利的'事实'究竟是什么呢？"

半泽的目光依次扫过伊佐山、诸田以及三笠的脸，"是财务作假。"

2

不只是伊佐山，在这一瞬间，整个会议室都凝固了，所有人都像是那浮雕上的人像一般静止不动了。

"那笔资金作为向 GENERAL 产业卖出股份的资金循环流转回来，变成了电脑杂技集团虚构的营业额。"

半泽阐明了真相，像在这场陷入死寂的董事会中砸入了一根根楔子。

"电脑杂技集团上一期的利润是二十五亿日元，而计入的GENERAL 产业的虚构营业额是七十亿日元，这七十亿日元既不是进货也不是来自外部的订单，而是实打实的交易额，所以可以直接算进盈利。也就是说，电脑杂技集团上一期的决算其实应该是接近五十亿日元的赤字。"

半泽那份资料的最后一页上还很贴心地附上了在 GENERAL

产业、GENERAL 电气设备、电脑电气设备和电脑杂技集团之间进行资金流动的解说图。之前那些支持支援的董事有的自顾自地出神，有的则双手抱胸沉思着什么，无言以对。

"电脑杂技集团在近年的过度竞争中败下阵来，被赤字逼到了绝境，于是平山社长实行了粉饰亏空的财务作假计划，确保将GENERAL 产业旗下的子公司收购变为通过子公司营业转让的方式让资金回流，算入总营业额，造成整体仍有盈利的假象。但是，这期间电脑杂技集团业绩仍然没有改善，现在这么坚持要收购东京 SPIRAL，恐怕也是因为不想让别人知道他的窘境，把粉饰的事埋藏于黑暗之中吧。只要和业绩良好的东京 SPIRAL 合并，本产业的赤字和有价证券报告书上虚假的记载都可以翻篇了——这就是平山社长，不，平山夫妇的真正目的。"

此刻，在大家的注视之下，伊佐山一副茫然自失的样子。

"你刚刚说的这些，查实过了吗？"在突然变得嘈杂起来的会议室里，响起了中野渡的声音。

"已经向电脑杂技集团的前财务部部长——玉置克夫先生确认过了，并无差错。"

半泽和森山注意到这个关键的第二天，就去找了玉置。玉置一开始还不肯开口，直到半泽抬出了"违反商法"的大帽子，玉置才不得不道出真相。

"还有什么问题吗？"中野渡问道，没有一个人举手。"没注意到这个问题，完全是证券营业部的失职啊。"

伊佐山被行长注视着，脸色铁青，一句话也说不出来。

副行长三笠无力地垂下了头，之前所有纷乱的念头和打算也好，通融关系拉票也好，在这一刻全部化作了飞灰，落地消散。

"那么，对电脑杂技集团的追加支援一事就此作罢。如何？"中野渡对围坐在会议桌的董事们说道。

没有一个人反对。

"证券营业部当在确认财务作假的事实之后，尽早着手对放出的支援贷款进行回收，还有半泽——"中野渡转身朝向一直站着的半泽，"辛苦你了。"

半泽默默回礼，转了个身，打开来时的那扇门走了出去。中野渡目送着半泽的背影，扫了一眼桌上的议案，继续说道：

"这份议案中还包含了下调至东京中央证券的某个银行职员的人事调动，那么兵藤，你说说该怎么办吧。"

人事部部长兵藤大吸了一口气，想了想，说："关于这件事，能否允许我先考虑考虑？"

"我明白了，那就把这件事从今天的议案中删除吧。还有别的问题吗？"

中野渡问了这一句之后，环视了董事们一圈，见无人发言，微微叹息了一声，"那么这次的董事会就到此结束吧。我在这里工作了这么多年，还是第一次见到这么精彩的逆转。也不知道是该高兴呢，还是该难过。"

他苦笑着站起身来，看了一眼半泽离去的那个方向，快步离开了会议室。

3

会议室里残留着那强烈的败北感。三笠目送着中野渡离开，然后看了一眼伊佐山，自己先回办公室了。

伊佐山经过这一场意料之外的打击之后已经完全蔫了，他看了眼身后的诸田，说了声"喂"，然后缓缓地站了起来。

本来在全身心投入地四处通融搞定了拉票的工作之后，伊佐山根本就没担心过这个议案不能通过，可没想到最终竟然会以这样的形式被否决。

对证券部门而言，这可以说是惨痛的一败。

他走进副行长的办公室，三笠已经坐在了椅子上，沉默地用右手抵着太阳穴。伊佐山本能地感到一丝不寻常的气息，但还是和诸田一起坐在了沙发上，等着三笠发话。

"这是怎么一回事，伊佐山部长？"

措辞还是一如既往的温和，但伊佐山分明在三笠的眼中看到了两团蓝色的怒火，他不禁屏住了呼吸。

"非常抱歉。"

伊佐山不得不强迫自己忍耐着那份仿佛已经深深刻入自己身体的屈辱。

"你在企业分析这最基本的地方输给了那个半泽，还有比这更耻辱的事吗？你给我说说看，为什么当时没注意到？"

三笠说的是半泽，而不是东京中央证券，这正是他懊恼、不甘心的表现。

"我长久以来这么维护证券部门，你现在让我的脸往哪儿搁？"

三笠的身体由于愤怒而不禁微微颤抖，"尽快把事情的前因后果总结好写成报告交上来！"他说道，"为什么没有分析到位？为什么让东京中央证券挑出了骨头？你们到底失败在哪里？都给我好好分析一下，希望你能做好善后工作。"

伊佐山的背后渗出了冷汗。意思就是说，证券营业部负全部责任——进一步说就是让自己背负责任。

看着咬着嘴唇不出声的伊佐山，三笠继续说道："这件事完全就是你的过失。而且有一千五百亿日元已经给了电脑杂技集团，是我太愚蠢才会相信你们。"

三笠抛出最后这句话，转过头去，不知看向哪里，他从扶手椅上站起来，走向自己的办公桌。

伊佐山一边站起来，一边从副行长的神情中感觉到了他前所未有的挫败感，不禁悄悄咽了咽口水。

三笠原本是指望有一天能够坐上行长之位的，这份野心现在迎来了终结。

证券部门出来的三笠，是如此支持这个案子，也是因为如果这样的大型收购案能够成功，他凭着这份功劳就可以向行长之位更进一步。但是这个图谋最终以最糟的形式烟消云散了。

刚才在董事会上支持他们的董事们，现在因为不悦和焦躁，对三笠和伊佐山的信任只怕也是降到了冰点吧。

伊佐山最后鞠了一躬，看着仍用手指抵着太阳穴的三笠，关上了门。

"这下彻底完了。"伊佐山在心中说道。

不仅是三笠。伊佐山也是如此。就在一小时之前还呈现在眼前的通向美好未来的光明大道消失了，现在伊佐山的心情就好像是一个走投无路的旅者迷茫地站在冰封的大地上。

伊佐山和诸田正要朝电梯走去，正好看到从前面一间接待室里走出来几个人，他们停下脚步。

那些人也注意到了他们。

是半泽和一个像是东京中央证券的年轻男人，还有营业二部部长内藤。

"哦，辛苦了。"内藤像往常一样平静地打了声招呼。

伊佐山勉强扯了扯嘴角算是回应，沉默地从三个人面前走过。

就在这时——

"诸田。"半泽朝伊佐山背后道，"你就没有什么想对我们说的吗？"

诸田不由得停下脚步。伊佐山不假思索地回了头，看到的是部下僵住的脸。

"背叛了同伴不说，连谢罪或是反省都没有，这也就罢了。到最后都还没有查清电脑杂技集团的事情，因为你的工作不彻底给大家带来了多大麻烦啊。对你而言，工作究竟算什么呢？"

诸田脸色苍白，最终一句话都没能说出来。在他的视线无力垂下之前，半泽转身走了。一开始，半泽就没有期待过他的回答。

我到底错在哪儿了呢？伊佐山边走边想。

是从诸田那儿知道电脑杂技集团的收购计划后就毫不犹豫地扑上去的时候？是沉醉在场外交易获得大量股份这一计划的时候？还是在一开始的计划破产后，仍然没能看穿电脑杂技集团本质的时候？

但事已至此，说什么都——太晚了。

"喂，诸田。"伊佐山无力地喊道，重重吐了口气，"接下来去电脑杂技集团，先预约下吧。"

4

已经过了中午十一点，东京中央银行还是没有任何动静。

"先公布提高收购价的消息吧？"美幸等得不耐烦了，说道。

然而此时，就像是听到了她说的这句话一样，平山的手机响了。

"诸田打来的。"平山说道，然后按下通话键。电话通了几十秒就结束了。

"待会儿伊佐山要来。"把手机盖翻下来，平山的表情有些僵硬。

"怎么了？"美幸问道。

平山喃喃对她说道："他没提到决议有没有通过。"

社长室的气氛一下沉重起来。

"怎么回事？"美幸的声音一下尖锐起来。但平山没有回答她，他只是靠在椅子上目光漫无焦距地在想些什么。

"你不该问一问吗？"美幸责怪似的说道，"为什么不问啊？没问他当然不会说啊。现在你再打个电话呀。"

平山完全没有要打电话的意思。"诸田到底说了什么啊？"

然而，平山还是一言不发。

"喂，我说——"真是个固执强硬的女人。她刚要再说话，平山吼道："吵死了！"

"你发什么火啊！"

美幸也急了，不过还算忍住了，没有继续说下去。她知道，这种时候顶撞平山没什么好果子吃。

平山很不安。

以及，虽然自己很不愿意承认——美幸也很不安。

美幸知道平山在想些什么。

如今收购东京 SPIRAL 这一战略可以说是关乎电脑杂技集团的存亡，无论如何，这次的收购案不成功便成仁。之前搬出来的白水银行的报价一事也只不过是催促东京中央银行的手段罢了，现在电脑杂技集团唯一能抓住的一根救命稻草就是东京中央银行了。

平山不说话，整个社长室笼罩在一片沉默之中，美幸紧张到感觉自己的胃莫名地在痉挛。

等诸田的这段时间，不知有多漫长。

没有银行的支援，就不可能走出目前的窘境——这个事实重重地压在两个人的心上。

"有什么了不起的，不就是个银行吗？"

美幸小声嘟囔着，不是对平山说，倒像是在安慰自己。在电脑杂技集团作为 IT 之雄还在急速发展的时候，银行在他们眼中连提鞋都不配。融资主要靠证券市场，并且通过上市，平山夫妇获得了巨额的创业利润。

但在这之后，随着竞争越发激烈，本产业上的收益日益恶化，两人为了寻求新的收益支柱而设立了各种各样的子公司，甚至不惜把私人资产也投了进去。然而，其中大部分至今都没能回收回来。两个人匆忙做出的各种投资，现在看来，就好像在往一个底上有窟窿的水桶里倒水一样愚蠢。

美幸，以及平山都感觉仿佛被一种无形的疲劳包裹住了全身。

这种疲劳，是伴随着长年经营而积累下来的。

曾经，电脑杂技集团确实在擅长的领域凭借着出类拔萃的经验和技术发展得轰轰烈烈，如今这些只不过是过眼云烟，昔日辉煌而已。这之后的电脑杂技集团可以说是连战连败。

就算不愿承认，各种逃避，现实的严峻形势也不会有一丝一毫的改变。

不就是个银行吗？美幸又在心里默念了一遍。

无论如何，一定要收购东京 SPIRAL。为此，一定要让他们拿出资金来。区区一个银行而已，不会让他们多嘴多舌的，万一他们不顺服，那就换合作银行。

"Yes"以外的任何结果都不接受。

就在这时，秘书敲门进来，告诉他们银行的人来了。

　　　　　*　*　*

　　先走进来的是部长伊佐山，诸田紧随其后，两个人像进行着什么仪式似的微微致礼，带着微妙的表情坐在了沙发上。

　　"在您百忙之中还上门叨扰，实在非常抱歉。董事会刚刚结束。"伊佐山徐缓地开口了。

　　他看着平山夫妇的眼神里，一点儿都看不到以往的生机和活力，"我就直接说结论吧，五百亿日元的支援没能获得通过，十分抱歉。"

　　伊佐山说着，两人深深地低下了头。

　　平山看着伊佐山的白发和诸田那已见稀疏的头顶，就像没听见他刚才说的话一样，面无表情。

　　"怎么回事啊？！"美幸努力地想要挣脱充斥着内心的绝望之情，愤怒地说道，"能别开玩笑了吗？从一开始想当顾问的就是你们吧？现在这可是赤裸裸的违约！"

　　她狠狠地盯着两个人，表达着心中的不忿。伊佐山和诸田像败家之犬一样一言不发。

　　"事实上，在董事会上，持反对意见的人拿出了这份资料。"伊佐山说着，从包里取出一份资料，放到桌子上，将它滑到对面。

　　"请你们过目。"

　　但是无论是平山还是美幸，都没有伸出手来拿。

　　资料被展开的那一页上清楚地附有 GENERAL 产业和电脑之间的资金环流示意图。

美幸心中那盏一直以来摇曳不定的希望之灯也熄灭了，眼前突然一片漆黑。那束照亮未来的微光，在最后的关键时刻彻底熄灭了，将他们彻底拖入了黑暗。

回过神来，坐在椅子上的美幸不知怎么开始微微颤抖起来。明明吹着暖气，却像是长时间暴露在严冬刺骨的寒风之中一般，脑袋也昏沉沉的，不是很清醒。

"这是事实吗？"伊佐山问。

"我不知情。"美幸感觉自己发出的声音像是枯叶一般在风中摇曳，像是谁不经意间说出的笑话似的飘落在地。

"副社长，这不是一句不知情就可以解决的问题。"

伊佐山挺直身子，语气里包含着不容辩解的强硬。

美幸瘫在椅子上，赌气似的转过脸去。她的态度就像是轻佻的女高中生一样，与其说是在考虑怎么回答问题，倒更像是沉浸在自己不高兴的情绪里一般。

"那么您能告诉我真实的情况吗？社长。"

伊佐山把矛头转向了平山。只见头发三七分的平山，银框眼镜下的脸颊连微动都不曾有过，只是沉默着。

"资产评估交给会计师做了，现在没办法知道。"良久，平山才回答道，然而伊佐山不可能就这么信服。

"那能请您拿出会计师做的报告书吗？"

"不能，不在这里。"

"那就请立即联络会计师吧。"

伊佐山不断地逼近，平山突然抖了抖肩膀，笑了："你们已经没有支援的意思了吧？那为什么我要给你们银行提供资料啊？"

"这次，我们已经投入一千五百亿日元了。"伊佐山重重地说道，"这里面还不包括其他的周转资金，我行想要知道贵公司的财务状况也是理所当然的，同时贵公司也有给予回应的责任。社长，这是关乎交易信用的根本问题。"

"就算你这么说我们现在也拿不出来啊，这些东西又不在我公司里。"

平山态度变得冷淡起来，靠在椅背上。

"那么，上一年度和 GENERAL 产业的交易明细与供货单呢？"伊佐山没有丝毫退让，"这两样应该能立刻拿出来的吧？接下来我们还想见一见贵公司的财务负责人，您能打个电话吗？"

"要是这么不相信我们的话，那你们还当什么顾问？"平山睥睨着他说道。

没想到伊佐山和诸田两个人都神色不变。

"其实这次拜访我们就是来说这件事的。"伊佐山说道，"既然贵公司存在这么暧昧不明的交易，我行就无法提供支援了。如果不能证明贵公司的清白，届时就要请您将包括周转资金在内的所有支援资金全额返还。道理上，我们不可能容许这样的违法行为。"

"说得可真高尚。"平山从牙缝里挤出这么一句来，"你们辛辛苦苦从子公司那里抢来这桩收购案，结果区区几句话就结束了？银行就是这样，只要一对自己不利就马上收手。之前你们不是认可了我们公司的业绩才决定当顾问的吗？这就是你们所谓的作为顾问应有的态度吗？既然如此，以后有事谁还会找你们东京中央银行啊。你们从一开始就没有足够的实力来当顾问吧？"

"也许正如您所说的一样吧。"

伊佐山平静地接受了平山最后的指责。他已经抛开了自尊，现在坐在这里的目的只有一个，"请问，您什么时候可以开始偿还贷款呢？"

5

"这回我真觉得要万事休矣。"

渡真利将兑了水的烧酒端到嘴边，一饮而尽。半泽也默默地喝了一口。

此刻他们正坐在神宫前那家常去的烧烤店内。也许是因为是星期四，晚上九点多过来的时候人满为患，现在稍微好一点儿了。

"因为这件事，三笠副行长在银行内颜面扫地，那么辛苦地为电脑杂技集团拉票，最后居然在最基本的方面被你翻盘。这种错误根本没有找借口的余地啊，差点儿就要引起严重的信用事故了呢。"

电脑杂技集团前天发表声明宣布放弃收购东京 SPIRAL，各家新闻媒体都争相报道了此事，还把身为电脑杂技集团顾问的东京中央银行惨败于自家子公司东京中央证券一事也一并进行了大肆报道，并对这次收购案做出了各种各样的对比分析。

电脑杂技集团的平山、东京 SPIRAL 的濑名，这是新旧 IT 经营者之间的对比。工薪阶层风貌的平山和不拘一格的濑名，两者处于两个不同的极端，支持他们的人群的年龄段也不一样。推行经营多样化的平山，和一直以来都集中精力在本行业努力发展的濑名，这又是一个对比。而"既得利益一代"和"迷失一代"的对比也相当引人注目。

"贷款能收回来吗？"半泽问道。

"啊，还有点儿希望吧。"渡真利微微叹了口气说道。

"多亏你这么一搅，东京 SPIRAL 的股价大涨，电脑杂技集团慢慢地把手头持有的股份都放回了市场，这笔钱也就能收回来了。虽说是因为股价上升使收购失败，但托你的福这下不只能把钱回收了，反而还能有一定的盈利，真是讽刺啊。"

电脑杂技集团将向市场出售东京 SPIRAL 的股份的消息被报道后，虽然暂且因为这部分抛售导致了短暂的回落波动，但股价又马上恢复了。

"问题还是在于财务造假。"渡真利压低着嗓子，表情变得严肃起来，"早晚搜查当局都会拿他们开刀的。"

"我想也是。问题是电脑杂技集团到那时候会怎么样——"半泽转了转酒杯，冰块在其中哗哗作响。他看着渡真利问道，"退市^① 整顿？"

---

① 是指上市公司由于未满足交易所有关财务等其他上市标准，而主动或被动终止上市的情形，即由一家上市公司变为非上市公司。

"很有这个可能。"渡真利皱着眉道，"只是这么一来就会引起我行的损失。"

就算全额回收了这次的收购资金，但之前那些周转资金还剩着几百亿日元呢。要是这些都变成坏账，对银行的业绩也会有很大影响。

"也算是中野渡行长不走运啊。"

"你可真事不关己。"渡真利说完，沉默下来。

半泽看了他一眼，像是察觉到了什么，"怎么了吗？"

"我听说啊。"渡真利说了一句，然后咬了一口鸡心串，嚼了起来。在渡真利这个情报通看来，银行里充满了秘密，看来这次也是一样。

"有人提议说把你送去电脑杂技集团去。"

"我？"半泽把喝了一半的酒放下了。

"说是你把电脑杂技集团研究得很彻底，今后银行不管是要组织再建也好，回收债券也罢，你都是最佳人选。"

半泽惊呆了，问渡真利："这是谁说的啊？"

"三笠副行长呗。看来电脑杂技集团收购这件事让他是相当记恨着你呢，完全是以怨报德。但是如果他真的亲自关照过人事部的话，兵藤部长也不能当作不知道啊。你知道我说的是什么意思吧？"

"这帮家伙还真是坏到家了啊。"半泽感叹，然后开玩笑道，"于是我这就得开始收拾行李了呗？"

"你就别开玩笑了，你真的能接受？"渡真利摆出一副惊讶的表情。

"既然是银行职员，又怎么能拒绝任免呢？"

"你所谓'任免'，不一定每次都是正确的。"渡真利说道，像是回忆起了自己这么多年的银行职员生涯。

"这件事上，我觉得你做得对。但是由于你的原因，有很多人在出人头地之前就被扼杀了，他们的未来笼罩在乌云之下。特别是证券部门的那群人，全都视你为死敌。对他们来说，怎么做才合乎道理已经无所谓了，重要的是怎么收拾你。三笠副行长也是同样，这已经是自尊层面上的问题了。"

"他们还真不死心啊。"

"可不是嘛！"渡真利握了握拳，"银行职员嘛，就是这么'不死心'的一种人。还有，那种能力不怎么样、只有自尊心极强的人才是最难打发的，而这种人偏偏又多如牛毛。"

看着晃着肩笑而不语的半泽，渡真利道："银行也想快点儿把这件事搞定，估计下周就会下达人事命令了。"

"结果差不多就是去电脑杂技集团当差了？"

面对半泽的询问，渡真利夸张地点点头。

"他们已经基本把反对的障碍扫除了。你也真是逃得一难又遭一难啊，认命吧。"

6

"为成功阻止收购干杯！"森山心里充满着前所未有的充实感。

"谢谢你，阿雅，多亏有你。"濑名说着，脸上带着略显痛苦的表情叹了口气。

自从电脑杂技集团宣称要收购东京 SPIRAL 以来，濑名就一直没放松过紧绷的神经，实在是令人精疲力竭的两个月。

"正义与我们同在嘛。"森山半是戏谑道，然后又严肃地看向濑名，"还有，我也要向你道谢，感谢你给了我一次这么难忘的工作机会。"

"那真是太好了。"濑名也装起正经来，看着森山说道，"人生在世，不过如此。"

"任何时候都不可能事事公平，一味追求公平可能也是错的。但是偶尔，努力会得到回报。也正因为如此，我们才不能放弃。"

这些话不知为什么触动了森山的内心深处。

"话说回来，有些事想跟你说。"濑名缓缓道，"昨天，清田和加纳来过了。"

森山想了好一会儿才想起来这两个人是濑名的前财务总监和前战略主管。

"就是那两个卖掉了东京SPIRAL股份的人？他们来干什么？"

"他们似乎是想恢复原职。"濑名答道。

"不是吧？"

森山震惊了，这都什么事儿啊。他们是把人当傻瓜呢，还是自己脑子有问题吗？

"他们在这段时间里好像用卖股份得来的资金去搞通信生意了，把钱一股脑儿全投进了通信基础设施建设上面，但是结果似乎不太如人意。于是就跑来跟我说什么只要有资金一定能成功的，让我接手这生意。"

"还真是自私自利啊。"森山鄙视地说道，"然后呢，你打算怎么做？"

"当然拒绝了。"濑名干脆地说道，"对我来说，财务总监这一职位，找别人来做更合适。"

"玉置先生吗？"

森山本来以为自己会猜中，却没想到看到濑名摇摇头，"不，玉置先生已经被内定为FOX的财务负责人了。我想的是——阿雅，你来我们公司吧。"

森山一瞬间哑口无言。他心中百感交集，却还是什么都说不出来，就像脑后挨了一记闷棍似的。

"我还是想和能够信赖的人在一起工作。"濑名热切地说道，"阿雅，你在证券公司工作也积累了不少经验知识，不考虑来我们公司做财务总监吗？"

"等一下啊。你这也太突然了……"森山一时间不知如何是好。

"我之前就在想，等到这次的案子告一段落，就来邀请你。"濑名一脸认真的样子，"如果你有意向的话，现在就可以谈待遇。不管怎么样你能谈谈你的想法吗？"

"突然就这么一说，我还真不知道该怎么回复你啊……"

"不用马上给我回复。"濑名道，"这事很重要，你好好考虑考虑。我随时等你。"

濑名说完，一口饮尽了杯中的酒，然后又用包间里的内线电话加了两瓶。

7

"我说你啊，在这种庆祝的场合就别再绷着脸啦。"尾西注意到从刚才开始就在会场角落不太说话的森山。

"发生了很多事嘛。"

"那是，你也累了吧。"尾西以为森山仅仅是疲劳了，"这段时间，你一直都是赶的末班电车吧？"

这次营业企划部举行的庆功宴可是社长冈亲自策划的。借了离公司比较近的一个小酒吧当会场，会场中央的一个桌子上，半泽正被几个部员围拢在中间畅饮欢谈。

平常一直都很严肃的冈这天晚上也非常高兴，他一直在和周围捧场讨好的那些人热络地聊着。祝酒词过后，更是翻来覆去地夸半泽，把在场的人都看呆了。这个男人平时一直把"别让银行小瞧了"挂在嘴边，这回终于在这种社会瞩目的案子上大大地杀了银行的威风，对他来说，恐怕没有什么比这更痛快的事了吧。

"话说回来，昨天我和东京中央银行人事部的朋友喝了一杯，听到点事儿。"尾西快速瞥了一眼半泽，然后压低了声音，"半泽部长说不定要回银行了。"

森山刚惊讶地"哎"了一声，赶紧闭上了嘴。

"怎么会？部长才来我们公司没多久啊。"

"不，说是回银行，其实只是暂时挂在人事部下面待命，马上又要再度下调。你猜要调到哪儿？"

森山完全没有头绪。

"哪儿？"

"似乎是电脑杂技集团。"尾西的语气听起来也有点迷惑。

"不是吧？"森山简直难以置信，"我们和电脑杂技集团可一直是敌对关系啊，怎么会调到那里去？简直乱来啊。"

"部长在银行里树敌无数嘛。"尾西一副知道内情的表情。

"那，部长他知道吗？"森山感觉到自己心里升起的愤怒，恨恨地说道。

尾西摇摇头，表示自己也不知道。

"人事那点儿事儿你还不知道吗？银行还真这么无情无义啊。就算输得再惨，在这种事上报复回来又算是什么事儿啊。"

森山说不出话来。

太过分了。

他已经没有什么庆祝的心情了，接下来还要继续参加这个庆功宴对森山来说只能说是一种煎熬。再加上濑名那件事儿还盘踞在他的脑海中，根本没办法融入其他人欢庆热闹的气氛中。

半泽是值得他尊敬的上司。

一切以顾客为优先，有时甚至不顾自己的地位得失。凭借着智慧和努力击败对手，就算仅有一点点线索头绪，他也能用过人的手腕逆转翻盘。能和半泽在一起工作，是森山的福分。

而现在半泽因为成功的反击，却招来了反感，正站在银行职员生涯的悬崖边上。

森山心中的不甘，仿佛要把胸口撑裂了一样。

* * *

"怎么了？森山，你不去吗？"看着喜欢唱卡拉 OK 的冈被许多部员半推半拉地走向附近的卡拉 OK，半泽转头问森山和尾西。

尾西也朝着森山说道："你也来嘛。"但是森山现在哪里还有心情陪他们疯啊。

"部长你呢？"

森山心想半泽必定被冈邀请过了，谁知半泽却答："总觉得没心情唱歌啊。"

部长他知道了。森山的直觉告诉他。

半泽又道："到那边去喝两杯吧。"

他和森山两个人走进了旁边的酒馆。

"刚才，从尾西前辈那里听到了点传言，我很在意，是有关部长的任职的。"

"没必要放在心上。"半泽笑道。只是这笑里面却带着些落寞。

"如果传言是真的，这未免也太过分了吧。他们已经找部长您谈过了吗？"

"还没正式通知我。"半泽泰然自若地喝着酒，"只是，不管谁去，电脑杂技集团的状况已经不能再等了，要去还是尽早较好。"

"我觉得部长您完全没有必要去啊。他们不过是因为这次输了，所以要报复您啊。"

"你看不过去？"半泽挑挑眉毛。

"那当然了。"森山不甘心地说道。

濑名曾经说过，世上不可能事事都公平。

也许是这样，可是，这口气怎么咽得下去？

"那么，你来改变它。"

听到半泽的话，森山不解地抬头："什么意思？"

"叹气倒是简单。"半泽说道，"抱怨，或是讥讽这世事的无常——谁都做得到。你或许不了解，不管在什么时代，总会有那么一群人一直在怨天尤人。但这究竟有什么意义呢？比方说你们这'受虐'的一代，比起抱怨，不是更该去想想怎么做才能让悲剧不再重演吗？"

半泽继续说道："再过十年吧，你们就会成为公司里的中流砥柱，到那时，**正因为你们对社会一直持有疑问，所以才更能发现改革的可能。这正是让社会或是组织真正认识到你们迷失一代存在意义的好时机。我们泡沫一代，是搭着顺风车走进了社会的，就因为景气好，对社会根本没有过什么怀疑或是不信任感。也就**

是说，对于上一代构建起来的组织，我们这一代没有过什么抵抗就接受并融入了进去。但这是错误的。等到察觉到这是个错误的时候，我们已经被逼得束手无策、走投无路。"

半泽稍稍看向远方，叹息着，"但是你们不一样。对社会，你们有着我们所没有的反感和怀疑，以及根深蒂固的问题意识。要说能够改变社会的，那就是你们这一代了。或许只有在迷失的十年中走向社会的人，或者说是这之后的世代，才可能获得在未来十年中改变社会的资格。我期待着你们迷失一代的逆袭。可是同时，想要被社会所接受，一味地批判是行不通的，必须给出一个所有人都能接受的答案。"

"谁都能接受的答案……"森山翻来覆去咀嚼了几遍。

"世上的批判已经够多了。你们要展示出你们自己的风格。为什么抱团一代是错误的？为什么泡沫一代不行呢？究竟怎样的社会才能够让所有人接受并感到幸福？包括社会和组织，你们应该做出一个什么样的框架来？"

"那部长心中有吗？"森山问道，"部长心中有这么一个让你满意的框架吗？"

"算不上是框架，只是一个信念罢了。"半泽说道，"但这也只不过是泡沫时代的，更进一步说，只是我个人的想法而已。但是我相信它是正确的，为了它，我一直战斗到今天。"

"能告诉我是什么吗？"森山问道，"那是种什么样的信念呢？"

"很简单。就是'实事求是'。**一件事正确，就要说它是正确**

的，也就是说要将社会的常识和组织的常识统一起来，仅此而已。一心一意诚恳工作的人要得到相应的评价，而就是这样一件简单的事，如今的组织却做不到。所以这不行。"

"那您觉得原因出在哪儿？"森山追问道。

"有些人工作只是为了自己。"半泽明确地答道，"**工作，应该是为了顾客而存在的。引申出去，就是为了社会而工作。**当人忘掉了这个大原则的时候，就会一味地利己。一味利己的工作就是内向的、自卑的，会因为自私而变得丑陋、扭曲。这样的人一变多，公司当然就会越来越腐朽。组织一腐朽，社会也会跟着腐朽。你明白吗？"

看着森山认真地点头，半泽笑着拍了拍他的肩，"就结果而言，造成就职冰河期的可恶的泡沫时期就是这群只为自己工作的家伙们制造出来的，就是这种脱离顾客的金钱游戏让社会渐渐腐朽了。我觉得你们首先该做的，就是恢复原则，并努力让它不被人们遗忘。说是这么说，这也不过只是身为泡沫一代的我的个人想法罢了，我相信你们能够找到更正确的答案。我也期待在未来的哪天，你可以把它告诉给我听。"

在这些话中听出了点分别的意味，森山连忙抬起头来看着半泽。

"去战斗吧，森山。"半泽道，"我也会起来斗争。要相信，只要这世上还剩那么几个人在斗争，社会就还有希望。一定要坚信这一点。"

8

  下午六点四十五分，人事部部长兵藤乘着中野渡的专车出了银行，是行长邀请他说想边吃边谈。要说，这也不是什么稀罕事，这次叫他过去一定是谈人事，但是"边吃边谈"，不由得让兵藤隐隐感觉到了中野渡在这件事上的迷茫。

  在这次的案子上，东京中央银行的证券部门错过了实现飞跃的大好机会，不仅如此，还让电脑杂技集团的违法问题暴露出来，甚至到现在还不能保证不会有坏账发生。

  更严重的问题在于，缺乏能够拯救危机力挽狂澜的人才。而证券部门的拥护者兼代言人三笠副行长如今声名扫地，已经无法期待他的领导力。没看出电脑杂技集团财务作假的伊佐山，现在在行内也备受冷眼，没有人相信他还有能力率领电脑杂技集团渡过这次难关。

中野渡一边闭目冥想，一边听着兵藤陈述意见，他恐怕也是想借兵藤的看法将自己心里的人事草案加以巩固完善。

两个人乘坐的汽车朝着平河町开去，没一会儿在一幢大楼前停下。他们下车，朝一家早就预约好的中华料理店走去。

电梯在某楼层停下，两人被引着进了一个包间。

兵藤跟在中野渡身后走进了房间，当看到里面已经先到的两位客人时，不禁一愣——是三笠和伊佐山两人。

"让你们久等了。"

"我们也刚到不久。"三笠委婉地说道，他恭请中野渡在最靠里的座位上坐下。兵藤总觉得事有蹊跷，因为三笠前两天才刚刚给了他一份提案。

即让半泽到电脑杂技集团去担任董事。

虽然当时对他说自己会考虑一下的，但其实兵藤只是在敷衍他而已。然而现在这两个人也来了，他们的目的大约就是要想和行长直接谈判吧。如果是这样的话，问题可就复杂了。

"感谢您邀请了我们。"

中野渡行长一坐下，就听见三笠声音洪亮地致谢并干了一杯。

是行长叫他们来的？

兵藤心中存疑，却没有在脸上流露出来。他开始猜不透这饭局的真正目的了。这顿饭，如果是为了推心置腹地商讨今后证券部门的强化策略，把这两个人叫来，就意味着，中野渡今后的战力构想之中有那二人的一席之地。

不会有这种可能吧？兵藤暗暗想着。就算暂时不跟他们算账，要凭他们两个人来渡过眼下的难关也是极为困难的。

结果，中野渡下一句话就把兵藤的疑问解开了。

"我叫你们来，是觉得你们也许还有什么想说的。"

三笠双颊微微颤动，伊佐山银框眼镜下的眼神却毫无波动。

"真的谢谢您。"

三笠好不容易掩饰住心中的激动，装作平静地低头致谢，一边催促旁边的伊佐山说话。

"这次出了这么丢人的事，真的非常抱歉。"伊佐山道歉道，"我努力反省过了，还是觉得这次的事如果站在我们的立场上看，是不太可能看穿的。"

"这样啊，这又是为什么？"中野渡问道，看上去却也不怎么关心。

"GENERAL 产业是属于营业本部的负责范畴，碰巧半泽曾经是营业二部的次长，因此熟知 GENERAL 产业集团的信息。而我们证券本部平时很少能接触到这么深层的情报，所以从结果而言，发生这种事态是不可避免的……"

伊佐山说着各种苦衷和借口，手伸到口袋里拿出手帕擦了擦额头。房间里一点儿都不热，他额头上却闪着汗光。

"是这样啊。"中野渡看了眼伊佐山，把空酒杯放下，"那么副行长，你也认同了吗？"

"证券部门会聚了优秀的人才。"三笠开口就是对部下深重的信赖，这其中也流露出了他出身于证券部门的骄傲，"如果对方和我们处在同样的条件下，不可能比我们做得更好，因为我们这里的人才毕竟多嘛。原因果然还是在于半泽以前的工作影响了他对 GENERAL 产业的分析结果。"

"证券本部终究还是一个光说不练的集团啊。"良久，中野渡说出一句讽刺的话，"如果面前是一张卷子，你们一定能拿很高的分数吧？但是这次的考试内容，却是一开始就让你们先去找出该解决的问题。但是你们就是在最关键的一战中输了。其结果就是，你们去解了错误的问题，得出了错误的答案。可是看看东京中央证券，确实，他们可能没有走一般的程序，但却把握住了正确的问题，最终得出了正确的答案，你说是不是这样呢，伊佐山？"

"您说得是。"伊佐山承认了失败，仔细体味着这份反省和后悔，"是我们力有未逮，让您失望了。"

"我在这件事上也没能做好监督的工作。"三笠也反省道，却突然转了话题，"另外，有事想和行长相谈。"

他继续道："和电脑杂技集团商讨过后，决定由我行挑选人才帮助电脑杂技集团对应今后的工作，现在正和兵藤部长讨论人选。"

三笠看了一眼兵藤，继续说道："之前也跟兵藤部长说过了，我们有一个提案。为了让电脑杂技集团成功再建，以便顺利回收债权，我们觉得要点在于能否起用熟知对方情况的人才。为了实现这一点，我们正在考虑是不是可以让下调到东京中央证券的半泽来担此重任，目前看来，这是最好的选择了。"

看中野渡一直在听着，三笠便继续说了下去，"关于此事，虽然之前也向兵藤部长提案过，但如果能得到行长您的首肯，尽可能快地把这件事确定下来的话就更好了。"

"到那边担任什么职位呢？"中野渡问兵藤。

"电脑杂技集团的董事兼财务部部长这样的职务吧。"

"你赞成吗？"中野渡突然问了兵藤这么一句。

"我……其实反对把半泽调过去。一来他才刚刚调到证券不久，二来，在这次的事里他也是立了功的。"

"我倒不觉得那是功劳。"三笠委婉地堵了回去，"如果他是堂堂正正的银行职员，就不会那么干，应该在一开始的阶段把情报提供给银行。"

"我倒是听内藤说，半泽好像在董事会的前一天还去找过伊佐山部长，"兵藤扭头问伊佐山，"但是你根本没有听他说话的意思。"

伊佐山有些慌了，赶紧又拿出了手帕来擦额头。

三笠的脸一下阴沉下来，牢牢地盯着伊佐山看，想必是伊佐山还没有把这件事告诉过三笠。

"非常抱歉，那时我还以为他来找我是想说别的事……半泽也没有说是有关什么呀。"

"如果是不那么重要的事情，他为什么不用电话说呢？这点你总该想过吧。"

兵藤被他这推卸责任给半泽的本领惊呆了。

"但是啊，兵藤，如果仅仅因为半泽立了功就反对他调去电脑杂技集团，这不就偏离了重视适材适所的人事制度了吗？"三笠又唱起了反调，"现在对我行来说，什么才是最佳选择？人事部不是应该优先考虑这个问题吗？优先照顾行员，就不叫人事了。人事，就是应该优先考虑组织的情况。能担任电脑杂技集团的再建任务的，除了半泽以外没人可以胜任了。行长，您觉得呢？"

三笠和伊佐山的目的只能是一个，那就是朝半泽落井下石。但令人不爽的是，偏偏他们的做法又甚是巧妙，把组织论断章取义地拿来当作挡箭牌，让人无法说出个"不"字。

在两个人期待的目光中，中野渡静静地思考着。

"你们有没有想过，如果没有半泽，结局会如何？"良久，中野渡道，"我行就会在电脑杂技集团的粉饰之下把钱贷给他们，加上追加投资，不当投资总共会有两千亿日元。然后等到粉饰的事暴露出来的时候，不管是作为行长的我，还是主张支援的你们，都免不了要承担责任。现在这些诸如'行长''副行长''证券营业部部长'的头衔还好好挂着又是谁的功劳？你们能不能想想这些呢？"

中野渡这番合情合理的话让三笠的诡辩霎时失色，两个人脸色青白交加，只好沉默。

"赴任电脑杂技集团的人选一事是应该尽快决定了。就像刚才三笠你所说的那样，证券部门确实人才云集，而且对电脑杂技集团又十分熟知，这么看来一把钥匙配一把锁，刚好合适。关于人选嘛，我是这么想的——"行长喝了口啤酒润润嗓子，继续说道，"我觉得伊佐山你可以担此重任。"

伊佐山一下子抬起头，满脸的狼狈。

"行长，不，我……"

伊佐山拼死想找些什么借口，但看样子他是已经完全混乱了，更不要谈什么理性思考能力了。

"这不是你挽回名誉的大好机会吗？"中野渡冷冷地板着一张脸说道，"听过半泽的分析说明后，你也应该了解了电脑杂技集团的内部情况了吧？今后努力投入再建工作，我期待着你的优秀能力得到发挥。"

伊佐山脸色铁青。

"还有，按照这种发展趋势，平山社长退位也已经是不可避免的了，考虑到今后必将由银行来主导再建，到那时就由三笠你来担任社长吧。"

这意想不到的回答把兵藤也吓了一跳，转过头来看行长。

"行长，电脑杂技集团那种规模需要特地调我过去吗？"三笠终于反问了一句，把"一人之下万人之上"的副行长下调去电脑杂技集团这种级别的公司，这还是史无前例的。

"规模不是问题。"中野渡看着三笠，声音透露着威严，"三笠，是你说过愿意负全责的，我才将案子交由你总揽的。既然如此，电脑杂技集团的再建工作就是你剩下的工作，也是你作为银行职员的义务，你觉得我说得对吗？"

三笠的脸渐渐失去血色。他的嘴紧紧抿成一线，攥着拳头，满脸惊骇地盯着中野渡。

中野渡不理会他，继续道："总有一些人，他们在失去了'银行'这块大招牌的庇护之后，不管去了哪里，都能发出耀眼的光。这才是真正的人才。"

兵藤在一旁认真看着行长严厉的面孔。

这些话似乎刺中了那两个人作为银行职员的心。不过同时兵藤也注意到了，刚才行长说的那些，无疑是给某个不在场的人的最大赞美。

9

"阿洋，对不起，我想了很久，还是决定留在现在的公司再努力一把。"

看着濑名满脸期待的神色瞬间黯淡下来，森山觉得自己实在太对不住他了。

"谁让我们公司跟东京中央证券比起来根本算不上什么呢。"

濑名靠在椅子上，一副赌气闹别扭的表情。

"不是这样的。"森山急忙说道，"老实说，以前我一直对我们公司很有意见，一边在心里抱怨着，一边还是工作到了现在。但是经过这次的事，我觉得我好像明白了我工作的意义。公司是大是小，名气响不响，这些都不重要。我当然也很想去东京SPIRAL，但是在此之前，我更想好好体会一下我好不容易品尝到的现在这份工作的乐趣。所以，我选择留下。但是相应地，阿洋，以后能不能让我负责东京 SPIRAL 呢？"森山说着，低下头，"就算不是东京 SPIRAL 的人，至少让我作为证券公司的一员为你出一份力吧，拜托了。"

濑名掏出烟来点上，吸了一口，伸出手来："我明白了。那就请多关照啦。"

这样简洁明快的欢迎真有濑名的风格。他说道："虽然有点儿早，现在就帮我一起研讨 Copernicus 的事业发展吧。谈妥了我们公司的协作内容之后，要帮助其快速发展，尽早争取到日美市场的资金支持。可以吗？"

"当然，我现在就可以开始工作。"

于是濑名从办公桌上搬来一沓厚厚的资料。

"这是基于我的意见做成的事业计划书，我想知道这个在财务方面的可行性。"

"什么时候给你报告？"

"越快越好吧。"濑名说道，"你就这么想，现在在世界上有十个人都有同样想法，一旦决定了方向，接下来就看谁的速度快了。"

"我明白了，我马上就带回去进行详细调研。"

森山把计划书放进包里，刚站起身来，只听濑名说："也让半泽部长过目一下吧，他有他独特的嗅觉嘛。"

森山听了这句话，脸色一下子沉了下来。

"部长，说不定要调动了。"

"真的假的？"濑名瞠目结舌。从他吃惊的程度也能看出他对半泽有多么信赖。

"好像明天就要下达调令了。"

今天中午，半泽被银行人事部叫去了这件事已经在公司里流传开来了。大概是谁不小心说漏嘴的，"是不是要被调去电脑杂技集团"这一流言不胫而走，弄得整个公司人心惶惶。只是当事人半泽却只字不提，大家只看到他像平常一样在那儿工作着。

"调动？调去哪儿？"

被濑名一问，森山含糊其词："人事的事谁知道呢。"

说不定是调去电脑杂技集团。可这句话森山怎么都说不出。

他犹豫着是否该把只是个公司内部的传闻说出口。但其实，从心里讲，他自己不愿意承认这个事实。

为了守护东京 SPIRAL，半泽赌上了自己的职业生涯。

但是不管是什么结局，半泽都不会后悔的吧。

这份信念和高洁，正是半泽直树这个人的灵魂。

现在，怀着最大的憧憬和敬意，森山又一次确信了这一点。

10

"就是明天了。"下达任免令的前夜，渡真利打来电话说，"半泽，吃顿最后的晚餐吧。"

"最后的晚餐，意思就是说我果然又要再次被贬了吗？"半泽问道。正好是喝完啤酒准备换烧酒的时候。

"这个我也不知道。这回是兵藤部长亲自决定人事，一点消息都泄露不出来。"

渡真利这个情报通貌似因为这个事实很受打击，他挠挠头，"似乎人事部整个都神经过敏了。倒是你，没听到些什么风声吗？"

"没有啊。"半泽说道，"只是被告知明天十点过去。顺其自然吧。"

他说着，接过从柜台里面递出来的章鱼，放进嘴里。还是银座的那家寿司店。由于隔壁就是一家 Live House[1]，每当有客人进出时，里面就有歌声传了出来。

"总之，不管任职如何，你的实力所有人都是有目共睹的。听说在营业二部你的人气还是那么高，这次他们也为你的活跃拍手喝彩呢。"

"嗯，这我倒挺高兴的。"半泽回忆起曾经的部下们那一张张熟悉的面孔，略带落寞地笑了。

"总之，明天我会来接受调遣的。"半泽说道，"不管去哪里，做好自己的工作就是了，无论新手还是行家，要做的事都是一样的。"

"但愿有个好结果。"

半泽用自己的杯子碰了一下渡真利的杯子，他已经不再去考虑明天的任职结果了。

纠结也没用，至少半泽在这几个月里为东京 SPIRAL 竭尽全力了。

对于银行职员而言，人事调动是绝对的，就算结果再荒唐也得接受，当然半泽也不例外。

---

① Live House 最早起源于日本，与一般酒吧不同，因为这些室内场馆具备专业的演出场地和高质量的音响效果，所以非常适合近距离欣赏各种现场音乐。

＊　＊　＊

第二天，半泽按时走向人事部，却意外地被带到了行长办公室。

"不是任免仪式吗？"半泽问走在前面的兵藤。

"这次是特例。"兵藤简短地回答，绝口不提任命的内容。这实在是太突然。

"我原以为会先向我介绍一番外派的公司呢。"半泽一边走出停在了董事楼层的电梯，一边问道。

"你少啰唆几句吧，"兵藤答道，"我们有我们要考虑的事，没空在每件事上都来满足你的期望。"

"知道您很忙我就放心了。"半泽笑道。

"你呀，就是嘴上不肯吃亏。"兵藤说了这么一句，就径直朝楼层最深处的行长室走去，到了门口也没说话，只是对秘书点了点头。

居然把外派的银行职员叫回来，由行长亲自通知任免结果，这绝对是史无前例的。

"你来了。"

办公桌后的中野渡站了起来，老花眼镜还戴着没摘，接过兵藤毕恭毕敬地递过来的委任状。

他打开委任状，突然开口说道："委任。"

单刀直入，极具中野渡的作风。

"半泽直树为营业第二部第一组次长。"

半泽惊讶地抬起头来，仔细看着中野渡那张毫无表情的脸。

"欢迎回来。这次的事你做得很好。"

"谨受任命。"

半泽握了握行长伸出的右手，只听中野渡道："赶紧回一趟营业部吧，肯定有人等着你呢。"

说完，中野渡将手里的委任状折了折还给兵藤，兵藤又把它交给半泽，然后中野渡就像没事人一样回到办公桌坐下，继续读刚才没看完的文件。

半泽默默施了一礼，走出办公室。转向兵藤说："谢谢您。"

"我可什么都不知道哦。"

这位严谨的人事部部长说完，迈开步子径直向前走去。

半泽和兵藤告别，一个人回到了久违的营业部门口，缓缓推开了那扇半年前经常穿过的大门。

当他刚踏上并排排列着第一部到第四部隔间的走廊时，不由得站住了。

只见从前的部下们一个一个站了起来，出来迎接半泽。然后只听得掌声响起，像浪涛一般扩散到整个楼层。

"次长，欢迎回来！"

半泽刚走到营业二部的隔间，欢迎之声就飞了过来。

半泽挥挥右手，在掌声中走向部长室。

"半泽，你可真受欢迎啊。"

来迎接半泽的内藤还是一如既往地绷着脸，但嘴角却含着笑意。半泽等他的表情又恢复成本部精英那严肃的样子后，开口道：

"就在刚才，我接受了营业二部次长的任命，现在来向您报到。请多关照。"

"恭喜荣升。"内藤伸出右手，"也欢迎回来。你不在的这半年里，发生了很多事，你也早晚会知道的。还有，虽然你刚来报到，但是可没有时间给你休息。"

"我明白，这里是银行嘛。"

"没错，是名为'银行'的战场。"内藤重重地点点头，"只要日本经济还在发展，我们就不能休息。而且，这世上不存在什么安稳的发展。繁荣，都是靠努力争取来的。银行也是一样，半泽，我们需要你的力量。"

这些话不用说半泽也非常清楚。

自己为什么站在这里，自己又是怎样被期待着。

正是为了实现这些，自己才回到了这里。

从重新踏入这里的那瞬间起，半泽将要开始迎接新的挑战。

版权登记号：01-2019-2724

图书在版编目（CIP）数据

半泽直树.3，迷失一代的逆袭/（日）池井户润著；
凌文桦译.—北京：现代出版社，2020.2
ISBN 978-7-5143-8214-3

Ⅰ.①半… Ⅱ.①池… ②凌… Ⅲ.①长篇小说–日
本–现代 Ⅳ.①I313.45

中国版本图书馆 CIP 数据核字（2019）第 229090 号

Original Japanese title: ROSUJENE NO GYAKUSHU
Copyright © 2012 Jun Ikeido
Original Japanese edition first published by Diamond Ltd.
Simplified Chinese translation rights arranged with Office IKEIDO Inc.
through The English Agency (Japan) Ltd. and through 上海途亚文化传播有限公司

半泽直树.3，迷失一代的逆袭

著　　者	［日］池井户润
译　　者	凌文桦
责任编辑	赵海燕　王　羽
出版发行	现代出版社
通信地址	北京市安定门外安华里 504 号
邮政编码	100011
电　　话	010-64267325　64245264（传真）
网　　址	www.1980xd.com
电子邮箱	xiandai@vip.sina.com
印　　刷	三河市宏盛印务有限公司
开　　本	890mm×1240mm　1/32
印　　张	13
字　　数	259 千字
版　　次	2020 年 3 月第 1 版　2020 年 3 月第 1 次印刷
书　　号	ISBN 978-7-5143-8214-3
定　　价	50.00 元